BASTEI LÜBBE

Mit *Mord im Herbst* liegt der sechste Band der zwölfteiligen Krimi-Serie des renommierten dänischen Autors Dan Turèll auf Deutsch vor. Seine Romane gelten zu Recht als »Klassiker der Kriminalliteratur«.

Bisher sind bei *Bastei Lübbe Taschenbücher* erschienen:
MORD IM DUNKELN (14959), MORD AUF MALTA (15106), MORD AM RONDELL (15177) und MORD IM MÄRZ (15286).

Über den Autor:

Dan Turèll, geboren 1946, war Schriftsteller und Journalist. Er hat sich in Dänemark zur Kultfigur entwickelt. »Onkel Danny« hat ein riesiges Œuvre aufzuweisen. Die Krimi-Serie über den namenlosen Journalisten brachte ihm den Durchbruch. Mit viel Ironie, schwarzem Humor und Gespür für die dänische Seele hat er dem Land seinen ersten klassischen »Privatschnüffler« geschenkt und die amerikanische Tradition des Genres kongenial ins Dänische verpflanzt.

»Dan Turèll ist:
der Lou Reed des Kriminalromans,
der Charlie Parker des Kriminalromans,
der Baudelaire des Kriminalromans.«
Kvällsposten

Dan Turèll

MORD IM HERBST

Aus dem Dänischen von
Thorsten Alms

BASTEI LÜBBE

BASTEI LÜBBE TASCHENBUCH
Band 15 370

Erste Auflage: September 2005

Vollständige Taschenbuchausgabe

Bastei Lübbe Taschenbücher in
der Verlagsgruppe Lübbe

Die dänische Originalausgabe erschien 1984
unter dem Titel *Mord i September* im Borgens Forlag, Kopenhagen

Textredaktion: Ingrid Glienke
Umschlaggestaltung: Tanja Østlyngen
Titelbild: Mauritius-Images/Nordic Photos
Satz: hanseatenSatz-bremen, Bremen
Druck und Verarbeitung: Nørhaven Paperback A. S.
Printed in Denmark
ISBN 3-404-15286-7

Erster Teil:

Montag

1

Es regnete.

Nicht, dass es sich dabei um etwas Neues handelte: Es war der dritte Tag in Folge, an dem es regnete. Ein ausdauernder, stabiler und verlässlicher Regen. Weder wahnwitzige Wolkenbrüche mit Donner und Blitz noch plötzliche Regenböen, die einem um die Ohren peitschten. Nein, nur ein anhaltender, monotoner, unauffälliger Regenfunktionär, der sich auf seine Arbeit konzentrierte und keine unnötigen Pausen einlegte.

Ein richtiger Septemberregen. Die konkurrierenden Monate führen diese spezielle Marke nicht.

Ich saß – ausnahmsweise – im Stjernecafé und starrte mit leerem Blick in den Regen hinaus, der stetig auf die Istedgade fiel. Er hatte Übung. Die hatte ich auch.

Hin und wieder ging ein bekanntes Gesicht aus dem Viertel vorüber. Hin und wieder kam das Gesicht herein.

Im Stjernecafé herrschte Ruhe – Nachmittagsruhe. In den meisten Kneipen gibt es diese besondere Stunde, irgendwann in der Zeit zwischen 16 und 18 Uhr, wo die Leute still und meditativ gestimmt sind. Jeden Tag *muss* man durch diese Zeitzone, wenn sich die Dämmerung nähert. Sogar die großmäuligsten Streithähne und Säufer können zu dieser Stunde ungewöhnlich friedfertig und nachdenklich werden.

Routiniert raschelte Bob hinter seiner Theke. Ein paar vereinzelte Billardspieler gingen im Hinterzimmer herum und schienen die Kugeln mit einer so unglaublichen Diskretion und Feinfühligkeit anzuschieben, als hätten sie Angst davor, ihre Oberflächenpolitur zu beschädigen. Die Musikbox war auf ein sympathisches Minimum heruntergedreht, sodass niemand etwas anderes vernehmen konnte als ein sanftes, fernes Zwitschern im Hintergrund, etwa so wie in einem chinesischen Restaurant, und die Würfel landeten rhythmisch und regelmäßig auf den Tischplatten, gefolgt von den monotonen, telegrammartigen Ansagen der Spieler:

»Vier Fünfer.«

»Sechsen.«

»Fünf davon.«

»Sechs Fünfer.«

»Sechsen.«

»Hast du die wirklich?«

Ich ging zur Telefonzelle hinüber und rief Gitte an. Auch das war nichts Neues. In der vergangenen Woche hatte ich fast jede Stunde angerufen, wenn wir nicht zusammen waren. Der September war nicht nur der neunte Monat des Jahres, es war auch ihr neunter. Und sie war ein paar Tage über die Zeit. Sie konnte jeden Augenblick gebären. Es war schwierig, ernsthaft an etwas anderes zu denken.

Aber es gab nichts, was man dagegen tun konnte, und niemand konnte einem dabei helfen. Es ging einfach nur darum, zu warten. Zu warten und zu warten, es so gelassen wie möglich zu nehmen und regelmäßige Kontrollanrufe zu tätigen.

Es war immer noch nichts passiert.

»Scheißwetter«, sagte Bob. »Es macht einen so verdammt depressiv.«

»Tja, wenn man sonst keine ...«

»Eigentlich sollte man jetzt im Süden sein.«

»Das sagen wirklich alle Dänen, wenn es Herbst wird.«

»Bist du heute mit dem falschen Fuß aufgestanden?«

»Nur müde. Ich warte darauf, dass meine Freundin entbindet. Sie ist über die Zeit.«

Man kann vieles über Bob sagen, und nicht wenig davon ist im Laufe der Zeit von verschiedener Seite gesagt worden, aber ihm mangelt es weder an Professionalität noch an Fingerspitzengefühl. Seiner fachmännischen Einschätzung nach wurde diese Information mit einem doppelten Whisky ›auf Kosten des Hauses‹ gewürdigt.

Ich trank ihn, während wir eine Viertelstunde lang wie zwei Goldfische in angenehmem Schweigen jeder auf seiner Seite der Theke saßen und die Gesichter auf der Straße vorüberziehen sahen, während das regelmäßige Knallen der Würfel die Zeit maß und mit der Genauigkeit einer Uhr in kleine Stücke zerschnitt, während das Licht ganz allmählich ohne überflüssiges Klagen oder Nörgeln der Dunkelheit mehr und mehr Terrain überließ.

Hier im Stjernecafé schien man wie in einem versunkenen U-Boot oder einer Taucherglocke zu sitzen. An einem Ort, wo nichts geschah und wo niemals etwas geschehen würde.

Bis diese friedliche Ruhe, die so dicht und dick wie der Tabakqualm die Atmosphäre dieses Ortes erfüllte, plötzlich von einem Mann mit einer

Schirmmütze unterbrochen wurde, der durch die Tür zur Theke hereinstürmte, als würde er von einer Meute Bluthunde gehetzt. Er war klatschnass und atmete schwer.

Er setzte sich direkt neben mich, und ich erkannte, dass es Kurt war.

Einfach nur Kurt.

Wenn Sie mich fragen würden, ob ich Kurt kannte oder ob ich Kurt nicht kannte, dann hätte ich keine Ahnung, wie ich Ihnen antworten sollte. Er ist einer von der Sorte, von denen sich immer einige in dieser Gegend herumtreiben – es gibt hunderte von Kurts in diesen Straßen.

Ein paar Mal hatte ich mit ihm gespielt. Hin und wieder gab er mir Tipps oder erzählte mir Geschichten, Informationen, die ich in meinen Artikeln für das Bladet verwerten konnte. Also könnte man vielleicht sagen, dass wir auf gutem Fuß stehen.

Andererseits habe ich nicht die leiseste Ahnung, wie er mit Nachnamen heißt, und über seine Adresse weiß ich nur, dass er ›irgendwo in der Nähe‹ wohnt. Sein Beruf ist nicht weniger schwer zu definieren – wenn man sich überhaupt um genaue Definitionen schert, was ganz offensichtlich nur die wenigsten zu tun scheinen.

Manchmal arbeitet Kurt als Kellner in der einen oder anderen kleinen, halb heruntergekommenen Einheits-Kneipe, die es in Vesterbro zu hunderten gibt, manchmal scheint er seine ganze Zeit damit zu verbringen, die Straße auf und ab zu laufen und mal mit dem einen, mal mit dem anderen ein paar Worte zu wechseln, in der Regel im vorsichtigen Flüsterton. Ein paar Mal war er ›verreist‹, was von einigen so interpretiert wurde, dass er das eine oder andere geschmuggelt haben könnte – eine ausgesprochen glaubwürdige Erklärung.

Ich persönlich bin darauf auch nicht besonders neugierig gewesen. Ich mische mich ebenso ungern in die Arbeit anderer ein, wie ich es ungern sehe, dass sich andere in meine einmischen. Außerdem gibt es, wie gesagt, hunderte von Kurts in diesem Viertel, und sie leben alle mehr oder weniger von allem, was so den Rinnstein heruntergetrieben kommt – mal Drogen, mal Schmuggel, ein paar Botendienste und den einen oder anderen ›Gefallen‹. Das sind die Arbeiten, die sie bekommen, und es ist das Einzige, was sie können. Diese Kurts haben in den seltensten Fällen eine Ausbildung oder auch nur eine gewisse Intelligenz, aber sie sind, was man in Amerika *streetwise* nennt. Sie kennen jeden beschissenen Hinterhof aus erster Hand.

»Ich muss mit dir reden«, flüsterte Kurt, während er sich den Regen von der Schirmmütze und der Lederjacke bürstete. »Ich habe eine Story für dich. Wenn dein Blatt also das Scheckheft zücken könnte …«

»Wir haben immer bezahlt, oder?«

»Schon.«

»Also schieß los. Erzähl mir ein Märchen.«

»Nicht jetzt. Später. Heute Abend. Geht das?«

»Vielleicht. Wenn mein Mädchen nicht die Wehen bekommt.«

»*Du* wirst Vater?«

»Warum nicht? So geht es vielen.«

»Ich hätte nie geglaubt, dass *du* dazu gehören würdest.«

»So sah es auch nicht aus.«

»Wirst du jetzt auch heiraten und eine richtige Familie haben?«

»Mal sehen.«

Ich wusste es selber nicht, aber Kurt hatte inzwischen auch das Interesse an meinen intimsten Privatangelegenheiten verloren.

Er hatte sich – wie auf ein verstecktes Zeichen hin – abgewendet und sah mit blinzelnden Tieraugen zur Tür hinüber. Mitten in der Tür stand ein Mann in blauschwarzem Mantel und grauem Hut und betrachtete Kurt, als wollte er etwas von ihm.

Der Mann sah nicht so aus, als beabsichtigte er hereinzukommen. Er hob die Hand und gab Kurt ein Zeichen wie ein Tierpfleger, der einen Hund herbeiruft.

In diesem Augenblick glich Kurt einem Hund. Einem ängstlichen Hund. Einem Köter, der ahnte, dass er bestraft werden würde.

»Heute Abend«, flüsterte er. »Um Mitternacht, wenn du kannst. Hier. Ansonsten werde ich dich morgen aufsuchen. Ich weiß, wo du wohnst.«

Sehen Sie, das meine ich. *Ich* weiß nicht, wo Kurt wohnt, aber alle Kurts in diesem Stadtteil wissen, wo *man* wohnt. Wahrscheinlich haben sie – man kann ja nie wissen – das gesamte lokale Adressbuch in ihren Hinterkopf einoperiert.

»O. K.«, sagte ich.

Kurt klopfte mir übertrieben kameradschaftlich auf die Schulter, verabschiedete sich mit einem nonchalanten Nicken von Bob und ging zum Mantelmann in der Türöffnung hinüber. Sie gingen gemeinsam hinaus, ohne dass sie auch nur ein Wort miteinander wechselten.

»Er hatte nicht einmal Zeit für einen Drink«, sagte ich zu Bob.

»Er hat irgendetwas vor«, antwortete Bob. »Er hat einen Fisch an der Angel.«

Auch *er* kannte seine Kurts.

»Ich nehme noch einen Letzten«, sagte ich und ließ meinen Blick noch einmal über die regennasse Straße schweifen. Die Götter – oder möglicherweise auch andere zuverlässige Quellen – mögen wissen, warum ich das tat. Alles in allem hatte ich diese Straße schon so oft bei Regenwetter gesehen, dass sie auch den letzten Neuigkeitswert verloren haben müsste. Vielleicht lag es – andererseits – aber auch gerade daran.

Kurt und sein Tierpfleger standen drüben auf der anderen Straßenseite im Windschatten eines Hauseingangs und sprachen miteinander. Das Gespräch machte keinen besonders herzlichen Eindruck.

Außer ihnen war niemand auf der Straße zu sehen. Die Dunkelheit hatte definitiv ihren täglichen Sieg davongetragen, und alle anständigen Bürger und Steuerzahler saßen beim Abendessen.

Die Silhouetten im Hauseingang gegenüber ähnelten altmodischen Scherenschnitten.

Plötzlich bewegte sich der eine Scherenschnitt schnell und ungestüm. Er machte eine halbe Drehung mit seinem Körper und griff nach etwas, das sich unter seinem Mantel befand, ein kleines, schwarzes, glänzendes Ding, das anscheinend gut in seiner Hand lag.

Der andere Scherenschnitt – Kurt – machte einen unsicheren Schritt auf den Bürgersteig hinaus, als wenn er sich nicht entscheiden könnte, ob er kämpfen oder weglaufen sollte. Ein ausgesprochenes Kurt-Problem.

Der andere hatte keine Schwierigkeiten damit, eine Entscheidung zu treffen. Der Schuss knallte gleichzeitig mit einem Satz Würfel des Stjernecafés, und er machte fast das gleiche Geräusch.

Als Bob und ich – ich zuerst, und gleich danach Bob, der zwar nichts gesehen hatte, aber von einem angeborenen Istedgade-Instinkt gelenkt wurde – am gegenüberliegenden Bürgersteig angekommen waren, war der Mann im Mantel verschwunden. Das war auch Kurt – wenngleich auf eine andere, endgültigere Art. Das Blut auf seiner Lederjacke vermischte sich mit dem gleichmäßig über den Bürgersteig rieselnden Regenwasser. Er atmete nicht mehr.

Es war, wie ich feststellte, erst 17.30 Uhr.

Doch die stille Stunde war definitiv vorbei. Nichts kann einen so in seiner Meditation stören wie ein Mord direkt vor dem Fenster.

2

Seltsam, wie schnell sich auf einmal alles bewegt, wenn schließlich doch etwas passiert. Plötzlich wird aus einem Goldfischaquarium ein Ameisenhaufen.

Im Augenblick vor dem Schuss hatte die Straße einsam und verlassen ausgesehen. Eine Minute danach, während Bob und ich immer noch dastanden und abwechselnd einander und Kurts Leiche betrachteten, wimmelte es dort von Menschen, die aus den nächsten Treppenhäusern und Seitenstraßen herangeeilt waren.

Das liegt natürlich daran, dass eine Großstadt überall Augen hat. Ich war nicht der Einzige, der dagesessen und aus dem Fenster gestarrt hatte.

»Er ist da langgelaufen«, sagte ein kleiner Mann

mit einem großen, dicken Halstuch und deutete die Viktoriagade hinunter.

Bob lief um die Straßenecke. Er zuckte mit den Schultern, als er wiederkam.

»Nichts zu sehen«, sagte er. »Da gibt es jede Menge Hinterhöfe und Schlupflöcher.«

Ein paar der Herbeigeeilten beugten sich über Kurt. Sie kamen schnell zu demselben Resultat wie wir: Es war nichts mehr zu machen, abgesehen vielleicht von einem bescheidenen Beitrag zu den Bestattungskosten.

»Fass ihn bloß nicht an«, sagte Bob.

»Bleib bei ihm«, sagte ich. »Ich gehe rüber und rufe die Polizei an.«

Bob nickte, und ich überquerte die Straße zurück zum Stjernecafé. Selbst hier war nichts mehr wie gewohnt. Es hatte sich mittlerweile fast ganz geleert. Die Mehrzahl der Gäste legte keinen besonderen Wert auf Schüsse, oder vielleicht legten sie einfach nur keinen Wert darauf, vor Ort zu sein, wenn die Polizei erschien und Genaueres darüber wissen wollte.

Sie hatten sicherlich ihre guten Gründe dafür, keinen Wert darauf zu legen. Gebranntes Kind, usw.

Polizeiinspektor Ehlers saß immer noch in seinem kleinen, verstaubten Büro in der Polizeiwache am Halmtorvet direkt gegenüber der Einfahrt zu den Schlachthöfen. Er nahm meine Mitteilung mit der üblichen Resignation zur Kenntnis.

»Komme«, sagte er. »Fass nichts an.«

»Ich kenne die Regeln, Chef.«

»So long.«

Ich war durchnässt und triefend genug, um mir selber einen Whisky zu genehmigen, und aufgeregt genug, um den beiden dagebliebenen, nach wie vor knobelnden Gästen unaufgefordert zu erzählen, dass es sich bei dem Erschossenen um Kurt handelte.

»Kurt?«, sagte der eine.

»Er war gerade noch hier«, erklärte ich.

»Ach«, antwortete der andere. »Wie schrecklich für ihn. Verdammtes Pech, was? Erik, du bist dran mit Würfeln.«

Sie spielten weiter. Das hätte Kurt vermutlich auch getan, wenn einer von diesen beiden die Leiche gewesen wäre.

Ehlers und ich erreichten gleichzeitig den Tatort. Immer noch floss Blut, vermischte sich mit dem Regenwasser und färbte für ein paar Meter den weiteren Verlauf des Rinnsteins, bis die Mischung erneut verdünnt wurde. Bob stand direkt vor Kurt, als wollte er ihn mit seinem großen, kräftigen Bärenkörper verbergen. Um ihn herum standen die Schaulustigen im Kreis und warteten geduldig. Ganz plötzlich schien der Regen doch nicht mehr so viel auszumachen, und das Abendessen konnte anscheinend doch, nach näherer Überlegung, gut noch ein Weilchen warten.

Ehlers beugte sich, wie es mittlerweile schon einige von uns getan hatten, über die Leiche, wobei Bob ein paar Schritte zur Seite trat.

Nach fünf Sekunden war er zu der gleichen Schlussfolgerung gelangt wie wir anderen.

»Kellermann!«, rief er.

Kellermann, ein Riese von einem Wachtmeister, den ich auch früher schon getroffen hatte, bahnte sich einen Weg durch den Kreis der Schaulustigen. Er und Bob betrachteten sich einen Augenblick lang voller gegenseitigem Respekt, als hätte jeder von ihnen seinen für lange Zeit verreisten und schmerzhaft vermissten Zwillingsbruder wiedergetroffen.

»Ja?«, sagte er.

»Kümmer dich sofort um einen Fotografen. Wir können ihn hier nicht liegen lassen.«

»Und einen Arzt?«

»Das ist egal. Wir können ihn auch auf der Wache von einem Arzt untersuchen lassen. Hauptsache, wir bekommen erst mal ein paar Bilder.«

»O. K.«

»Wir haben ein Telefon drüben in der Bar«, sagte Bob hilfsbereit.

»Danke«, sagte Kellermann und zottelte los.

Ehlers wandte sich Bob zu und bat ihn zu erzählen, was er wusste.

Bob erzählte ihm mit Bedauern in der Stimme, dass er nichts wusste. Er hatte einen Schuss gehört, hatte mich loslaufen sehen und war mir hinterhergelaufen.

»Ich muss langsam zu meinen Gästen zurück«, sagte er.

»Du hast zwei«, sagte ich. »Dem Rest hat es hier nicht mehr gefallen.«

Bob zuckte mit den Schultern. Es war nicht das erste Mal, aber es waren auch nicht irgendwelche x-beliebigen Schultern, die es da zu zucken gab.

Ich erzählte Ehlers *meine* kleine Geschichte. Wie Kurt hereingekommen war und sich an die Theke gesetzt hatte, wie der Mann in dem dunkelblauen Mantel und dem grauen Hut hereingekommen war und wie ich durch das Fenster beobachten konnte, dass sie sich in den Hauseingang gestellt und miteinander gesprochen hatten, bis der eine geschossen hatte.

»Er ist da langgelaufen!«, rief der beflissene kleine Mann mit dem Halstuch erneut. »Die Viktoriagade hinunter! Ich habe es gesehen, als ich zufällig aus meinem Fenster guckte.«

Ehlers nickte, als wollte er sagen, dass es ja ganz einleuchtend sei, dass der Mörder dort entlanggelaufen war. Und das stimmte auch: Es gab nicht viele andere Möglichkeiten. Die Istedgade ist lang und hat tausend Augen. Die Viktoriagade ist kürzer und bietet einige Schleichwege. Jeder hätte es so gemacht – jeder, der sich in diesem Viertel auch nur oberflächlich auskannte.

»Du *kannst* mir keine Beschreibung des Mannes geben?«, fragte Ehlers mit einem Kopfschütteln, als hätte er ganz plötzlich den Glauben an die letzten Reste meiner schwindenden Intelligenz verloren.

»Ich kannte ihn nicht. Ich konnte sein Gesicht nicht sehen. Ich könnte ihn *vielleicht* wiedererkennen, wenn ich ihn sehe. Jedenfalls seinen Mantel und seinen Hut.«

»Wenn ich er wäre«, bemerkte Bob lakonisch, »würde ich so schnell wie möglich meine Oberbekleidung wechseln.«

»Sie liegt sicher schon in einem Mülleimer in der Viktoriagade«, antwortete Ehlers.

Der Menschenauflauf wurde von Minute zu Minute größer. Immer mehr eilten herbei und bildeten weitere Ringe um den ursprünglichen Kreis der Betrachter – Leute, die auf dem Heimweg zufällig vorbeikamen, Einzelhändler, die gerade ihren Laden abgeschlossen hatten, Anwohner, die es erst wagten herunterzukommen, als das Blaulicht des Polizeiwagens ihnen die Gewissheit gab, dass die Gefahr vorüber war.

Der Fotograf kam. Mit seiner ansehnlichen Ausrüstung schoss er im Regen und in der beginnenden Dunkelheit ein knappes Dutzend Bilder.

Bob half Kellermann dabei, Kurt in den Polizeiwagen zu tragen. Der kleine, zierliche Kurt verschwand beinahe zwischen den beiden Hünen.

Ehlers gab Kellermann mit gedämpfter Stimme ein paar Anweisungen, und der Polizeiwagen fuhr ohne Sirenen davon. Der Polizeiinspektor selbst begab sich mit Bob und mir in das Stjernecafé hinüber, wo er sich an einen Tisch setzte und sich seinen einzigartigen Flickenteppich von einem Bart raufte, während er Schimpfwörter in ihn hineinmurmelte.

»Trink einen Whisky«, sagte ich.

»Dienst«, sagte er.

»Medizin. Um eine Erkältung zu vermeiden«, sagte ich. »Du kannst es dir nicht erlauben, jetzt krank zu werden.«

Er trank einen.

Anschließend ging er zu den beiden Würfelspielern hinüber, um mit ihnen zu reden. Sie saßen immer noch so unbeirrt da, als wäre überhaupt nichts geschehen. Sie konnten ihm nichts sagen. Sie hatten nur auf ihre Würfel geschaut. Ihre Einser, Zweier, Dreier, Vierer, Fünfer und Sechser.

»Hast du ihn gut gekannt?«, fragte er mich, nachdem er zurückgekehrt war.

»Ein bisschen«, sagte ich.

»Ich auch«, sagte Ehlers. »Ich kann mich nur nicht erinnern, ob wir ihn zwei- oder dreimal bei uns auf der Wache in Gewahrsam hatten. Kleinkrimineller, mal Hochstapelei, mal Schmuggel. Nur ein kleiner Fisch. Kurt Aaberg.«

Er stand auf und ging zum Telefon hinüber.

»Es war dreimal«, sagte er, nachdem er zurückgekommen war. »Und er muss sich immer noch regelmäßig melden, sodass wir auch seine Adresse haben. Absalonsgade 30, 3. Stock. Wir sollten vielleicht einmal dort hinfahren.«

»Dann nichts wie los.«

»Ich warte nur noch auf Kaspersen.«

Es dauerte nur einen Augenblick, bis Kaspersen, Ehlers Lieblingspartner, durch die Tür hereinspaziert kam. Wie üblich sah er gut gelaunt und gut erholt aus, als wäre das Einzige, was ihm zu seinem Glück noch fehlte, ein schneller, kleiner Mord, der diesem gelungenen Tag noch das i-Tüpfelchen aufsetzte.

»Na, da hat es also Aaberg erwischt?«, bemerkte er im Plauderton zu Ehlers.

»Ja«, brummte sein Chef. »Ein großer Verlust für die Gesellschaft. Und unser Freund hier hat alles mit angesehen. Erzähl doch noch mal.«

Ich wiederholte meine kurze Geschichte. Ich hatte genug Erfahrung mit polizeilichen Ermittlungen, um zu wissen, dass ich sie genauso gut gleich auswendig lernen konnte.

»Und er kam also überhaupt nicht darauf zu sprechen, worum es bei seiner Geschichte ging? Er hat nicht einmal die leiseste Andeutung gemacht?«

»Nein.«

»Versuch dich zu erinnern.«

»Ich *habe* es versucht. Das Einzige, was ich euch sagen kann, ist, dass er deutliche Angst vor diesem Mann gehabt hat.«

»Dazu hatte er ja offensichtlich auch allen Grund.«

»Und das kann natürlich auch mit dieser Geschichte zusammenhängen. Aber wenn wir sie nicht kennen …«

»Ja. Sackgasse. Lasst uns zusehen, dass wir zu ihm nach Hause kommen. Vielleicht finden wir dort etwas.«

Wir standen auf, und ich nickte Bob zum Abschied zu. Er sah ziemlich ausdruckslos aus, wie er da hinter seiner Theke stand, mit der er beinahe zu einer Einheit zu verschmelzen schien. Barkeeper sind Spezialisten darin, ausdruckslos auszusehen. Das gehört zu ihrer Ausbildung.

Wir redeten nicht viel, während wir durch den immer noch hartnäckig strömenden Regen die Istedgade zur Absalonsgade hinuntergingen. Ehlers erkundigte sich fürsorglich nach Gitte, und ich gab ihm Auskunft.

Das Haus mit der Nummer 30 war eine dieser großen, heruntergekommenen, verfallenen Mietskasernen, von denen es in diesem Stadtbezirk so viele gibt, und es sah all den anderen viereckigen Steinblöcken mit ihren viereckigen Fenstern zum Verwechseln ähnlich. Abblätternder Putz, morsche Balken, baufällige Treppen, ein deutlicher Gestank nach Pisse im Treppenhaus und zwei kleine Wohnungen auf jeder Etage.

Der Name Aaberg stand, wie fast alle anderen Namen, an denen wir auf dem Weg nach oben vorbeigekommen waren, auf einem Stück Papier, das mit einer Reißzwecke an die Tür geheftet war.

Die Tür sah aus, als wäre sie aus Pappe, oder zumindest aus dünnem Sperrholz. Das Schloss schien von zweifelhafter Verlässlichkeit zu sein.

Ehlers lehnte sich informell mit seiner Schulter dagegen, und die Tür sprang sofort auf. Eine sehr entgegenkommende Tür.

»Nicht abgeschlossen«, sagte er.

Wir kamen in eine dunkle, klaustrophobische Diele, deren Geruch nicht von krankhaft übertriebener Hygiene zeugte. Wir stolperten beinahe über etwas, das dort am Boden lag, und fluchten dreistimmig.

Bis wir den Lichtschalter gefunden und umgelegt hatten – nur eine Frage von Sekunden – dachten wir sicherlich alle drei, dass es eine weitere Leiche wäre.

Das war es nicht. Es war nur ein dunkelblauer Mantel – ein Mantel, den ich zuvor bereits gesehen hatte, vor einer Stunde erst.

Und ein grauer Hut, den ich in seiner Begleitung gesehen hatte.

3

Bist du sicher, dass es seiner war?«, fragte Ehlers zum zweiten Mal.

Wir standen immer noch wie festgenagelt in derselben klaustrophobischen Diele.

Ich versuchte, ein guter, objektiver erstklassiger Zeuge zu sein. Aufmerksam schaute ich mir den Mantel und den Hut ein weiteres Mal an. Ich wägte gründlich das Für und Wider ab. Ich verglich die abgelegten Bekleidungsgegenstände mit den in meinem Unterbewusstsein gespeicherten Bildern des Mannes in der Tür zum Stjernecafé und dem Scherenschnitt vom gegenüberliegenden Hauseingang.

Ich machte mir die Entscheidung so schwer, wie ich konnte, ohne dabei zu einer pathologischen Ausnahmeerscheinung zu werden.

»Ja«, sagte ich.

»Also ist er hier gewesen«, sagte Kaspersen.

Messerscharf geschlossen.

Wir betraten das Wohnzimmer, beziehungsweise das, was aller Wahrscheinlichkeit nach im Mietvertrag als Wohnzimmer bezeichnet wurde.

Es war leer.

Leer war vielleicht ein etwas zu starker Ausdruck. Es gab beispielsweise ein Sofa, einen Tisch und zwei Stühle. Es gab einen Fernseher und ein Radio. Es gab einen Papierkorb.

Aber etwas anderes gab es nicht. Nichts an den Wänden, keine Gemälde, keine Fotos von Vater oder Mutter oder Kindern, keine Porzellanteller, keine kleinen, heimeligen Stickereien. Nur der weiße Kalk an den nackten Wänden, die uns mit toten Augen betrachteten.

Keine Regale. Nicht einmal eine Zeitung oder eine Kaffeetasse.

Hinter dem Wohnzimmer lag – wie immer bei dieser Bauweise – das Schlafzimmer. Nach der Kargheit des Wohnzimmers war es frappierend, dass Kurt so etwas Kultiviertes wie Bettwäsche benutzte. Nach der Diele war es eine weniger große Überraschung, dass er sie selten wechselte.

Im Schlafzimmer befand sich darüber hinaus ein Kleiderschrank.

Wir untersuchten ihn sorgfältig und kamen zu dem übereinstimmenden Ergebnis, dass er ein Paar Jeans enthielt, einen Pullover, zwei bunte Hemden – eins gestreift, eins gepunktet – zwei Paar Socken und einen grünen Schlips, mutmaßlich für festliche Anlässe vorgesehen.

Es gab nichts, das man als *persönlich* hätte bezeichnen können – abgesehen vielleicht von dem Geruch in der Wohnung. Nichts, das etwas über ihren Bewohner mitteilen konnte. Keine kleinen, verräterischen persönlichen Fingerabdrücke – es sein denn, man betrachtete einen Supermarktaschenbecher mit einer zerdrückten Filterzigarettenkippe als persönlichen Fingerabdruck.

Die Küche, welche – wie in allen entsprechenden Immobilien – einfühlsam direkt hinter dem Schlafzimmer platziert war, zeigte sich ebenso leer. Die einzige Enthüllung, mit der sie aufzuwarten hatte, war die Sensation, dass Kurt ein Kaffeetrinker war, wenn auch nur gerade so: Nescafé. Er war der glückliche Besitzer eines Wasserkessels und einer Kochplatte. Sowie – so stellte sich heraus, als Kaspersen den Mülleimer öffnete – einer zerknüllten Ausgabe des Bladet von vorgestern.

»Gemütliches kleines Nest«, sagte Ehlers.

»Ein richtig häuslicher Mensch«, sagte Kaspersen.

Sie wühlten herum, so gut sie es – auf Kosten des Steuerzahlers – auf der Polizeischule gelernt hatten.

In der Zwischenzeit suchte ich die winzige Toilette auf, getrieben von einem echten und spontanen Bedürfnis, das irgendein Oberaufseher der Menschheit gleich zu Anbeginn in seiner allmächtigen Weisheit einzubauen verstand. Es gelang mir, mich dort hineinzuzwängen. Es gelang mir, mich in eine zur Ausführung dieses Zwecks zufriedenstellende Position zu manövrieren.

Unterdessen überlegte ich, ob der Architekt sich vielleicht ein Haus gedacht hatte mit speziellen Mietwohnungen nur für Schlangenmenschen, die gerade Kurzurlaub von der Manege nahmen. Die andere – recht wahrscheinliche – Möglichkeit bestand darin, dass der Architekt überhaupt nicht gedacht hatte, sondern an jenem Tag noch einen anderen Auftrag zu erledigen hatte. Einen, der Geld brachte.

Es war eine beinahe schockierende Einsicht, dass Kurt auch eine Rolle Toilettenpapier zu seinen wenigen irdischen Habseligkeiten zählen konnte.

Gerade als ich mich erhob und nach derselben griff, berührte ich das Fallrohr – auf diesem Quadratmeter wäre es leichtsinnig gewesen, einfach nur aufzustehen, ohne sich an irgendetwas festzuhalten, sofern man schon die Statur eines Konfirmanden erreicht hatte – und spürte etwas Scharfkantiges dahinter.

Ich zog es hervor, während ich gleichzeitig spülte.

Es war eine Fotografie. Eine hübsche und reizende Fotografie, keine Pornografie, keine Schweinerei, nichts, was man verstecken müsste, auch wenn sie ein wenig zerknittert war. Die Aufnahme zeigte ein lachendes Kind – ein blondes Kind, das zwischen zwei Bäumen in einem Garten stand und seinen ganzen, privaten Mund in einem großen Grinsen präsentierte. Das Kind musste 3–4 Jahre alt sein, und für einen Uneingeweihten war es unmöglich zu erkennen, ob es sich um einen Jungen oder ein Mädchen handelte.

Das Kind sah aus, als wäre es ein kleiner König und hätte gerade einen Drei-Monate-Alles-Inklusive-Gutschein für den lokalen Eisladen bekommen.

Ich dachte, dass dieses Foto vielleicht das einzig Persönliche war, das Kurt besessen hatte. Dieses Bild eines lachenden Kindes.

Ob es sein eigenes war?

Warum nicht? Wie ich ihm gegenüber selber schon ganz richtig festgestellt hatte: Jeder kann Vater werden.

Aber warum versteckte er es auf der Toilette? Warum lässt er es nicht hübsch einrahmen, damit man es mit einem Nagel an der Wand befestigen und ab und zu betrachten kann, wenn einem in den einsamen Nächten die Zeit zu lang wird?

Ich steckte es in die Jackentasche. Ich konnte hören, dass Ehlers und Kaspersen draußen weiter herumwühlten – soweit es dort überhaupt etwas gab, worin man herumwühlen konnte. Sie krempelten die Bettwäsche um. Sie durchsuchten die Küchenschränke. In Kürze wären sie wahrscheinlich dabei, das Nescafépulver auszuschütten.

Ich dachte – wenn das nicht ein zu hoch gegriffener Ausdruck dafür ist –, dass das Leben keine Gnade kennt. Zugegebenermaßen hatte ich Kurt nicht direkt geliebt, aber plötzlich empfand ich größere Sympathie für ihn als jemals zuvor. Diese leeren Hüllen – das war Kurt. Tisch, Stuhl, nackte Wände, eine Nescafédose. Und das Bild eines Kindes, versteckt hinter dem Fallrohr in der Toilette.

Und jetzt durchwühlten wir seine wenigen Hinterlassenschaften. So wenige, dass sie den Namen kaum verdienten.

Manche Leute sterben in solchen Verhältnissen, dass ihr Tod ein Ereignis für die Börse und für das Kunstauktionshaus Bruun-Rasmussen darstellt, Leute mit echten Teppichen, Antiquitäten und Erstausgaben. Es sind die wenigsten, aber es gibt sie.

Dann gibt es solche, deren Sterben zwar keine Ausschläge in der Kursentwicklung von Aktien hinterlässt, den trauernden Angehörigen aber doch verdammt viel Arbeit macht, wenn sie die Wohnung von alten Möbeln und Erinnerungen befreien müssen, von denen der größte Teil schließlich dem örtlichen Flohmarkt zugute kommt. Das sind die meisten. Dazu gehörten, neben anderen, auch meine Eltern.

Und dann gibt es diejenigen, die wie Kurt sterben. In leeren Zimmern, ohne dass etwas zurückbleibt, nicht mehr, als Bob und Kellermann innerhalb von zehn Minuten zu einem Container im Hinterhof hinuntertragen könnten – wo es vermutlich auch hergekommen ist.

Für einen unendlich langen Zeitraum – etwa eine halbe Minute – fühlte ich mich eins mit Kurt. Ich hatte mit ihm gespielt. Ich hatte mit ihm gesprochen. Ich hatte ihn *gekannt*. Und jetzt war er so weg und verschwunden, wie ich selbst es – nach allen Regeln der Natur zu urteilen – eines Tages auch sein werde.

Es war es nicht wert, darüber nachzudenken.

Nichts war es wert, darüber nachzudenken, wenn man genau darüber nachdachte.

Ehlers und Kaspersen untersuchten akribisch den Fußboden, Quadratzentimeter für Quadratzentimeter, als ich von der Toilette zurückkehrte.

Sie hatten nichts gefunden. Sie wussten, dass sie nichts finden würden.

Nichtsdestotrotz machten sie weiter, was beweist, welche außerordentlich zuverlässigen Arbeitskräfte sie waren. Eine Zierde des Staatsdienstes.

»Hallo zusammen«, sagte ich. »Hier ist ein Foto, das ich auf dem Klo gefunden habe.«

»Seltsamer Ort, um so etwas aufzubewahren. Wo willst *du* denn hin?«, sagte Ehlers, während er sich aufrappelte und das kleine Kind betrachtete.

»Zum Bladet«, sagte ich. »*Ihr* lebt davon, in den Sachen toter Menschen zu wühlen. *Ich* lebe davon, darüber zu schreiben. Und jetzt erzähl mir – wie immer –, was ich *nicht* schreiben soll.«

»Du kannst schreiben, was du willst«, sagte Ehlers. »solange du keine zügige Aufklärung versprichst.«

Er sah müde aus.

Natürlich war er müde. Er hatte einen langen Tag hinter sich. Er war früh am Morgen zur Arbeit erschienen, und gerade, als er dachte, dass er zu seiner Familie heimkehren, sich die Hausschuhe anziehen und aufhören könnte, sich wie ein professioneller Polizeiinspektor zu benehmen, hatte irgendjemand Kurt erschossen und damit seinen Abend ruiniert.

Und auch Kurts Abend, was das betrifft.

»Du kommst dann morgen vorbei und unterschreibst deine Aussage, nicht?«, sagte er freundlich. »Und viel Glück für deine Frau!«

Selbstverständlich würde ich kommen und meine Aussage unterschreiben, sagte ich. Und danke.

Vier Minuten später rief ich bei ihr an, von der ersten Telefonzelle in der Istedgade, an der ich auf dem Weg von der Absalonsgade zum Bladet vorbeikam.

Nichts Neues.

Ich versprach, später vorbeizukommen. Ich müsse gerade noch zur Zeitung und einen Artikel schreiben, sagte ich. Ich vertiefte das Thema nicht weiter.

Es interessierte sie auch nicht besonders. Verständlich genug. Was kann einen in diesem Zustand schon interessieren?

Ich war zum dritten Mal bis auf die Haut durchnässt, als ich beim Bladet eintraf und sah, dass es 20.00 Uhr war. Mehr noch nicht!

Mein Zustand zauberte – wundersam, wie das

Dasein nun einmal ist, was unsere Feuilletonisten nicht müde werden hervorzuheben – ein Lächeln auf das Gesicht des Chefs vom Dienst Michelsen. Es war ein bedauerlicher Fehler in der Planung der redaktionellen Struktur, dass man ihn im Eingangsbereich des Bladet passieren musste. Er hatte mich noch nie ausstehen können, also freute er sich aufrichtig, innerlich, echt und von Herzen, dass ich zumindest durchnässt war.

Kleine Menschen, kleine Freuden.

Chefredakteur Otzen saß an seinem Schreibtisch im traditionellen Qualm seiner unvermeidlichen Zigarre. Er drehte sich gut gelaunt um und grüßte, als ich hereinkam.

»Na, mein Junge«, sagte er. »Wie lautet die gute Nachricht?«

»Ein Mord in der Istedgade«, antwortete ich. »Und ein Mitarbeiter des Bladet als einziger Augenzeuge.«

»Großartig! Erzähl!«

Ich erzählte. Otzens Augen begannen unterdessen zu strahlen. Er sah schon, wie am nächsten Morgen hunderttausende von Exemplaren des Bladet aus den Händen der Zeitungshändler gerissen wurden. Er wurde geradezu freundlich.

»*Wir* bezahlen deine Kneipenrechnung«, sagte er väterlich. »Schreib einfach ›Recherche‹ darauf.«

»Ja, danke. Wo soll ich den Artikel schreiben?«

»Da ist ein leeres Büro im zweiten Stock. Lenes. Du weißt schon, die mit ›Tägliches Essen – Pflegliches Essen‹.«

»Lese ich nicht.«

»Aber die Leser lesen es. Sie interessieren sich nur für Essen und Sex und Mord und Klatsch. Schreib es dort und reich es mir dann rein.«

»O. K. So long.«

»Einen Augenblick noch«, rief Otzen, als ich schon wieder auf dem Weg nach draußen war. »Da ist noch eine andere kleine Sache, die du gleich noch mit erledigen kannst. Ein Kind, das verschwunden ist. Mutter untröstlich, usw. Zwei Spalten, Seite sieben. Das kannst du mit auf dem Rücken zusammengebundenen Händen schreiben – ein einfacher, klarer Schluchzer. Aber wir haben ein Bild von ihr, Name und Adresse der Mutter stehen auf der Rückseite, du kannst es also selbst noch einmal checken. Hier.«

»Ja, Chef«, sagte ich.

Müde.

Einen Augenblick später, draußen auf dem Flur, auf dem Weg hinauf zu Lenes Büro, war ich kaum noch so müde. Ich war vielmehr hellwach.

Ich hatte zwar nur einen oberflächlichen Blick auf das Bild geworfen, das Otzen mir gegeben hatte, einen benebelten Muss-das-denn-schon-wieder-sein?-Blick. Aber es konnte keinen Zweifel daran geben.

Ich war mir ebenso schnell meiner Sache sicher, wie Kurt sich seinen Nescafé zubereitet hatte: Das Bild des kleinen Mädchens, das verschwunden war, sah exakt genauso aus wie jenes, das ich hinter dem Fallrohr gefunden hatte. Daran gab es keinen Zweifel.

Nur über das Wie und Warum.

4

Als chronischer Freelancer des Bladet habe ich im Laufe der Jahre die Büros der meisten Mitarbeiter kennen gelernt – größtenteils ohne dass sich dabei spontan eine große Sympathie entwickelt hat. Das eine oder andere Mal habe ich versucht, mir vorzustellen, wie *ich* ein Büro einrichten würde, wenn ich eins hätte, doch jedes Mal starb dieser Gedanke einen schnellen Tod: Ich würde wahrscheinlich nie dazu kommen, dieses Büro einzurichten. Es würde eine augenfällige Ähnlichkeit mit Kurts Wohnzimmer haben.

Lenes Büro war geschmackvoll eingerichtet, wie man so schön sagt. Auf dem Fußboden lag ein weicher Teppich, und ein Bild von ihrem Sohn stand auf dem Schreibtisch. Dort lag auch ein Stapel Zeitungsausschnitte, die sich damit beschäftigten, wie man eine Quiche Lorraine richtig zubereitet oder Pot au Feu und Paté à la Troisgros. Dabei handelte es sich mutmaßlich um Rezeptideen, mit denen sich die Leser des Bladet in der kommenden Woche herumplagen sollten. »Tägliches Essen – Pflegliches Essen«. Jeden Tag zwei Rezepte, die aus der einen oder anderen Zeitschrift herausgeschnitten worden waren und bereitlagen, um jedes zweite Jahr wieder hervorgeholt werden zu können.

Davon konnte sie ihren Lebensunterhalt bestreiten.

Man kann mit den unglaublichsten Dingen seinen Lebensunterhalt bestreiten.

Ich wischte eine tief schürfende Abhandlung über die innersten Geheimnisse der Lachsmousse vom

Schreibtisch und setzte mich auf den Stuhl. Erneut betrachtete ich das Bild.

Der Schock wäre eigentlich schon groß genug gewesen, doch der Bodhisattva – oder wer auch immer die himmlische Firma mit dem Gehalt eines Generaldirektors, einem Dienstwagen und diversen anderen Vergünstigungen leitete – hatte noch mehr in petto. Wie Otzen schon ganz richtig bemerkt hatte, standen der Name und die Telefonnummer der untröstlichen Mutter auf der Rückseite der Fotografie.

Und der Name der unglücklichen Mutter lautete infolge einer sorgfältigen Inspektion *Veronica Wool.*

Wenn Sie sich für Popularmusik interessieren – was darauf schließen ließe, dass Sie allzu viel Zeit haben –, haben Sie auch von Veronica Wool gehört. Zu ihrer Zeit war sie das, was man in der seichteren Abteilung eine »populäre« Sängerin nannte. Sie kam aus Viborg oder Silkeborg oder irgendetwas in der Richtung, war mit solidem Erfolg bei lokalen Sommerfesten aufgetreten, bis sie einem Schallplattendirektor über den Weg lief, der ein paar herrenlose Lieder, die von einer früheren Produktion übrig geblieben waren, für sie hatte und ihr zu bestimmten Zeiten sein Studio zur Verfügung stellte.

Heraus kam dabei eine schleimige Geschichte namens »Du warst niemals mein«, die es bis zum Hit des Monats brachte, damals. War das fünfzehn Jahre her? So um den Dreh, jedenfalls.

Für ein halbes Jahr hatte Veronica Wool das süße Leben auf dem Gipfel des Erfolgs genießen dürfen, und sie war ein gefragter Gast auf Stadt- und Hafenfesten gewesen. Mittlerweile kannte sie jeder, und in regelmäßigen Abständen stellten ihr die Wochenblätter – wie gewohnt – Fragen hinsichtlich ihrer Einstellung zu Zahnpasta, ihrer Urlaubspläne für den Sommer oder ihrer aufrichtigen Meinung zum Thema »Knoblauch im Abendessen«.

Dann verschwand sie, wie es mit den Leuten in dieser Branche manchmal passiert. Sie war weg. Man hörte nichts mehr von ihr. Nicht einmal die althergebrachten Geschichten von einem sensationellen Comeback, mit dem sie dem Drängen zahlloser Fans nachgekommen sei – ein Mittel, zu dem solche Leute für ein paar Jahre gerne zu greifen pflegen, um die Entzugserscheinungen zu lindern.

Ich hatte sie erst danach kennen gelernt – wenn auch nur flüchtig –, und darum erinnerte ich mich an sie. Sie hatte den ›Dünnen‹ geheiratet, dessen bürgerlicher Name Victor Valentin lautete. Er war – auf sehr diskrete Weise – der tonangebende Hintermann der Istedgade: Immobilienbesitzer, Drogenkönig, Gangsterboss. Der ›Dünne‹, wie er stets von Leuten genannt wurde, die ungern zu viel sagten – er ähnelte zum Verwechseln einem älteren Provinzpastor, wenn er die Straße hinunterging –, hatte von seinen eigenen Bordellen die Nase voll und war offensichtlich auf der Suche nach einer privaten Ehefrau.

Der ›Dünne‹ wurde – passenderweise – von einem Antiquariatsbuchhändler erschossen, der anschließend Selbstmord beging, was, alles in allem, der Bestatterbranche eine gewisse Arbeit bescherte, was man in diesen Zeiten der Arbeitslosigkeit ja zu schätzen gelernt hat.

Ich war einer der Beteiligten – um nicht zu sagen, Verdächtigten – in diesem Fall, aber seitdem hatte ich nicht mehr an Veronica Wool gedacht. Kein Wunder. Wenn man das unverdiente Glück hat, einem Mirakel namens Gitte begegnet zu sein, verschwendet man keinen Gedanken mehr an solche abgedankten Schlagersängerinnen.

Aber hier war sie wieder. *Live in Town*. Mit einer verschwundenen Tochter. Der Stoff, aus dem Zeitungen gemacht werden.

Sogar für einen Journalisten geschehen die Dinge manchmal zu schnell.

Ich wünschte mir, dass Lene eine Flasche Whisky in ihrer Schreibtischschublade hätte – wie dieser Sportreporter, dessen Büro ich letztens ausgeliehen hatte. Voller urmenschlichem Lebensmut und Optimismus versuchte ich mein Glück. Sie hatte keinen. Sie hatte – typisch Rezept-Redakteurin – eine Flasche Dubonnet.

Für solches Zeug bin ich zu alt. Ich fluchte wie ein zweiter Ehlers und begann, auf ihrer gut gepflegten und vorzeigbaren IBM die Reportage des Bladet über Kurts mehrspaltigen Tod zu verfassen. Ich packte so viel rein, wie es nur ging, und vielleicht noch ein bisschen mehr. Man muss schließlich leben, wie schon irgendein weiser Vetter einmal – nach längerem Nachdenken – bemerkt hatte.

Warum man das musste, darauf kam er – wenn mich mein Gedächtnis nicht im Stich lässt – nicht zu sprechen, aber das wäre vielleicht auch ein bisschen zu weit gegangen. Eins nach dem anderen.

Nachdem Kurt bekommen hatte, worauf er rechtmäßigen Anspruch erheben konnte – ja, sogar mehr als das, da Personen von der Art eines Kurt überhaupt nur dann in der Zeitung Erwähnung finden, wenn sie die freundliche Liebenswürdigkeit besitzen, einen relativ interessanten Tod gestorben zu sein –, rief ich am Halmtorvet an und fragte Ehlers, ob wir eines der Polizeibilder bekommen könnten.

Das könnten wir. Es würde von einem Boten gebracht.

Dann wandte ich mich dem verschwundenen Kind zu. Oder, besser gesagt, ich hatte gerade vor, dies zu tun, als Barbara hereinkam. Die schöne, schwarzhaarige Barbara, unsere Kummerkasten-Redakteurin, die den Menschen in ihrer Not, ihrem Schmerz und ihrer Qual Trost spendete und damit ihren Lebensunterhalt bestritt.

»Hallo«, sagte sie. »Hast du schon von Veronica Wools verschwundener Tochter gehört?«

»Ja«, sagte ich. »Otzen hat mir das Bild gegeben. Weißt du mehr darüber?«

»Nein«, antwortete Barbara und hob und senkte ihre Augenbrauen mit einer katzenartigen Eleganz, die ihrem Geschlecht vorbehalten ist – oder zumindest einigen ausgesuchten Exemplaren davon. »Ich bin einfach nur neugierig. Sie ist doch die Tochter vom ›Dünnen‹, nicht wahr?«

»Davon kann man wohl ausgehen.«

»Du meinst: bis das Gegenteil bewiesen ist?«

»Was kann ich darüber schon wissen? Otzen hat gesagt, ich soll sie anrufen und mich genauer informieren.«

Barbara trat näher an Lenes Schreibtisch heran. Sie beugte sich über mich. Ihre Brüste bohrten sich auf eine Art und Weise durch die Jacke in meinen Rücken, die nur der Heilige Franz von Assisi – in Topform – hätte ignorieren können.

»Und *du* wirst also bald Vater, du Ärmster!«, sagte sie.

»So sagt man.«

»Freust du dich?«

»Wahnsinnig. Babys und Bienen und Blumen und

so, du weißt schon. Alles, was das Dasein schön macht.«

»Das sieht dir überhaupt nicht ähnlich.«

»Es sieht überhaupt niemandem ähnlich, dass er Vater wird, bevor er es ist. Warum hast du niemals Kinder bekommen?«

»Ich habe nie einen Mann getroffen, von dem ich Kinder haben wollte. Mit einer Ausnahme.«

»Wen meinst du?«

»Du weißt sehr gut, wen ich meine, du Hornochse.«

»Wenn du *den* meinst, dann will ich es gar nicht wissen.«

»Was hat denn so eine Rechtsanwältin, das ich nicht habe?«

»Mein Kind im Bauch.«

Billig, aber was sollte ich sonst sagen?

»Dann mach mir auch eins!«

Wenn mir vorher jemand diese Episode als eine französische Erzählung verkauft hätte, hätte ich höflich gelächelt und gedacht, dass sie vielleicht ein wenig weit hergeholt klang.

Aber für Barbara war sie es ganz und gar nicht. Barbara ist – wie die meisten Frauen – hemmungslos hoch über alle Wahrscheinlichkeiten, Unwahrscheinlichkeiten, die Vernunft und diese ganze kleingeistige männliche Mathematik erhaben. Sie brauchte eine halbe Minute, um uns beide in eine halbwegs bequeme Position auf dem Sofa zu manövrieren, das Lene – mit ungeheurer Bedachtsamkeit – hinter ihrem Schreibtisch aufgestellt hatte.

Was auch immer Lene damit anstellen wollte.

Es ist, dachte ich, bevor ich in dem versank, was bestimmte Leute »erotische Flammen« nennen würden, die älteste Lüge der Welt, dass Frauen nicht vergewaltigen können. Sie können gar nicht anders. Sie tun es ununterbrochen. Sie haben einfach nur viel bessere Waffen als ein Mann. Ein Mann ist gezwungen, Gewalt anzuwenden, und so tief sinken Frauen niemals, dafür haben sie zu viel Selbstachtung, und sie haben es auch nicht nötig. Sie ziehen einfach nur die Bluse hoch und zupfen etwas nachlässig ihre Kleider zurecht.

Das Resultat nennt sich – im Duden, Seite 419, Spalte 1, ›Geschlechtsverkehr‹.

So kann man das durchaus nennen. Man kann es genauso gut so nennen, wie man es irgendwie anders nennen könnte. Es wird auf keinen Fall ein Wort geben, das diesen Sachverhalt angemessen beschreibt.

»Ich liebe dich«, sagte sie danach.

Großzügig.

Ich verstand nichts. Ich war zwar, ganz persönlich, noch nie der Auffassung gewesen, dass ich irgendetwas verstehen würde, aber jetzt kam es mir vor, als stellte ich gerade einen neuen Rekord auf, indem ich noch weniger verstand als je zuvor. Die Wahrscheinlichkeit, dass *mich* irgendjemand lieben könnte, war – objektiv betrachtet – ungefähr so weit entfernt wie die Berge auf dem Saturn. Ein Thema wie geschaffen für Ripleys Spalte ›Unglaublich – aber wahr‹.

»Hast du das nicht gewusst?«, fragte sie, als wäre sie der Buchhalter des Bladet und müsste – *jetzt sofort* – ein Problem mit meiner Kilometergeldabrechnung klären.

Ich antwortete nicht. Ich *hatte* keine Antwort darauf. Es gibt gewisse Dinge, auf die nur der Unterleib eine Antwort weiß – unabhängig davon, wie vage und unbefriedigend eine solche Antwort ausfallen mag.

Es gibt jemanden, der schon vor tausend Jahren dieses Manuskript geschrieben hat, meldete sich eine Stimme in meinem Hinterkopf. Es ist alles schon früher einmal passiert, es wird alles in Zukunft wieder geschehen. Alle zusammen sind wir bloß Ameisen, Ameisen mit Namen: Kurt, Veronica, Gitte, Barbara, ich selbst. Der Große Meister sagt, wir sollen dies und das und jenes tun, damit wir neue Kräfte finden, um dies oder das oder jenes zu tun. Alles ist nur ein Plan, der von Anfang an in jeden einzelnen Kopf hineinoperiert worden ist. Ein Komplott.

Ein Mensch wird nie die Chance bekommen, irgendetwas selbst zu entscheiden. Ein Mensch ist sein ganzes Leben lang an seinen Körper gebunden und gefesselt, vom Gehirn über die Hände bis zum Unterleib.

»Tschüss«, sagte Barbara.

Mit ihrer gewohnten, diskreten Effektivität, exakt derselben, der sie sich auch bei der Beratung der unter Herzbeschwerden leidenden Leser des Bladet bediente, hatte sie sich bereits wieder angezogen. Sie sah aus, als wäre sie nur auf einen Sprung unten in der Kantine gewesen, um eine Tasse Tee zu trinken, was ihr jeder, der sie gleich auf dem Flur sehen würde, ohne Wenn und Aber glauben dürfte.

»Tschüss«, sagte ich. »Du bist wirklich nett.«

Das war nicht gerade überschwänglich, aber mehr hatte ich nicht für sie, und es war nicht ganz gelogen.

Also griff ich nach dem Telefon und rief – mit einem Gefühl, als befände ich mich auf einem anderen Planeten, einem bizarr veränderlichen Planeten, auf dem alles innerhalb von Sekunden seinen Zustand ändern konnte und Gras zu Blut wurde oder andersherum – Veronica Wool an. Verounica Wool, wie der Showmaster sie seinerzeit bestimmt präsentiert hat.

5

Ihre Stimme – ein dunkler Alt – klang abgenutzt, beinahe verbraucht. Sie klang, als hätte sie bereits alles gegeben, was sie besaß. Sie klang, wie eine Frauenstimme klingt, wenn die Frau lange und gründlich geweint hat.

Die Welt ist klein, dachte ich in meiner gewohnten Originalität. Während sie mir langsam, fast widerwillig die Details auseinander setzte, dachte ich an jene Zeit zurück, als ich den Antiquariatsbuchhändler Bille von der Absalonsgade bis zu ihrem Haus am Søbakkevej am Rande von Kongens Lyngby begleitete – unwissend noch zu jenem Zeitpunkt, dass es Billes erklärte Absicht war, bei diesem Besuch ihren Mann zu erschießen.

Sie war damals nicht zu Hause gewesen – taktvollerweise.

Aber wer weiß, was sie denken würde, wenn sie wüsste, dass jener anscheinend zufällige Zeitungsangestellte, mit dem sie gerade sprach, derselbe war, der bei der Liquidierung ihres Mannes als bescheidener Assistent beteiligt war?

No problem. Wahrscheinlich konnte sie an nichts anderes denken als an ihre Tochter.

Barbara – so *hieß* sie! – war auf dem Nachhauseweg vom Kindergarten verschwunden. Das ›junge Mädchen‹ war zur gewohnten Zeit hinuntergegangen, um sie abzuholen, und das hatte die staatlich geprüften und staatsangestellten Pädagogen ziemlich verblüfft, denn Barbara war schließlich eine Viertelstunde zuvor bereits abgeholt worden.

Von wem?

Von einem jungen Mann, der gesagt habe, dass er ihr Onkel sei.

Nein, an diesem jungen Mann sei ihnen nichts Besonderes aufgefallen. Er sei weder groß noch klein, weder dick noch dünn gewesen. So irgendwie normal – vielleicht ein bisschen zierlich. Mit einer Lederjacke bekleidet, aber damit liefen ja Hinz und Kunz herum, nicht wahr?

Das junge Mädchen war nach Hause gekommen und hatte Veronica Wool die Geschichte erzählt. Veronica hatte ein paar Stunden lang das Beste gehofft, aber es gebe ja schließlich genau definierte zeitliche Grenzen dafür, wie lange man dazu in der Lage sei.

Um 17.00 Uhr habe sie es nicht länger ausgehalten. Da habe sie das Bladet angerufen und ein Taxi mit dem Bild dorthin geschickt.

»Haben sie die Polizei davon in Kenntnis gesetzt, gnädige Frau?«, fragte ich so höflich wie ein Zahnarzt, der einem in der nächsten Sekunde für einen ordentlichen Stundenlohn den Mund in Stücke schneiden wird.

»Die Polizei in Lyngby. Sie wollten die Suchmeldung weiterleiten.«

»Ausgezeichnet. Können Sie mir ein bisschen von Barbara erzählen?«

Sie weinte ins Telefon. Ich ließ den Hörer ein wenig vom Ohr hinunterhängen, damit er abtropfen konnte, und versicherte sie meines aufrichtigen Mitgefühls. Ich verstünde, erklärte ich mit so tiefer Stimme wie möglich, dass es ein großer Schock für sie gewesen sein musste.

»Haben Sie selbst Kinder?«, fragte sie in einem gut gemeinten und disziplinierten Versuch, sich zusammenzureißen und das fortzusetzen, was gemeinhin als ›Gespräch‹ bezeichnet wird.

»In ein paar Stunden vielleicht«, antwortete ich.

»Oh, Ihre Frau ...«

Ich war gezwungen, ihr die ganze Geschichte zu erzählen. Angenehm. Veronica Wool und ich waren fast schon zum Club der einsamen Herzen geworden, mit freundlicher Unterstützung der tüchtigen Telefonanlage des Bladet. Wir tauschten unsere Sorgen aus. Die Art von Sorgen, die stets im Kielwasser von Männern, Frauen, Kindern und dergleichen zu folgen scheinen.

Doch die Arbeit sollte ja auch noch erledigt werden.

Wir mussten in Gang kommen. Ich versuchte es noch einmal.

»Können Sie mir ein bisschen über Barbara erzählen? Wie alt ist sie zum Beispiel?«

»Vier. Das heißt ... Übermorgen wird sie vier.«

»Also am Mittwoch?«

»Ja. Wir wollten eigentlich – ihren Geburtstag feiern ...«

Otzen würde sich darüber seine Hände in Stücke reiben. Was für eine Unterzeile: Morgen feiert sie Geburtstag. Wer findet sie und bringt sie nach Hause?

Die kleine Barbara hatte viel für das Bladet getan.

Noch mehr kleine Barbaras, und unsere Konkurrenten würden sich zu ein paar ziemlich beeindruckenden Schlangen vor diversen Sozial- und Arbeitsämtern zusammenfinden.

»Wie war sie angezogen?«

»Sie trug ihr gelbes Regenzeug. Mit Mütze.«

»Und wie ist sie so?«

»Wie meinen sie das?«

»Ja, also: Was mag sie? Wofür interessiert sie sich? Was ist ihr Lieblingsspiel? Hat sie ein Haustier?«

»Ist das wirklich nötig?«, fragte sie. Ihre Stimme klang brüchig, gesprungen, zerkratzt, aber hübsch. Wie eine alte Platte von Billie Holiday.

Man konnte nur hoffen, dass sie einen Lester Young hatte. Oder zwei, wenn einer wie er überhaupt jemals im Plural auftreten könnte.

»Wissen Sie«, sagte ich langsam und bestimmt, als kleidete ich mich Schicht für Schicht in einen weißen Arztkittel aus Worten, »das Bladet wird tun, was es kann. Wir freuen uns, dass Sie sich an uns gewandt haben, und über das Vertrauen, das Sie uns damit entgegenbringen, und wir können morgen den größten Teil der dänischen Bevölkerung erreichen. Aber wie Sie sicher verstehen werden – nicht zuletzt auch wegen ihrer Vergangenheit –, können wir, je mehr wir über das kleine Mädchen wissen, unseren Lesern ein desto deutlicheres Bild ihrer Person vor Augen führen, und je lebendiger es wirkt, desto mehr werden die Leser morgen auf den Straßen nach ihr und ihrem gelben Regenzeug Ausschau halten, und darum geht es ja schließlich, oder?«

»Was meinen Sie mit ›meiner Vergangenheit‹?«

»Ich meine, dass Sie während Ihrer Karriere als Sängerin gewisse Erfahrungen darüber gesammelt haben müssen, unter welchen Bedingungen die Tagespresse arbeitet und wie sie funktioniert.«

»Das haben Sie schön formuliert.«

»Tausend Dank.«

»Sind Sie Redakteur?«

»Nein, nein. Ich habe keine offizielle Funktion. Ich schreibe einfach nur auf der Maschine. Wenn auch nicht mit besonderem Talent, sagen die Setzer des Bladet. Sie behaupten, dass sich zwischen den Zeilen zu viele Korrekturen tummeln.«

Ich konnte hören, dass sie sich entschieden hatte, mir zu vertrauen.

Es war eine schwere Entscheidung. Es war vielleicht auch keine richtige Entscheidung. Vielleicht nicht.

»Ihre Heldin ist Pippi Langstrumpf, und sie liebt es, Fremden zu erzählen, dass ihr Vater ein Seeräuberkapitän ist, der draußen auf den sieben Weltmeeren herumsegelt – er ist tot, wie sie vielleicht wissen. Sie springt Seil und tanzt und spielt Verstecken, und sie hat eine schwarze Katze namens Küsschen, die bei ihr im Bett schläft. Reicht das?«

»Danke, ja. Das war sehr gut. Ihre Augenfarbe?«

»Blau.«

»Gewicht?«

»17,5.«

»Besondere Kennzeichen?«

»Sie klingen genauso wie die Polizei in Lyngby. Ein *Muttermal* auf dem rechten Oberschenkel.«

Ihre Stimme drohte erneut zu versagen, als sie dieses Wort aussprechen wollte: Muttermal. Für eine Mutter wohl ein belastetes Wort.

»Danke«, sagte ich. »Frau Wool, wir werden die Suchmeldung wahrscheinlich auf die erste Seite setzen. Wir tun, was wir können. Können wir einen Fotografen zu Ihnen hinausschicken?«

»Ich bin nicht in der Verfassung, in der sich eine Frau gerne fotografieren lässt.«

»Umso besser, wenn man bedenkt, worum es hier geht.«

»Wie zynisch Sie sind.«

»Nicht zynisch. Professionell.«

»Man darf also noch nicht einmal für sich alleine weinen?«

»Nicht, wenn man möchte, dass andere sich dafür interessieren, dass man weint – und warum man weint.«

Für einen Augenblick herrschte Schweigen am anderen Ende der Leitung. Sie dachte. Sie dachte gründlich nach. Ich bekam immer mehr Respekt vor ihr. Als alter Musiker konnte ich nicht umhin, mich zu fragen, ob dies nicht das erste Mal war, dass ich mit einer Schlagersängerin sprach, die etwas anderes als Stroh im Kopf hatte – ein Erlebnis, dass sich ungefähr damit vergleichen lässt, mitten im Dezember frische Erdbeeren serviert zu bekommen.

»O. K., wenn Sie meinen.«

»Danke. Er kommt in der nächsten halben Stunde vorbei.«

»Kommen Sie auch?«

»Ich fürchte, dass ich in dieser Zeit die Reportage schreiben muss. Aber ich würde gerne morgen mit Ihnen sprechen, wenn wir vielleicht schon Neuigkeiten haben.«

»Ich werde zu Hause sein.«

»Danke. Auf Wiederhören.«

»Auf Wiederhören. Und danke!«

Ihre Stimme schien mehrere Minuten lang in Lenes Büro nachzuhallen, nachdem wir aufgelegt hatten. Es war nicht mehr Lenes Zimmer, es war Veronicas.

Manche – wenige – Menschen besitzen eine solche Stimme.

Seltsam, dass sie nicht mehr daraus gemacht hatte, als es die Gelegenheit dafür gab.

Ermordete Männer, fickende Frauen, gekidnappte Kinder – das war die Ausbeute der abendlichen Arbeit. Das Dasein ist wahrlich – wie einer unserer studierten Feuilletonisten vor kurzem bemerkte – wechselhaft, bunt und vielseitig.

In der folgenden Stunde benahm ich mich wie ein journalistischer Musterknabe, und ich kann nur bedauern, dass meine Mutter mich dabei nicht sehen konnte. Ich schickte den Fotografen los. Ich schrieb die Geschichte von der kleinen Barbara, ihrem bevorstehenden Geburtstag, ihrer Sympathie für Pippi Langstrumpf und ihrer Katze Küsschen. Ehrliche, ehrenwerte und nüchterne Arbeit. Jedenfalls mindestens so ehrlich, ehrenwert und nüchtern, wie auch ein Gerichtsvollzieher, ein Anwalt oder ein Leichenbestatter seine Arbeit erledigt.

Ich unterließ es indessen, soweit ich konnte, den ›Dünnen‹ und seine umfangreiche Tätigkeit als Hintermann zu berühren – mit Rücksicht auf das Kind auf der Fotografie.

Ausgesprochen unprofessionell. Ich drohte, ob meiner Arbeit sentimental zu werden.

Das zeigt nur, wie töricht Gefühle sind. Nur ein ausgewachsener Hornochse wie unser Herrgott hatte *so etwas* in eine ansonsten so reibungslos funktionierende Maschine wie den Menschen hineinoperieren können.

Die Maschine funktionierte weiter. Zur Sicherheit rief ich noch einmal bei Ehlers an und hinterließ ihm einen Bescheid hinsichtlich des interessanten fotografischen Zufallstreffers.

Als Otzen die beiden Storys zu sehen bekam, war ich nicht mehr nur ›mein Junge‹, sondern auch eine der ›maßgeblichen Federn‹ des Bladet. Ich bekam sogar eine Zigarre und verabschiedete mich erst, als er anfing, über eine feste Anstellung zu sprechen, ein Thema, vor dem ich instinktiv zurückschrecke.

Dann kehrte ich zu einer bedrückten, unnahbaren, belasteten Gitte nach Hause zurück.

Keiner von uns beiden konnte in dieser Nacht ernsthaft schlafen. An diesem Montag im neunten Monat.

Zweiter Teil:

Dienstag

6

Am Morgen war der Regen noch derselbe. Die Stadt war dieselbe. Sogar Gitte und ich waren dieselben.

Sie bestand nach wie vor darauf, wie sie es jeden Tag in den letzten Wochen getan hatte, ins Büro zu gehen und ihre Rechtsanwaltspraxis am Laufen zu halten. Sie behauptete, dass dies besser sei, als einfach dazusitzen und zu warten.

Als sie gegangen war, schnappte ich mir meinen Regenmantel und kämpfte mich Schritt für Schritt bis zum Café Freden am Gasværksvej vor, wo ich schon seit Jahren meinen Morgenkaffee trinke.

Ronnie, Wirt und versammeltes Personal in einer Person, stand bereits mit seiner Filterzigarette im Mundwinkel da und las das Bladet.

»Es war also Kurt, oder?«, sagte er, als ich hereingekommen war und er routinemäßig den Kaffee einschenkte, nach der Magenbitterflasche griff und in ein und derselben synchronen Bewegung die Asche von seiner Zigarette klopfte.

»Ja, es war Kurt«, antwortete ich. »Lass uns einen Magenbitter auf ihn trinken.«

»Er ist nicht der erste von meinen Kunden, der ermordet wird«, sagte Ronnie.

»Nein«, antwortete ich. »Er wird wahrscheinlich auch nicht der letzte sein. Du bist noch so jung.«

Die letzte Bemerkung war vielleicht ein klein wenig übertrieben, aber er schien nicht besonders viel dagegen einzuwenden zu haben.

So plauderten wir ein bisschen hin und her, und während die Kunden – die üblichen Gesichter – kamen und gingen, konnte ich mir die Storys im Bladet durchlesen.

Sie waren gut aufgemacht. Beide befanden sich auf der ersten Seite, und sie füllten artig die ihnen zugewiesenen Seiten im Innenteil des Bladet aus. Da war das Bild von der kleinen Barbara, da war das Bild von Kurt, wie er auf den Steinen in der Istedgade lag, da war sogar das Bild der trauernden Mutter Veronica direkt vom vorhergegangenen Abend, ein bisschen verschwommen, aber mit einer effektvollen Träne und einem Extrabild von ihr bei einem Sommerfest in der Provinz vor zehn Jahren. Sie war schön. Das sind Schlagersängerinnen meistens.

Ich rief Ehlers an, aber er war noch nicht gekommen. Also folgte ich, nachdem ich mich von Ronnie verabschiedet hatte, den ausgetretenen Pfaden – den ausgetretenen Pfaden *meines* Alltags – drei Querstraßen weiter zum Stjernecafé.

Dort war es ruhig, aber das ist es am Vormittag immer. Die wenigsten Gäste des Stjernecafés sind auch nur halbwegs gut aufgelegt zu einer Zeit, die ein Teil der Bevölkerung – ein vollkommen anderer Teil als diese Gäste – als Mittagszeit bezeichnet. Bob war gerade dabei, seine Buchführung zu aktualisieren.

»Guten Morgen«, sagte ich. »Gibt's was Neues?«

»Nicht einmal einen einzigen lumpigen Mord«, sagte er, ohne aufzublicken. »Und dieser verdammte Regen hört einfach nicht auf.«

»Der kommt gerade erst so richtig in Schwung. Es

ist ein Sieben-Tage-Regen. Das sagen die Meteorologen.«

»Dann ist es hoffentlich genauso gelogen wie sonst auch. Ich wollte morgen eigentlich angeln gehen.«

»Was für ein Glück für die Fische.«

»Weißt du etwas Neues?«

»Nichts, was du nicht auch im Bladet nachlesen könntest.«

Auch auf Bobs Theke lag das Bladet. Auf tausenden von Theken, Schreibtischen, Autositzen, Esstischen und Bauwagenbrettern überall im ganzen Land lag in diesem Augenblick – wie jeden Tag um diese Zeit – das Bladet und schrie mit seinen netten kleinen Buchstaben, die ich heute Nacht auf Lenes IBM zusammengesetzt hatte, nach Aufmerksamkeit.

»Würde mich schon interessieren«, sagte Bob nachdenklich, »womit er sich eine solche Behandlung verdient hat. Er ist mir immer so unbedeutend vorgekommen.«

»Wie meinst du das?«

»Du weißt ganz genau, was ich damit sagen will. Zum Beispiel damals, als der ›Dünne‹ erschossen wurde – erinnerst du dich?«

»Selbstverständlich. Ich habe den Fall gedeckt.«

Ich hatte entschieden mehr getan, als nur den Fall zu decken, ›decken‹ war eine nicht ganz erschöpfende Beschreibung dessen, was ich in diesem Zusammenhang alles unternommen habe, aber Journalisten sind von Natur und per Definition Leute, die Informationen sammeln und nicht verteilen. Und ganz besonders dann nicht, wenn sie sich, wie Beamte des Justizministeriums es ausdrücken würden, ›am Rande der Legalität‹ bewegen.

»Schon«, sagte Bob und klang dabei, als hätte er schon sehr eingehend darüber nachgedacht. »Es ist ganz natürlich, wenn ein Mann wie der ›Dünne‹ erschossen wird. Man *erwartet* es förmlich. Ein großer Mann mit viel Geld, Häusern, Drogen, Nutten, dunklen Geschäften und den unterschiedlichsten Leuten in Lohn und Brot. Es wäre auch ganz natürlich, wenn beispielsweise der Schwarze Manuel erschossen würde.«

Der Schwarze Manuel – auch bekannt als Oberst Manuel Thomsen – war seinerzeit die rechte Hand des ›Dünnen‹. Nach dem Tod des Chefs hatte *er* – mit dem selbstverständlichen Recht eines Alleinherrschers – das Viertel kontrolliert.

»Aber so ein kleines Würstchen wie Kurt … Ich meine, die anderen sind Haie. Kurt war nur ein kleiner Fisch. Eine Sardine. Wer sollte ihn schon *ermorden* wollen? Ich meine, denk mal darüber nach: Wenn du ein politischer Terrorist wärst, wenn du zu den Roten Brigaden oder so etwas gehören würdest, wenn du revolutionär und wahnsinnig wütend auf die Regierung wärst und wirklich glauben würdest, dass diese ganzen Sachen einen Sinn haben, dann …«

»Dann was?«

»Dann würdest du versuchen, den Staatsminister oder den Präsidenten zu ermorden oder was dir sonst so einfallen könnte – so weit oben wie möglich jedenfalls. Aber du würdest wohl kaum auf den ersten besten Büroboten oder einen Ministerialsekretär zielen.«

An dem, was Bob sagte, war schon was dran. Es war ziemlich viel an dem dran, was Bob sagte. Bei seiner Erfahrung mit dem, was nur Außenstehende

»das Milieu« nennen, traf er den Nagel genau auf den Kopf.

Aber er wusste natürlich nicht, was *ich* wusste. Er wusste nicht, dass Kurt das – sorgfältig versteckte – Bild eines kleinen Mädchens besaß, das entführt worden war.

Ich war froh, dass er nichts davon wusste. Ich war auch froh, dass ich im Bladet nichts darüber geschrieben hatte.

Ansonsten wäre es verlockend gewesen, einen Zusammenhang zwischen den beiden Fällen dieses Tages herzustellen, nahezu unwiderstehlich verlockend für jeden – oder zumindest für jeden Journalisten, um es eine Stufe tiefer zu hängen. Aber irgendetwas – eine Höhere Macht oder etwas Ähnliches – hatte mich zurückgehalten.

Ich war noch froher darüber – und noch positiver gegenüber jener erwähnten Macht eingestellt, selbst für den Fall, dass sie Urlaubsgeld fordern würde –, als ich einen Drink später vom Telefon des Stjernecafés aus Ehlers anrief und ihn an die Strippe bekam.

»Komm mal bei uns vorbei, wenn du kannst«, sagte er. »Kurt Aaberg ist wiedererkannt worden als derjenige, der gestern das Mädchen vom Kindergarten abgeholt hat. Sie sind hundertprozentig sicher. Ich bin gerade in Lyngby gewesen.«

Ich sagte, dass ich bei ihnen vorbeikommen könne, und das war nicht nur leeres Geschwätz. Sogar mit meiner jetzigen Kondition kann man noch ein paar hundert Meter weit gehen.

Als ich mich von Bob und dem Stjernecafé verabschiedet hatte, das sich zu diesem Zeitpunkt wieder – in Übereinstimmung mit einem alternativen

Uhrwerk, das erstaunlich ähnlich wie der Wechsel von Ebbe und Flut funktionierte – zu füllen begann, machte ich zunächst einen Abstecher nach Hause, um nachzusehen, ob irgendetwas Besonderes im Briefkasten lag. Dem war nicht so, es sei denn, man betrachtet eine Mahnung, seine Wohnungsmiete zu bezahlen, und eine dringende Aufforderung, den Sklerose-Verband zu unterstützen, als etwas Besonderes.

Doch gerade, als ich meine postalische Adresse verlassen wollte – andere würden es mein ›Zuhause‹ nennen –, klingelte das Telefon.

Jetzt haben die Wehen eingesetzt!, fuhr es mir durch Mark und Bein, teils wie ein überwältigender körperlicher Schmerz und teils wie eine abrupte psychische Entspannung – *Jetzt!*

Vielleicht hatten die Wehen wirklich eingesetzt, aber es war nicht diese – so genannte freudige – Nachricht, die mir das Telefon mit einem solchen Nachdruck zu bringen gedachte.

Es war das Bladet – nur das Bladet. Es war der Frühdienst habende Redaktionsassistent, der mich darauf aufmerksam machen wollte, dass bereits viermal wegen einer Story in der heutigen Ausgabe für mich angerufen worden war.

Die Anruferin hieß Veronica Wool. Sie wollte mit keinem anderen reden. Und wenn ich sie nicht umgehend zurückriefe, würde eben dieser Frühdienst habende Redaktionsassistent nie wieder einen Porter mit mir trinken.

Das war so scharf und ultimativ formuliert, wie es sich ein Redaktionsassistent überhaupt erlauben kann.

Also gehorchte ich.

Ihre Stimme klang noch schlimmer, noch mitgenommener als am Tag zuvor. Sie zitterte in der Leitung. Vielleicht konnte – zwischen ihr und der Kopenhagener Telefon-Aktiengesellschaft – von verschiedenen Arten der Elektrizität gesprochen werden, die nicht kompatibel waren.

»Ich habe so oft bei Ihnen angerufen«, sagte diese seltsam schöne, brüchige, gleichsam perforierte Stimme.

»Tut mir Leid. Ich *wohne* nicht in der Redaktion. Und ich habe keine Bürozeiten.«

»Werden Sie doch nicht gleich *sauer.* Wie läuft es bei Ihrem – Mädchen?«

»Nichts Neues.«

»Ich habe heute einen Brief bekommen. Von den Entführern. Es ist – Kidnapping.«

Sie sprach das Wort aus wie eine Realschülerin, die im Englischunterricht als Aufgabe bekommen hat, die Wörter Silbe für Silbe klar und deutlich den anderen weniger begabten Mitschülern vorzusprechen. Kid-nap-ping. Der bekannte chinesische Meisterkoch Kid-Nap-Ping.

»Was steht drin?«, fragte ich.

»›Ihr kleines Mädchen ist in Sicherheit – bis auf weiteres. Im Laufe des Tages werden Sie mehr von uns hören. Wenn Sie sich an die Polizei wenden, können wir für die Folgen keine Verantwortung übernehmen.‹«

»Du lieber Himmel, was für ein Klischee. Das klingt wie in all diesen schlechten Kriminalromanen, die ich gelesen habe.«

»Für Sie ist es vielleicht ein ›Klischee‹, aber für mich geht es hier um mein Kind.«

»Entschuldigung.«

»Männer!«

»Entschuldigung.«

»Was sollte ich Ihrer Meinung nach tun?«

Das war, was Politiker, die sich in der Defensive befinden, ›eine gute Frage‹ nennen.

»Ich vertraue Ihnen nämlich«, sagte sie. »Obwohl ich gar nicht weiß, warum. Doch, vielleicht weil Ihr Artikel so fair war.«

»Danke«, sagte ich. »Ich glaube, dass ich Ihnen nach den üblichen Regeln raten sollte, direkt zur Polizei zu gehen.«

»Aber wenn sie doch ...«

»Ja, das weiß ich: Genau das ist das Sadistische bei einem solchen – Kidnapping. Man hat Angst vor den Konsequenzen. Aber trotzdem, wenn man es wagt ...«

»*Ich* wage es nicht.«

»Wie sieht der Brief aus?«

»Mit der Schreibmaschine geschrieben – eine mit kleinen Buchstaben. Ganz normales Papier. Keine Unterschrift.«

»Ist er mit der Post gekommen?«

»Ja.«

»Haben Sie den Umschlag noch?«

»Ja.«

»Dann heben Sie alles gut auf und fassen es nicht mehr an. Fingerabdrücke, Sie wissen schon. Ich bin gerade auf dem Weg zur Polizei. Ich werde sie darauf ansprechen. Und dann, glaube ich, werden wir zu Ihnen hinauskommen.«

»Das traue ich mich nicht. Das – will ich nicht. Was passiert, wenn – wenn sie – *sie* – sehen, dass die Polizei kommt?«

»Sind Sie allein zu Hause?«

Diese unbedachte Frage reichte aus, um sie noch mehr zu erschüttern. Sie sah sich wahrscheinlich sowohl Raubmord als auch Vergewaltigung ausgeliefert. Ich hätte mich selber in den Allerwertesten treten können, hob es mir aber für später auf.

»Da ist – das junge Mädchen. Und der Gärtner.«

»Ist der schon länger bei Ihnen?«

»Ja-a – es ist ein Neuer ... aber von derselben Firma ...«

Ihre Stimme gefror. Auch sie hatte zu viele Horrorfilme im Fernsehen gesehen. Auch ihr erschienen sie plötzlich vor dem inneren Auge. Allzu deutlich, wie es schien.

»Jetzt hören Sie mir mal zu«, sagte ich mit tiefer, beruhigender, väterlich autoritärer Stimme, indem ich genau wie der Romandetektiv zu sprechen versuchte, als der ich mich fühlte. »Bleiben Sie so ruhig wie möglich. Ich bin in zwanzig Minuten bei Ihnen. Und *ich* werde keine Uniform tragen.«

»Danke«, sagte sie, und dann legte sie – mit einer für eine aufgeregte Frau in ihrer Situation außerordentlich kaltblütigen Geistesgegenwart – sofort den Hörer auf, offenbar um zu vermeiden, dass aus den zwanzig Minuten einundzwanzig wurden.

Auf dem Weg hinunter zur Polizeiwache am Halmtorvet qualifizierte ich mich – ohne dass sich auch nur ein einziger aufmerksamer Talentscout in der Nähe befand – souverän für die Teilnahme am Sprintwettbewerb der Olympischen Spiele. Ich bin überzeugt, dass ich auch einige dänische und skandinavische Rekorde dabei brach. Wenn ich die Zeit gehabt hätte, um auf die Uhr zu schauen, hätte ich es auch dokumentieren können.

7

Ehlers saß hinter seinem großen, merkwürdig gelben staatlichen Schreibtisch und hatte einen Haufen von Papieren vor sich liegen, von denen er das eine oder andere unterschrieb. Mit einer Handbewegung bot er mir einen abgewetzten Stuhl an.

Ich sagte ihm, dass jetzt nicht die Zeit zum Herumsitzen und Herumpalavern sei. Es sei die Zeit für eine schnelle Tour hinaus nach Lyngby.

Ich erzählte ihm die letzten Neuigkeiten, als ob ich seine eigene, kleine, lebendige Zeitung wäre.

»Ich bin gerade von dort zurückgekommen«, sagte er.

»Dann hättest du noch bei der Mutter vorbeifahren sollen.«

»Das hätte ich wohl tun sollen, ja. Es gab aber eine *andere* Angelegenheit, um die ich mich kümmern musste. Es gibt *immer* eine andere Angelegenheit, um die man sich *auch* kümmern muss, das ist das Elend der Polizeiarbeit.«

»Du besitzt mein volles und ganzes Mitgefühl, aber jetzt komm. Wir können im Auto miteinander reden.«

»Ja, schon gut. Ich muss nur noch Kaspersen holen, damit er mitkommt.«

»In Zivil.«

»Ja.«

»Und kannst *du* dir vielleicht eine Kamera leihen, damit du den Pressefotografen vorstellen kannst – für den Fall, dass sie *wirklich* beobachtet wird?«

»Was zum Teufel soll das hier werden? Eine Komödie?«

»Vielleicht eher noch etwas, das in einer Tragödie enden könnte. Warum also ein Risiko eingehen?«

Ehlers verschwendete keine weiteren Worte, nicht hier und jetzt. Er war trotz allem ein Mann der Tat. Fünf Minuten später verließen wir in dem stetig strömenden Regen den Halmtorvet in einem vollkommen anonymen blauen Auto, mit Kaspersen am Steuer und Ehlers und mir auf dem Rücksitz. Ehlers *mit* Kamera.

»Ja«, sagte Ehlers, als wir um die Ecke auf die Istedgade kurvten, »das Personal von diesem Kindergarten – er heißt ›Bøgely‹ – hat den Mann sicher als Kurt Aaberg identifizieren können. Sie riefen an, sobald sie deinen Artikel gelesen hatten.«

»Das ist genau das, was ich dir so oft zu erklären versucht habe: Die Presse hat große Macht.«

»*Zu* groß.«

»In diesem Fall hat sie dir jedenfalls geholfen.«

»Ja, und in anderen Fällen hat sie mir Knüppel zwischen die Beine geworfen. Ich kann nur nicht verstehen, was bei den Entführern schief gelaufen ist.«

»Inwiefern?«

»Warum setzen sie sich erst *heute* mit ihr in Verbindung? Warum haben sie nicht gestern Abend schon angerufen? Das wäre das einzig Vernünftige gewesen. In der Zwischenzeit hat sie – wie es jeder andere auch tun würde – sowohl die Polizei als auch die Presse vom Verschwinden des Kindes in Kenntnis setzen können, sodass es zu spät ist, sie noch davor zu warnen. Jetzt muss sich jeder Kidnapper mit einem Intelligenzquotienten von über 20 darüber im Klaren sein, das jeder zweite Däne das Mädchen wiedererkennen würde. Es gibt nichts, was die Leute mehr interessiert als ein Verbrechen, dem Kinder zum Opfer fallen. Es trifft sie direkt in ihre Herzen.«

»Glaubst du nicht, dass es einfach nur Kurt war, der schief gelaufen ist? Kurt schnappt sich das Kind, O. K.? Er liefert sie mutmaßlich bei irgendjemand anderem ab, an irgendeinem Ort, damit ihn niemand mit dem Verbrechen mehr in Verbindung bringen kann. Aber dann begeht er irgendeine Dummheit, oder er bekommt es vielleicht mit der Angst zu tun, und der andere oder die anderen kommen zu der Auffassung, dass es nötig sei, *ihn* loszuwerden.

Der Mörder hatte gestern einen anstrengenden Tag. Zuerst musste er das Kind abpassen, es vielleicht entgegennehmen. Dann schöpfte er Verdacht gegen Kurt, verfolgte und erschoss ihn, und dann war er noch bei ihm zu Hause – wie wir gesehen haben. Vielleicht, um das Bild zu finden, das *wir* entdeckt haben.«

»Er hatte nicht sehr viel Zeit, wenn er vor uns da war.«

»Nicht genug, um das Bild zu finden.«

»Trotzdem, selbst wenn man alle Möglichkeiten in Betracht zieht ... Es passt zeitlich nicht zusammen. Sie hätten einfach anrufen können. Und wenn es von einer Telefonzelle im Hauptbahnhof gewesen wäre.«

Wir hatten inzwischen den Jagtvej erreicht. Ich zündete mir eine Zigarette an und sah in den Regen hinaus, so gut es eben möglich war bei der Präsentation seiner Tropfenprodukte, die er höchstpersönlich an den Fensterscheiben abgeliefert hatte.

»Verflixt«, sagte Ehlers. »Eine Leiche und ein entführtes Kind. Und nicht ein einziger Tipp oder eine einzige Spur, der man folgen kann. Als müsste man mit auf dem Rücken festgebundenen Händen boxen.«

»Vielleicht kann uns der Brief einen Hinweis geben. Dort oben über den Wolken, weißt du, ist der Himmel …«

»… im Augenblick schwarz, ja. Vollkommen schwarz.«

Im Wagen herrschte Schweigen, als wir mit der erlaubten Höchstgeschwindigkeit, und ein bisschen mehr, über den Lyngbyvej aus der Stadt hinausfuhren. Am Hans-Knudsens-Plads wurden wir von einer Verkehrskontrolle angehalten, die aber schnell auf andere und liebenswürdigere Gedanken kam und uns weiterrasen ließ. Gut, sich in guter Gesellschaft zu befinden.

»Was glaubst du, wie viel Geld sie hat?«, fragte Kaspersen. »Auf was für eine Lösegeldsumme können sie hoffen?«

»Der ›Dünne‹ muss ihr einen ganzen Haufen hinterlassen haben«, antwortete Ehlers. »Es ist nicht billig, im Søbakkevej zu wohnen.«

»Wo liegt das denn genau?«, fragte Kaspersen, als wir den Bahnhof ›Lyngby‹ passierten, der so menschenleer war, wie ein Bahnhof überhaupt nur sein kann.

Ehlers gab ihm die notwendigen Informationen, genau wie ein Wegweiser. Ehlers musste ein erstklassiges Erinnerungsvermögen besitzen, geradezu wie geschaffen für ein Fernsehquiz. Es war schließlich schon ein paar Jahre her, dass der ›Dünne‹ in demselben Haus erschossen worden war, und seitdem hatte es eine wahre Sintflut anderer Fälle gegeben. Und dies war wohl kaum eine Gegend, in die er des Öfteren kam.

Bei fast demselben Wetter, das auch bei meinem ersten Besuch an diesem Ort geherrscht hatte, bogen wir in die kleine Seitenstraße ein, die zum Furesø hinunterführte, in den beliebten, begehrten und blasierten Søbakkevej mit seinen vierzehn Hausnummern: Nr. 2–12 auf der einen Seite, Nr. 1–13 auf der anderen und Nr. 14 ganz unten am Ende: ein Herrenhaus in Weiß und Grau, umgeben von einem zwei Meter hohen schwarzen Gitter.

»Man wohnt repräsentativ«, bemerkte Kaspersen ironisch.

»Du weißt, wo das Geld dafür herkommt«, sagte Ehlers bitter.

Das wusste er.

Das wussten wir im Grunde genommen alle zusammen, und das wussten auch ein paar mehr Leute als wir. Doch es ist eine Sache, worauf auch die Anwälte des ›Dünnen‹ viele Male mit beispielhafter Deutlichkeit in unseren Gerichtssälen hingewiesen hatten, etwas zu wissen. Eine ganz andere – und sehr viel kompliziertere – Sache ist es dagegen, es zu beweisen. Und ohne Beweise ist das Wissen nichts wert, selbst wenn es von tausenden geteilt wird.

Das nennt man Rechtssicherheit.

Kaspersen blieb diskret im Wagen zurück, während Ehlers – ausgestattet mit seiner Kamera und angestrengt darauf bedacht, natürlich auszusehen, obwohl diese vor seinem Bauch herumbaumelte – und ich losgingen und die elektrische Klingel betätigten, die – wie ich mich erinnerte – an der Gartenpforte saß.

»Hier ist das Bladet«, sagte ich. »Wir sind verabredet.«

Die Pforte ging auf, und wir gingen weiter bis zu

der hohen Treppe, die zur Eingangstür hinaufführte. Die Tür war bereits einen Spalt geöffnet, und durch den Spalt hindurch schaute uns eine verängstigte Person an, die das ›junge Mädchen‹ sein musste.

Sie war ein unscheinbares ›junges Mädchen‹, durchschnittlich in jeder Hinsicht: blond, normal gebaut, alles normal. Sie fiel fast gar nicht auf. Ich persönlich hätte einen Hund darauf gewettet, dass sie vom Land kam. Ohne dass ich den Finger auf einen bestimmten Punkt hätte legen können, so besaß sie doch genau diese Ausstrahlung – die im Übrigen, so habe ich mir sagen lassen, unter gewissen Umständen durchaus charmant wirken könne. Die Leute reden so viel.

Diesen Fehler besaß *sie* nicht. Ohne ein einziges Wort führte sie uns in eine geräumige, teppichbelegte und vasenbestückte Eingangshalle und schloss sorgfältig die Tür hinter sich, bevor sie die nächste in ein Wohnzimmer öffnete.

Wenn ›Wohnzimmer‹ nicht ein allzu bescheidenes Wort dafür ist.

Es war praktisch ein Ballsaal. Ein Ballsaal mit Stuckdecke und geschnitzten Paneelen und breiten Balkontüren mit hübschen, hellen, finnischen Designermöbeln, mit großen Samtkissen und dicken Vorhängen aus dunkelrotem Velours, mit ebenso tiefen wie teuren Sofas, Standaschenbechern und moderner Louisiana-Kunst an den Wänden. Das ideale Ambiente für eine Fotoserie in einem Einrichtungsmagazin für die gehobenen Gesellschaftsschichten.

Aber *kein* Wohnzimmer, das aussah, als hätte sich jemals ein Kind dorthin verirrt.

In einem der Sofas saß eine Frau, die sich erhob, als wir den Raum betraten. Wir bekamen einen ersten persönlichen Eindruck von Veronica Wool. Ein unvergesslicher Tag im Leben eines jeden Mannes.

Sie musste um die vierzig sein. Sie trug eine tief ausgeschnittene schwarze Bluse und einen schwarzen Rock mit schwarzen Seidenstrümpfen darunter, als ob sie zur Sicherheit bereits – oder vielleicht auch immer noch – in Trauer gekleidet war. Sie trug eine Perlenkette, für die irgendeine arme Nutte aus der Istedgade wahrscheinlich fünf Jahre lang anschaffen musste, bis sie genug Geld dafür zusammengekratzt hatte – über einen Mittelsmann alias Ehemann.

Sie war – oder besser: war mittlerweile – eine Frau, die nach dem Großen Vorbild geformt war. Ausladende Kurven, eine beinahe maskuline, majestätische körperliche Präsenz. Schwarze Augen. Dunkelblondes Haar.

Unter der Schminke konnte man mehr als ahnen, dass ihre Haut ebenso abgenutzt war wie ihre Stimme. Sie hatte ihre – gut gepflegten – Falten bekommen.

Sie war ohne Zweifel ein imponierendes Exemplar ihrer Gattung.

In der einen Hand hielt sie eine Filterzigarette, in der anderen ein Taschentuch. Sie musste sich eine Filterzigarette nach der anderen angezündet haben. Ein Geruch von Parfüm, vermischt mit Tabak, erfüllte den Ballsaal.

»Wie *gut*, dass Sie kommen konnten«, sagte sie, während sie uns kritisch musterte und inspizierte.

Ich übernahm die gegenseitige Vorstellung, wir wurden auf ein paar Stühlen vor ihrem Sofa platziert, und Ehlers begann – nachdem er seine Kamera abgelegt hatte – mit ein paar höflichen, mitfühlenden Ergüssen, die er wahrscheinlich in seiner Jugend auf der Polizeischule gelernt hatte. Sie lauschte ihnen ohne erkennbares Interesse.

»Was hatten Sie noch über den Gärtner gesagt?«, fragte sie mich.

»Nichts«, sagte ich. »Nur so eine fixe Idee. Paranoia vielleicht. Man weiß ja nie.«

Ehlers stand auf, mitsamt seinem Alibi, zog einen der dunkelroten Vorhänge zur Seite und sah in den Garten hinaus. Verzeihung, in den *Park* natürlich. Ich stellte mich direkt hinter ihn und erblickte einen schlanken, jungen Mann in einem Regenmantel, der uns den Rücken zugewandt hatte und anscheinend darin vertieft war, eine Rosenhecke zu beschneiden.

Ehlers zog den Vorhang wieder zu.

»Kann ich den Brief sehen?«, fragte er routiniert rationell.

Er lag auf einem kleinen Rauchtisch bereit, zusammen mit dem Bladet und ein paar französischen Modemagazinen der höheren Preisklasse. Es war, wie sie gesagt hatte. Es handelte sich um ein gewöhnliches blaues Kuvert von der Sorte, die man *selber* lecken muss und von der man hundert für einen Zehner bekommt. Darin ein Bogen Papier, der von einem Block aus derselben Preisklasse herausgerissen worden war. In dieser Umgebung wirkten sie beinahe beleidigend vulgär. Und zu allem Überfluss war der Poststempel vom Septemberregen zu einer Hand voll Schlieren verwischt worden.

Doch andererseits waren die drei Zeilen frei von Rechtschreib- oder Anschlagfehlern. Und die Schreibmaschine schien neu zu sein. Keine hüpfenden oder undeutlichen oder sogar abgebrochenen Buchstaben: ein klares, deutliches Schriftbild.

Und – wie sie ebenfalls erwähnt hatte – eine sehr kleine Schrift.

»Ich glaube, es ist eine Brother«, sagte ich.

»Eine was?«, fragte Ehlers.

»Eine Brother, eine japanische Reiseschreibmaschine. Schreibmaschinen gehören zufällig zu den vier oder fünf Dingen, mit denen ich mich auskenne. Ich habe so viele von ihnen kennen gelernt.«

»Gibt es viele von der Sorte?«

»Unzählige. Jeder Buchhändler in einer Seitenstraße führt sie. Billig und praktisch – wenn man keine allzu hohen Ansprüche stellt.«

Das Telefon klingelte. Veronica Wool, die dagesessen und diese technischen Details aufmerksam verfolgt hatte, stand auf und nahm den Anruf entgegen. Das Telefon hing direkt hinter ihr an der Wand. Das allerneueste Tastentelefon – in Dänemark.

Ihren reifen Körper durchfuhr ein Zucken, nachdem sie den Hörer ans Ohr gelegt hatte, doch sie besaß gleichwohl genug Tatkraft und Geistesgegenwart, um sich umzudrehen, ihren Finger in der kurzen Sekunde, die sie uns anschaute, vor die Lippen zu legen und anschließend auf den Mithörknopf zu drücken, damit auch wir ein bisschen davon mitbekamen.

Es erklang eine gedämpfte Männerstimme, eine Stimme, die sich verständlicherweise jede Mühe gab, nicht wie sie selbst zu klingen.

»… haben Ihre Tochter. Sie werden mit der Morgenpost Nachricht bekommen. Halten Sie sich von der Polizei fern. Und hören Sie auf, sich an die Zeitungen zu wenden – wenn sie Ihre Tochter zurückbekommen wollen.«

Und schon wurde der Hörer aufgelegt. Nicht mit einem Knall, sondern leise und sorgfältig, so wie man eine Tür schließt, wenn man als rücksichtsvoller Mensch das Zimmer eines Kranken und Bettlägerigen verlässt.

Nichtsdestotrotz hatte das Geräusch etwas Endgültiges.

Den Klang eines höchst professionellen Auflegers.

8

Auch Veronica legte den Hörer auf. Als sie sich uns zuwandte, waren ihre Augen zwei große Fragezeichen.

Sie setzte sich erneut aufs Sofa, zündete sich eine Zigarette an und sah uns auffordernd an, als ob sie uns zu erkennen geben wollte, dass sie ihren Teil getan habe und es jetzt wirklich an uns sei, die Verantwortung zu übernehmen.

Ehlers schien für einen Augenblick in sich zu gehen. Dann erzählte er ihr kurz und zusammengefasst alles, was wir über den letzten Tag in Kurt Aabergs Leben wussten.

Sie nickte nur.

»Aber warum gerade *ich*?«, fragte sie. »*Mein* Kind?«

»Haben Sie Feinde?«

»*Ich?* Nicht, dass ich wüsste. Jedenfalls keine von dieser Sorte.«

»Es könnten die Feinde Ihres Mannes sein«, sagte Ehlers langsam.

»Mein Mann ist tot.«

»Ihres verstorbenen Mannes.«

»Vielleicht. Ich weiß nicht viel über seine – Geschäfte.«

Sie sprach das Wort so natürlich aus, dass es keine Rückschlüsse darüber erlaubte, ob sie wusste, worin die Geschäfte des ›Dünnen‹ bestanden hatten, oder nicht.

Letzteres war allerdings schwer zu glauben.

»Vielleicht auch nicht über seine – Vergangenheit?«, spielte Ehlers den Ball zurück.

»Nein. Ich bin ihm erst spät in seinem Leben begegnet.«

»Und Sie waren gar nicht neugierig?«

»Ich habe mich schon immer mehr für die Zukunft interessiert, Herr Inspektor. Die Vergangenheit kann man ohnehin nicht ändern.«

1:0.

Sie servierte den Matchball direkt anschließend.

»Was schlagen *Sie* vor?«

»Dass wir alles tun, was wir können.«

»Und was können Sie?«

»Wir können Ihre persönliche Sicherheit garantieren. Wir können fahnden. Wir können Sie bitten, bei der alten Nummer mitzuspielen: eine Falle zu stellen.

Morgen werden Sie aller Wahrscheinlichkeit nach eine Aufforderung erhalten, eine bestimmte Summe Geldes an einem bestimmten Ort abzuliefern – warum Sie die allerdings nicht schon längst erhalten haben, ist mir unbegreiflich. Sie werden mit Sicherheit auch die Anweisung bekommen, allein zu erscheinen. Sie werden entweder einen Kontakt oder einen einsamen Ort genannt bekommen.

Wir können Sie observieren, diskret, und wir können demjenigen oder denjenigen folgen, die das

Geld entgegennehmen oder abholen, je nachdem, welche Methode sie wählen.«

»Und in der Zwischenzeit? *Jetzt?*«

»Können wir nur abwarten – und darauf hoffen, dass der eine oder andere Ihr kleines Mädchen sieht, sie wiedererkennt und sich bei uns meldet. Vielleicht ist das ja auch schon passiert. Einen Augenblick.«

Er stand auf und nahm den Telefonhörer, drückte langsam – wie um Zeit zu gewinnen – auf die Taste, bat um eine längere Ortsnummer und fragte, ob es Hinweise auf den Verbleib der verschwundenen vierjährigen Barbara Wool gebe.

»Barbara *Valentin* Wool«, korrigierte die Mutter.

Ehlers hörte fünf Minuten lang zu, irgendetwas musste es also geben.

»Drei, vier Anrufe enthielten brauchbare Hinweise«, sagte er. »Ihnen allen wird im Augenblick nachgegangen. Zwei kamen aus der Stadt, einer aus Vesterbro und einer aus Nørrebro, und dann gibt es noch einen Hinweis aus Virum – das ist ja nicht weit von hier entfernt. Und dann gab es noch jemanden, der das Kind gestern auf der Fähre über den Storebælt gesehen zu haben glaubt, doch diese Zeugin wirkte nicht besonders zuverlässig, zumal sie behauptete, nicht das Mädchen selbst, sondern ihre Astralprojektion gesehen zu haben.«

»Und was soll das heißen?«

»Die Dame war, was man ›hellseherisch‹ zu nennen pflegt – oder sie meinte zumindest selbst, dass sie es wäre. Sie war nicht schwer auszusortieren, da wir sie mittlerweile schon kennen. Jedes Mal, wenn etwas geschieht, sieht sie umgehend Astralprojektionen. Wir haben eine ganze Anzahl dieser Art – dieser Art von

Menschen, meine ich, nicht Projektionen. Wir haben auch eine kleine Gruppe von Personen, die jedes Mal, wenn ein Mord begangen wurde, zu uns kommen und ein Geständnis ablegen. Einige von ihnen sind mittlerweile mit meinen Leuten per Du.«

Er quasselte, ohne Luft zu holen. Wartete er auf etwas?

In dem Fall passierte es gerade: Draußen fiel ein Schuss.

Wir standen gleichzeitig auf, bereit, die Balkontüren zu öffnen.

»Nein. Bleib hier«, sagte er. »Pass auf die Dame auf. Finde das Mädchen. Und bleib bei ihnen.«

Dann verschwand er und knallte die Türen hinter sich zu.

»Brauchen Sie eine Pistole?«, fragte Veronica Wool, so ruhig, als würde sie mir einen Drink anbieten.

»Haben Sie eine?«

»Mein Mann hatte eine. Sie ist immer noch hier.«

»Kann ja nicht schaden. Aber lassen Sie uns erst mal das junge Mädchen holen. Wie heißt sie übrigens?«

»Louise.«

Sie drückte auf eine Klingel neben dem Telefon. Sie läutete wie die Glocken einer mittelgroßen Kathedrale.

Aber sie zeitigte kein Resultat.

Sie erhob sich ungeduldig, rauschte in die Eingangshalle hinaus und rief »Louise!« mit einer Durchschlagskraft, die nur Leute, die mit ihrer Stimme Geld verdienen, produzieren können.

Immer noch keine Reaktion.

»Sie hatte vielleicht irgendetwas zu erledigen«, sagte sie dann.

»Wie lange ist sie schon bei Ihnen?«, fragte ich.

»Seit einem Monat«, antwortete sie und sah mir in die Augen.

Wir dachten beide dasselbe. Wir verstanden einander, wir zwei.

Wir hörten, dass die Balkontüren geöffnet wurden. Herein kamen Ehlers und Kaspersen, beide nass genug, um die erlesenen Teppiche zu durchtränken, und beide außer Atem, Kaspersen noch am wenigsten.

»Das Mädchen ist verschwunden«, sagte ich zu Ehlers.

»Einkaufen«, sagte Kaspersen. »Ich habe sie mit einer Tasche und einem Einkaufsnetz losziehen sehen.«

Veronicas schwarze Augen flackerten von einem zum anderen.

»Tut mir Leid, Ihnen sagen zu müssen, dass sie einen Gärtner verloren haben«, sagte Ehlers.

»Ist er – erschossen worden?«, fragte sie und sah mit aufgerissenen, verschreckten Augen, die entweder echt oder gut gespielt waren, was im Endeffekt auf dasselbe herauskommt, zu ihm auf.

»Nein«, antwortete Ehlers. »Er ist abgehauen.«

»Bitte, setzen Sie sich doch alle«, sagte sie, als ob ihr mit einem Mal ihre repräsentativen Pflichten als Gastgeberin in den Sinn kamen, »und lassen Sie mich endlich wissen, was geschehen ist. Möchten Sie vielleicht einen Drink?«

Das war ein Angebot. Die drei Antworten kamen gleichzeitig wie auf Kommando.

»Nein, danke.«

»Danke, im Augenblick nicht.«

»*Sehr* gerne.«

Nachdem wir uns gesetzt und die Gastgeberin und ich mit jeweils einem wohl proportionierten Whisky versorgt waren, erzählte Kaspersen seine kleine Geschichte.

»Ich fasste Verdacht gegen diesen Gärtner«, sagte er. »Es wurde mir einfach zu langweilig, im Wagen zu sitzen, also machte ich eine Erkundungstour um das Haus herum, ging den kleinen Pfad nach links hinunter und blieb ein Weilchen stehen, um ihn zu beobachten. Irgendetwas stimmte mit ihm nicht ... Ich habe einen Bruder, der als Gärtner arbeitet. Ich hatte nicht den Eindruck, dass seine Bewegungen denen meines Bruders ähnelten. Er hantierte ungeschickt mit seinen Gerätschaften. Er wirkte wenig glaubwürdig.

Also stellte ich mich ihm als einer der Nachbarn vor und vertraute ihm an, dass auch ich einen Garten besitze, der gepflegt werden müsse, und fragte ihn, ob er an dem Job interessiert sei. Das sei er durchaus, sagte er, gab sich darüber hinaus allerdings nicht besonders redselig. Er sagte, dass ich in einer Agentur namens ›Die grünen Daumen‹ anrufen solle. Ich fragte ihn, ob er nicht eine Visitenkarte dabeihabe. Das hatte er nicht. Alle anderen, die in der Dienstleistungsbranche tätig sind, haben so etwas sonst immer dabei – sie können dutzendweise damit um sich werfen. Ich fragte ihn, ob er die Telefonnummer im Kopf hätte. Das hatte er nicht. Ich sah ein *wenig* verwundert aus, und er erklärte mir, dass sie gerade eine neue Telefonnummer bekommen hätten.

Also bedankte ich mich und zog mich zurück. Ich ging zu einem freundlichen Nachbarn mit einer noch freundlicheren Haushälterin hinüber, die gerne bereit waren, der Polizei ein Telefon und ein Telefonbuch zur Verfügung zu stellen.

Den Namen ›Die grünen Daumen‹ fand ich in der Tat, also rief ich bei der Firma an und fragte – in Ihrem Namen, gnädige Frau, oder in Ihrem Auftrag, wenn Sie das entschuldigen mögen – nach dem Gärtner, der heute eigentlich kommen sollte.

Die Agentur bedauerte, falls es zu einem Missverständnis gekommen sein sollte, aber ihnen wäre telefonisch mitgeteilt worden, dass Sie Ihren üblichen Gärtner für diese Woche abbestellt hätten, da Sie verreisen würden. Das haben Sie aber nicht, oder?«

»Nein.«

»Kommt Ihr Gärtner immer am Dienstag?«

»Nein, am Mittwoch. Aber sie haben von der Agentur angerufen und gesagt, dass der, der sonst kommt, krank geworden sei, und dass sie aus verschiedenen Gründen nur am Dienstag einen Ersatz schicken könnten. Mir war es egal, also ...«

Sie fühlte sich gar nicht wohl dabei. Dafür konnte ich ihr auch keine Vorwürfe machen.

»Und wann kam dieser Anruf?«, fragte Ehlers.

»Spät am Montag. Gerade als ich darauf wartete, dass ...«

Sie verstand selbst am besten von uns allen, was das zu bedeuten hatte.

»So einfach ist das«, sagte Kaspersen. »Zwei kurze Telefonanrufe, und man hat einen Spion direkt vor der Haustür platziert.«

»Und der Schuss?«, fragte ich.

»Er«, sagte Kaspersen. »Verdammt! Nachdem ich telefoniert hatte, ging ich zurück, um mich eingehender mit ihm zu unterhalten. Sobald er gesehen hatte, dass ich zurückkehrte, wusste er, was die Uhr geschlagen hatte, und machte sich das Grundstück hinunter zum Furesø davon. Ich folgte ihm außerhalb der Hecke, als er sich umdrehte und mich mit diesem Revolver bedrohte. Er schoss ein Mal in die Luft, um mich zu warnen, dass er geladen war. Ich hatte keine Pistole dabei. Ich ging das Risiko nicht ein, ihn weiter zu verfolgen.«

»Das war sehr klug von dir«, sagte Ehlers. »Aber es war nicht klug von dir, zu ihm zurückzukehren. Du hättest ihn sein Spiel weiterspielen lassen sollen. Dann hätten wir ihn von hier ab beschatten können. Dann hätten *wir* einen Trumpf in der Hand gehabt. So haben wir nichts erreicht – ganz im Gegenteil, wir haben verloren. Jetzt wissen sie, dass wir hier sind.«

Kaspersen schloss seinen Mund mit einem bedauernden Klicken. Er sah ein, dass er sich zu dumm angestellt hatte.

»Du warst einfach nur übermotiviert«, sagte Ehlers. »Das kann jedem passieren. Und sie hätten es ohnehin bald herausgefunden. Ihnen ist klar, dass wir gezwungen sind, hier aufzukreuzen – nach diesen Zeitungsberichten.«

Er warf mir einen anklagenden Blick zu. Doch irgendwo in den Augenwinkeln hatte sich dabei ein schiefes Lächeln versteckt. Ein Lächeln, das man nur als Lächeln identifizieren konnte, wenn man ihn schon lange kannte.

Kaspersen sah es nicht. Kaspersen betrachtete betreten seine Füße. Der Lehrer hatte dem Schüler eine Ohrfeige verpasst.

Veronica Wools Geduld schien strapaziert. »Ich habe gedacht, die Polizei weiß, was sie tut«, bemerkte sie bissig.

Sie sah aus, als hätte sie noch einiges mehr zu diesem Thema sagen können.

»Wir haben eine Schlacht verloren«, sagte Ehlers. »Aber es werden noch viele kommen. Jetzt heißt es *wir* gegen *sie*.«

»So wie ich das sehe«, sagte die ehemalige Schlagersängerin in hoffnungsloser Resignation, »heißt es jetzt *ihr alle* gegen eine – mein armes kleines Mädchen.«

9

Darauf gab es nicht allzu viel zu erwidern, ebenso wenig, wie es zu der Gesamtsituation noch etwas zu sagen gab, daher machten wir uns zehn Minuten später – als das junge Mädchen mit triefendem Regenmantel, gefüllter Tasche und angeschwollenem Einkaufsnetz zurückgekehrt war – bereit für unseren Abgang.

Ehlers bat darum, noch ein paar Minuten mit dem Mädchen unter vier Augen sprechen zu dürfen, was die gnädige Frau gestattete. Sie verbrachten fünf Minuten zusammen in der Küche, worauf er zurückkehrte und wiederholte, dass die Polizei alles unternehmen werde, was in ihrer Macht stehe, und dass er den Fall im Übrigen für alles andere als hoffnungslos halte, nachdem die neuen Spuren ans Licht gekommen seien. Er erwartete, dass er in Kürze neue Erkenntnisse präsentieren könne, und bat darum, in der Zwischenzeit selbst umgehend unterrichtet zu werden, wenn sich etwas Neues ereigne.

Er meine, sagte er abschließend, dass es in Anbetracht von bewaffneten, falschen Gärtnern vernünftig sei, das Haus unter Bewachung zu stellen – diskret, selbstverständlich.

»Diskret! *Sie* und Diskretion ...«, brummelte Veronica Wool.

Es wurde so gemacht, wie er es wollte, und nachdem er Kaspersen zum leitenden Wachhabenden ernannt hatte, bis Verstärkung eingetroffen war, verabschiedeten sich Ehlers und ich von unserer Gastgeberin. Der Händedruck, den ich bekam, war um kein Geringes herzlicher als jener schnöde Abglanz, mit dem er sich begnügen musste.

Ehlers setzte sich ans Steuer und kroch aus dem Søbakkevej hinaus.

»Ich fahre einfach zu selten«, sagte er, als wollte er damit seine Zeit raubenden Manöver entschuldigen.

»Ganz ruhig bleiben. Wir schaffen das schon.«

»*Du* hast gut reden.«

»Ja, ja. Reg dich jetzt ab. Ich gebe ja zu, dass es ein dummer Streich war, den Kaspersen dir da gespielt hat.«

»Oh, ja, aber glücklicherweise *ist* er nicht dumm – er ist nur übereifrig. Ich war genauso, als ich angefangen habe. Man *sollte* es wohl auch sein, gerade zu Beginn, wenn das Adrenalin heftig durch die Adern pumpt. Aber mit der Zeit legt man es ja ein bisschen ab.«

»Wie lange bist du mittlerweile Bulle?«

»Zwanzig Jahre – nein, einundzwanzig. Wie lange bist du jetzt Journalist?«

»So zehn Jahre etwa.«

»Warum?«

»Weil es einer der vier, fünf Jobs auf der Welt ist, wo man immer noch sein eigener Herr sein kann.«

»Hmm. ›Eigener Herr‹ ist ein großes Wort, um es im Munde zu führen ... Ist es nicht eigentlich das Gleiche? Ist ein Chefredakteur im Grunde genommen nicht ebenso ein Vorgesetzter wie ein Polizeidirektor?«

»Schon, aber er kann von einem freien Mitarbeiter keine tägliche Anwesenheit einfordern.«

Auf dem Weg nach Lyngby schien es über dem Furesø leicht aufzuklaren. Matte Grüntöne wurden sichtbar in den Bäumen und traten wie angestrahlt aus dem tristen Grau hervor. Der Regen ließ für einen Augenblick nach, als wollte er nachdrücklich auf dieses Phänomen hinweisen.

»Du siehst lustig aus mit dieser Kamera«, bemerkte ich platt. »Auch wenn sie nicht viel geholfen hat.«

»Ganz im Gegenteil«, sagte er. »Sie war wirklich nützlich. Ich bin froh, dass ich sie mitgenommen habe. Das war eine glänzende Idee.«

»Bist du sarkastisch?«

»Nicht im Geringsten. Ich habe ein hübsches Bild geschossen, eine Porträtaufnahme. Ich glaube, ich werde es ›Porträt eines Gärtners‹ nennen.«

»Donnerwetter!«

»Erinnerst du dich, wie ich ans Fenster getreten bin, um ihn mir anzusehen? Gerade, als ich den Vorhang zur Seite gezogen hatte und bevor du dazugekommen bist, drehte er sich um und schaute zu mir hinauf. Dann schien er plötzlich zu erstarren, bevor er mir blitzschnell wieder den Rücken zudrehte und versuchte, fleißig auszusehen. Aber nicht, bevor ich nicht ein Foto von ihm geschossen hatte. Ich bin schon ganz gespannt auf die Aufnahme. Ich hoffe, dass sie einigermaßen scharf geworden ist – auch wenn ich ihn durch die Scheibe fotografiert habe.«

Er gestattete seiner einen Hand, für einen Augenblick die Kamera zu liebkosen, als wäre sie irgendein Schoßhündchen, bevor sie wieder zum Lenkrad zurückkehrte.

»Ein Bild ist immer gut«, sagte er. »Jetzt sind wir in Lyngby. Ich muss noch zur lokalen Polizeiwache und ein paar Dinge erledigen. Willst du so lange warten?«

»Wie lange?«

»Eine halbe Stunde.«

»O. K.«

Ehlers stellte sich auf den großen Parkplatz zwischen dem Bahnhof und der Polizeiwache von Lyngby.

»Wohin gehst du?«, fragte er.

»Ins nächste Café«, antwortete ich. »Ich habe Durst. Ich muss ein paar Anrufe erledigen. Ich muss auch ein wenig nachdenken. Und in Cafés denke ich nun einmal am besten.«

»Ich habe auch Durst«, sagte Ehlers nachdenklich. »Hm, direkt hinter dem Postamt da drüben liegt, wenn sie nicht im Laufe des vergangenen Monats dichtgemacht worden ist, eine Kaschemme namens Postcafé. Wenn du dort wartest, komme ich nachher und hole dich ab.«

»Abgemacht. Tschüss.«

»Tschüss.«

Das Postcafé lag tatsächlich dort, aber eine Kaschemme war es mit Sicherheit nicht oder korrekter ausgedrückt: *Wenn* es eine war, dann müsste man ein neues Wort erfinden für gewisse Etablissements zu Hause in meinem Viertel.

Es gab sowohl Stühle als auch Tische, und auf den letztgenannten lagen sogar Tischtücher. Darauf standen Vasen mit Blumen, und die Blumen waren ziemlich frisch. Es gab Kerzen in Farben, die zur Farbe der Tischtücher passten. Darüber hinaus wurde sogar ein so seltener Luxus geboten wie eine freundliche Bedienung.

Ein Fenstertisch mit Aussicht zur Straße und ein frisch gezapftes Bier größeren Kalibers waren genau das, was auch ein erfahrener Mediziner verschrieben hätte.

Als ich von meinem Glas aufsah, nach einem langen, tiefen Zug, schien der Regen aufgehört zu haben. Auf der Lyngby Hovedgade begannen vereinzelte verschreckte Menschen aufzutauchen, Leute, die so vorsichtig vor ihre Haustür traten, wie man nach einem Bombenangriff zaghaft wieder zum Vorschein kommen würde. Es wurde sogar etwas heller.

Ich fand ein Telefon und rief Gitte an. Sie befinde sich ›in einer Besprechung‹, sagte ihre Sekretärin. Sie sei etwa gegen 16.00 Uhr zurück.

Ich dankte. Ich war fest davon überzeugt, dass Gittes Sekretärin – wie jede andere verantwortungsbewusste Anwaltssekretärin, die ihren Job und seinen Jargon kannte – sogar eine Geburt als ›Besprechung‹ bezeichnen würde. Da eine solche allerdings kaum vor 16.00 Uhr beendet sein konnte, war wohl immer noch nichts passiert.

Noch ein Bier. Die Straße sah mittlerweile richtig lebendig aus.

Dann begann ich über den Fall nachzudenken. Irgendetwas war faul daran, so viel wusste ich. Nicht, dass man eines größeren Orakels bedurft hätte, um zu dieser Erkenntnis zu kommen, die reduzierte Billigausgabe eines Miniorakels täte es auch: An jedem Fall ist irgendetwas faul, sonst wäre ja nie ein Fall daraus geworden. Das Problem besteht darin herauszufinden, was genau es ist.

Daran versuchte ich mich also. Zwei Minuten später war ich eingeschlafen. Die vergangene Nacht hatte mir nicht viel Schlaf gebracht, und ich war schon vorher ziemlich im Rückstand.

Ich träumte, dass ich ein Entführer wäre. Ich schlich herum und hielt Ausschau nach kleinen Kindern, die ich fangen und anschließend gegen Schwarzgeld wieder eintauschen konnte. Es schien mir die ideale Handelsform zu sein, solide Ware, schneller Umsatz, keine Mehrwertsteuer oder Zölle – ein perfektes Geschäft, abgesehen von dem damit verbundenen Risiko, bei der Arbeit erschossen zu werden.

Ich zuckte zusammen, als ich gefasst wurde.

Bei der Festnahme handelte es sich lediglich um Ehlers festen Griff um meine Schulter. Ich kehrte in die wirkliche Welt zurück – wenn sie es denn tatsächlich ist.

Auf der Uhr des Cafés waren nur zwanzig Minuten vergangen, doch der Regen hatte bereits wieder angefangen, und die Straßen waren so leer wie zuvor. Ich hatte, was das Leben und die Lebensfreude betraf, den Höhepunkt des Tages in Lyngby verschlafen.

»Entschuldigung«, murmelte ich verschlafen. »Müde.«

»Kenne ich«, sagte Ehlers geradezu vergnügt. »Habe ich auch schon probiert. Aber nicht im Café. Schlechter Ort für ausgerechnet diesen Sport.«

Er bestellte zwei Bier vom Fass und strich sich rundum zufrieden den Schaum aus dem zerzausten Bart.

»Was hattest du zu erledigen?«, fragte ich mit schwerem Kopf, als wäre ich auf einer langen Reise von einem weit entfernten Ort im Flugzeug eingeschlafen und würde nun plötzlich zu Hause aufwachen.

»Praktische Kleinigkeiten«, sagte er. »Sicherheitshalber habe ich gleich noch mal die Firma ›Die grünen Daumen‹ überprüft. Man weiß ja nie ... Ich wollte sehen, ob Louise Rasmussens Angaben über ihre Herkunft stimmen. Ich habe eine Wache für den Søbakkevej angefordert – ein neuer, bewaffneter Gärtner, der Kaspersen ablösen kann –, mir ist nichts Besseres eingefallen, als ihren eigenen Trick zu übernehmen. Und ich wollte so schnell wie möglich sicherstellen, dass Veronica Wools Telefon abgehört wird. Es *könnte* ja sein, dass sie noch einmal anrufen.«

»Du glaubst also nicht, dass sie uns benachrichtigen würde?«

»Ich bin lieber auf der sicheren Seite. Bei Entführungen weiß man nie.«

»Hast du schon Erfahrungen damit gesammelt?«

»Nur sehr wenig – es ist ein ziemlich undänisches Verbrechen. In den USA und in Italien kommt es massenhaft vor, aber nicht in Skandinavien, wenn ich richtig unterrichtet bin. Wenn hierzulande Kinder entführt werden, dann in der Regel von kranken Personen, die sich um jeden Preis ein Kind wünschen – oder von Sexualverbrechern. Ganz selten nur wird Lösegeld gefordert –, *mir* ist das jedenfalls noch nicht untergekommen. Aber man lernt ja nie aus.«

»Wie sieht der Hintergrund des Mädchens aus?«

»Anscheinend in Ordnung. Sie kommt aus Horsens und ist die Tochter eines Angestellten der Staatsbahn. Sie ist nach Kopenhagen gekommen, um die Schwesternschule zu besuchen, sollte aber zuerst ein Jahr im Haushalt arbeiten. Ihr Vater hatte mit der Agentur gesprochen, die sie an Veronica vermittelt hat. Das bedeutet natürlich nicht, dass sie nicht doch ihre Finger mit im Spiel haben könnte, aber es bedeutet, dass sie diejenige ist, für die sie sich ausgibt – es sei denn, die Krakenarme der Bande erstrecken sich bis zur Staatsbahn in Horsens.«

Er trank aus, immer noch mit dem Schatten eines Lächelns auf den Lippen.

»Wollen wir langsam mal wieder zurück in die Stadt?«, fragte er.

Wir bezahlten und überquerten im Regen den Platz. Der Asphalt blinzelte uns zu, nicht ohne Hohn. Langsam manövrierte Ehlers den Wagen zum Lyngbyvej.

»Habt ihr bei Kurt etwas gefunden?«, fragte ich. Dies war ein Detail, das ich total vergessen hatte. Ich vergesse zu oft solche Details – für einen Mann in meiner Position.

»Nein«, sagte er. »Nichts außer Geld – ein paar hundert Kronen – und Zigaretten. Schlüssel – als ob so etwas für *seine* Tür nötig wäre! Und ein Zettel von einem Schuhmacher in der Viktoriagade. Ein Abholschein. Ein Paar Stiefel zur Reparatur. Wir haben die Stiefel sogar untersucht!«

Bei diesem Gedanken schien er sich köstlich zu amüsieren, während wir uns – dieses Mal aufmerksam und vorsichtig – Vibenshus näherten.

»Warum grinst du eigentlich so zufrieden?«, fragte ich, vielleicht ein wenig aggressiver, als ich es meinte. Ich *verstand* es einfach nicht. Nichts kann einen so aggressiv machen wie das Gefühl, nicht zu wissen, was eigentlich los ist.

»Ich freue mich einfach nur auf heute Abend«, antwortete Ehlers. »Du erinnerst dich an die Hinweise, die wir bekommen haben, als ich auf der Wache anrief? Einer von ihnen war *sehr* viel versprechend. Er kam von einem Professionellen – nenn ihn ruhig einen Polizeispion oder einen Spitzel oder einen Schakal, wenn du magst, ich werde ihn jederzeit – in dienstlicher Funktion – einen aufmerksamen Mitbürger nennen, der von Zeit zu Zeit eine wohlverdiente Aufwandsentschädigung für seine außergewöhnliche Aufmerksamkeit entgegennimmt. Er hatte gestern Nachmittag, eine halbe Stunde bevor du gesehen hast, wie Kurt Aaberg ermordet wurde, Aaberg zusammen mit einem anderen Mann und einem kleinen Mädchen in gelbem Regenzeug dabei beobachtet, wie sie sich im Hotel Commodore in der Helgolandsgade einquartiert haben.«

»Commodore?«

»Ja. Dort wird heute Abend eine Razzia stattfinden, aber halt ja deinen Mund, was das betrifft, und ruf mich erst nach Mitternacht an. Bis dahin habe ich viel zu tun. Wo kann ich dich absetzen?«

10

Es war zu früh, um sich zum Bladet zu begeben. Es war zu nass, um einen Spaziergang zu machen. Es war zu langweilig, einfach nach Hause zu gehen – jedenfalls zu meinem Exemplar dieser weit verbreiteten Institution.

Also ging ich noch einmal für einen ruhigen Nachmittag zum Stjernecafé hinunter, während Ehlers zum Halmtorvet weiterfuhr, um dort seine große Razzia aus der Taufe zu heben und zu organisieren.

Ich kannte das Hotel Commodore in der Helgolandsgade ziemlich gut. In diesen Straßen gab es niemanden, der es nicht kannte.

Es war ein altes Hotel aus der Zeit vor der Jahrhundertwende, ein kleines Haus mit drei Stockwerken, das sich anscheinend nur unter größten Schwierigkeiten und allen denkbaren Gesetzen der Schwerkraft zum Trotz aus eigener Kraft aufrecht halten konnte.

Einst war es ein respektables Familienhotel gewesen, ein ›billiges, aber sauberes‹ kleines Hotel, in dem Reisende aus der Provinz, welche die Hauptstadt und ihre kleinen Meerjungfrauen erleben wollten, absteigen und ein Bett finden konnten.

Doch die Zeiten ändern sich. Es kam der Tag, und es war lange her, dass er gekommen war, an dem sich gutbürgerliche Familien aus der Provinz in diesem Slum nicht mehr so richtig wohl fühlten. Und das Commodore hatte – unter dem Druck der äußeren Umstände, so könnte man es im gleichen Wortlaut wie alle anderen Gewerbetreibenden ausdrücken – seinen Stil verändern müssen.

Heute war das kleine Hotel beinahe eine Filiale der Justizvollzugsanstalt West. Es war mittlerweile zu einem Sprichwort geworden, dass ein Verbrecher, wenn er entlassen wurde, zuallererst einmal vom West zum Commodore hinüberging, und ›dann würde man mal weiter sehen‹. In der Zwischenzeit vertrieb man sich dort die Zeit, wie im mythologischen Limbo eines Niemandslands, einer Boarding-Zone, und dort gab es alles, was man brauchte:

Einen Billardtisch, ein Bett, eine Unzahl von Freunden und Bekannten aus der Branche sowie eine Nachtbar mit abgenutztem, rotem Plüsch an den Wänden und gar nicht so abgenutzten – aber umgänglichen – Exemplaren des weiblichen Geschlechts, die sich in dem Lokal tummelten.

Ich war kein Stammgast. Ich war ein einziges Mal in der Nachtbar des Commodore gewesen, und bei dieser seltenen Gelegenheit hatte ich mehr bekannte Gesichter aus der lokalen Verbrecherwelt gesehen, als einer zur Nervosität neigenden Natur lieb sein konnte. Unter anderem – und mit Abstand am prominentesten – eine Person namens »Der kalte Kai«, der nicht weniger als drei Morde – oder Liquidierungen, wie er es so sensibel selbst auszudrücken pflegte – im Gepäck hatte.

Im Laufe der Zeit hatten sich einige, gelegentlich sogar öffentlich, gewundert, dass die Polizei das Hotel Commodore nicht einfach schloss – es wäre schließlich leicht genug, einen Anlass dafür zu finden.

Der Grund dafür lag mutmaßlich darin, dass das Hotel Commodore auch für die Polizei praktisch war. Man wusste, dass es existierte, man wusste, wo es lag, und es war mehr als einmal vorgekommen, dass, wenn es im Viertel beispielsweise einen bewaffneten Überfall gegeben hatte oder ein Lager ausgeräumt worden war, der Diensthabende auf der Polizeiwache einen Wachtmeister losgeschickt hatte, um ›einfach mal im Commodore nachzusehen‹. Da es auf seine Lizenz angewiesen war, konnte das Hotel der Polizei nicht gerade Hindernisse in den Weg stellen – sondern höchstens jemanden daran erinnern, wo sich der Hinterausgang befand, oder ihm das uneingeschränkte Recht verleihen, für eine kurze Periode von beispielsweise einer halben Stunde sich eines Wäscheschranks bedienen zu dürfen.

Selbstverständlich gibt es auch Verbrecher, die sich auf einer höheren Ebene bewegen, und die checken nach einem Coup wahrscheinlich im Sheraton Hotel ein. Aber Kurt und Commodore: Das passte wie Faust aufs Auge. Das klang nach dem, was der Slumpastor Mikkelsen vom ›Kreuzheer der Kirche‹ in der Matthæusgade ›eine Höhere Einheit‹ nennen würde.

Es würde bestimmt eine unterhaltsame Razzia werden.

»Wollen wir würfeln?«, fragte Bob.

Es ging mittlerweile auf 16.00 Uhr zu, auf dieselbe ruhige Stunde, die gestern Kurts letzte gewesen war. Wir hatten mehr Glück: Wir waren immer noch hier. Dieselben Würfelspieler saßen in dasselbe Spiel wie gestern vertieft, die ewig gleiche Knobelvariante mit fünf Würfeln, den Einsen als Jokern und einer Serie von sechs Gleichen. *Sie* nahmen – wie gestern – nichts von dem wahr, was um sie herum geschah.

Die übrigen Gäste bestanden aus einem schon *sehr* erschöpften Geschäftsmann mittleren Alters, der – sicherlich nach einem größeren, anregenden Lunch – eine geduldige, weibliche Begleitung gefunden hatte, eine der Spezialitäten dieses Etablissements. Sie musste bald etwas unternehmen, wenn sie ihn noch daran hindern wollte, in den Schlaf zu sinken. Sie sah aus, als würde sie sich gerade eine genaue Strategie für die nächste halbe Stunde zurechtlegen.

Friedlich. Freundlich. Familiär.

»O. K.«, sagte ich, und wir rollten das grüne Tuch aus und spielten eine Runde.

Ich gewann.

Das hätte mich ziemlich nervös machen können, wenn ich ein Anhänger der alten These wäre, dass Glück im Spiel Pech in der Liebe bedeute, aber das war ich nicht – aus dem einfachen Grund, dass ich mir in meinem fortgeschrittenen Alter keinesfalls mehr im Unklaren darüber war, dass die Liebe *auch* ein Spiel war, wenn auch nicht mit so strengen Regeln wie bei den meisten anderen Spielen.

»Ich muss gerade mal telefonieren«, sagte ich.

Während Bob unsere Drinks holte, rief ich erneut bei Gitte an, womit ich mich an eines der Gesetze der Liebe hielt. Sie war nach ihrer Besprechung tatsächlich in ihr Büro zurückgekehrt.

»Das ist ein verflixter Fall«, sagte sie. »Grundstücksstreitigkeiten. Sehr verwickelt.«

›Verflixter Fall!‹ Zuletzt hatte Ehlers diesen Ausdruck benutzt. Als würde die ganze Welt nur noch aus ›verflixten Fällen‹ bestehen.

Vielleicht tut sie das auch.

Von einem Stadtviertel aus betrachtet, in dem niemand irgendwelche Zäune besitzt, kann es etwas schwer fallen, sich in solche Auseinandersetzungen hineinzudenken, doch ich drückte mein tiefstes Mitgefühl aus und fragte sie, ob sie nicht mit mir essen gehen wolle.

»Ich bin etwa noch eine Stunde beschäftigt. Ich muss noch ein Gutachten schreiben.«

»Kannst du nicht einen anderen damit beauftragen? In *deinem* Zustand!«

»Das ist meine Arbeit.«

Natürlich.

So war sie, immer noch dieselbe.

Selbst im neunten Monat.

Wir verabredeten uns für 17.30 Uhr bei Ho Ling Fung, und ich kehrte zu Bob, der Bar und den Bechern zurück.

Während der Regen im selben Tempo weiterschaffte wie ein Transportarbeiter, der nach zwanzig Jahren Schinderei mit denselben Kisten weiß, dass es nicht darum geht, übereifrig oder zu energisch zuzupacken, sondern einen gleichmäßigen Rhythmus zu halten, spielten wir weiter.

Ich gewann erneut. Ein paar neue Gäste kamen herein, zwei von den lokalen Straßenmädchen, die den Regen dorthin schicken wollten, wo der Pfeffer wächst, da er ihrem ehrenhaften Broterwerb schadete.

Bob gab ihnen Recht darin, dass es wirklich schlimm war. Barkeeper sind Menschen, die aus Prinzip Recht geben.

»Denen im *Sheraton* macht das gar nichts aus!«, sagte die eine, als wäre sie eine überzeugte Kommunistin und würde die Ungleichbehandlung der Lohnarbeiter durch die Klassengesellschaft anprangern. Für sie schien der Regen eine geplante und gezielte Racheaktion gegen sie persönlich darzustellen. Sie ergab sich resignierend in die Ungerechtigkeit des Daseins und hängte sich entmutigt seufzend über den Tresen.

Trotzdem hatte sie Glück. Durch ihre Anwesenheit trug sie entscheidend zu einem kleinen Alltagsdrama bei. Der Geschäftsmann mittleren Alters erwachte, als die beiden hereinkamen, und betrachtete sie genau – genauer, als seiner Begleiterin lieb sein konnte.

Einen Augenblick später wollte er auf die Toilette gehen. Dafür musste er am Tresen vorbeigehen, wo er der Platinblonden, die vom Sheraton gesprochen hatte, ein paar Worte zuflüsterte.

Fünf Minuten später verließen sie gemeinsam das Lokal.

Die Freundin setzte sich zu der ehemaligen Damenbekanntschaft des Mannes an den Tisch. Jetzt war *sie* an der Reihe zu fluchen.

»So ist das Leben«, sagte Bob.

»Für sie, ja«, antwortete ich.

»Für *alle*«, sagte Bob mit Nachdruck. »Für jeden auf seine Art.«

»Du bist ja ein Philosoph, mein Freund.«

»Ganz und gar nicht, ich bin Barkeeper. Aber wir Barkeeper bekommen eine Menge zu sehen. Wollen wir eine letzte Runde spielen?«

Wir spielten eine letzte Runde.

Auch die ging an mich.

»Du bist heute ja gar nicht zu schlagen!«, brach Bob verdrießlich aus – mit einer Miene wie ein Straßenmädchen, das über das Regenwetter schimpft.

Trauer und Freude, die wandern zusammen, die Zweier und die Sechser.

»Morgen«, sagte ich. »Mañana.«

Als wir den letzten Whisky ausgetrunken hatten, verabschiedete ich mich, überquerte die Straße und ging die Viktoriagade zu Ho Ling Fungs chinesischem Restaurant hinunter.

Gitte war noch nicht gekommen, aber Ho stand mit seiner üblichen unergründlichen Mischung aus nahezu unmerklicher Skepsis und allumfassender asiatischer Höflichkeit bereit, uns zu empfangen.

Hos chinesisches Restaurant ist das beste des Viertels, und das will gar nicht so wenig heißen, da es in diesen Straßen von chinesischen Restaurants – von den indischen, vietnamesischen, arabischen und marokkanischen ganz zu schweigen – nur so wimmelt. Dafür gab es zwei Gründe: das Essen und den Wirt.

Bei Ho hatte ich – zwischen zwei Bissen Curryreis – Gitte Bristol das erste Mal gesehen. Nicht *getroffen*, einfach nur gesehen. Ihre leicht gekrümmte Nase. Ihre breiten Wangenknochen. Ihr entschlossenes Kinn. Ihre großen verträumten Augen. Ihre energischen Körperbewegungen. Ihren schönen, stolzen Rücken.

Da stand sie, vor den schwarz-roten Wanddekorationen aus Krapplack. Ganz so wie damals – abgesehen vom Bauch.

Wie immer traf sie mich wie ein Blitz, so wie es einem Naturphänomen wie ihr ansteht. Ich starrte sie dermaßen gebannt an, dass ich nicht einmal dazu kam aufzustehen, bevor Ho – bescheiden effektiv – herbeigesprungen war, ihr einen Stuhl herausgezogen, sich verneigt und nach ihrem Befinden erkundigt hatte, während er gleichzeitig in der Lage war, *mir* einen aufmunternden Blick zuzuwerfen, der in etwa besagen sollte, dass es so etwas in China ja schon seit Jahrmillionen gebe, dass chinesische Frauen ohne Unterbrechung daran arbeiteten und dass es langsam wirklich an der Zeit sei, dass es auch in Europa ankam oder in Dänemark oder zumindest bei mir.

Ich küsste sie, bestellte und betrachtete sie abwartend.

»Es dauert nicht mehr lange«, sagte sie mit ihrer allersanftesten Stimme. »Ich kann es spüren.«

»Was ist mit deinem Fall?«

»Oh … Der ist schwierig, rein technisch gesehen, aber er ist so trivial. Ich schäme mich beinahe dafür, dass ich mich mit ihm abgebe. Kannst du dir zwei erwachsene Männer vorstellen, gestandene Familienväter mit Haus und Garten und Auto und einer guten Position – und das Einzige, worüber sie sich Gedanken machen, ist die Frage, wer von ihnen den Zaun zwischen ihren Gärten um fünf Zentimeter verrücken darf? Jeder von ihnen hat über 500 m² Garten!«

»Sie sind einfach nur verrückt.«

»Es gibt *viele* Verrückte, scheint mir. Die meisten sind es.«

»*Du* bist nicht verrückt. Du bist wunderbar. Jedes Mal, wenn ich dich sehe, raubst du mir den Atem.«

»Immer noch.«

»Ja.«

»Sogar in diesem Zustand?«

»Ja.«

Ihre Augen leuchteten sanft. Die Katze schnurrte.

Ho kam mit der Suppe.

»Erzähl mir von *deinem* Fall«, sagte sie. »Ich habe das Bladet von heute nicht gesehen.«

Ich habe zwar – so viel darf ich verraten – im Laufe der Zeit die verschiedensten Jobs gehabt, aber in einen direkten Bezug zur Diplomatie hatte mich bislang noch keiner von ihnen gebracht. Nichtsdestotrotz empfand ich instinktiv, dass es psychologisch vielleicht nicht die empfehlenswerteste Herangehensweise war, hochschwangeren Frauen von verschwundenen Kindern zu erzählen.

»Es gibt wichtigere Dinge, über die wir reden müssen«, sagte ich – und schielte dabei bedeutungsvoll auf ihren Bauch. Jenen Bauch, über den ich so liebend gerne meine Handflächen gleiten ließ.

»*Da* hilft kein Reden«, beschied sie mich kurz und bündig. »Es kommt, wenn es kommt, egal, was irgendjemand sagt.«

Ihr Tonfall war in diesem Augenblick derselbe wie Veronica Wools, als sie Ehlers kühl darüber belehrt hatte, dass man die Vergangenheit ohnehin nicht ändern könne.

Dieselbe nachsichtige Bestimmtheit. Dasselbe bemerkenswert *sichere* Wissen.

Frauen sind stark.

Wie ein Slogan schon vor einigen Jahren an der Hauswand gegenüber meiner Wohnung sagte.

11

Auch an diesem Abend wurde ich nicht Vater. Doch abgesehen von diesem kleinen, bedauerlichen Makel war es ein schöner Abend – so schön, wie man ihn in diesen Zeiten eben gestalten kann.

Kurz vor Mitternacht küsste ich Gitte zum Abschied und ging zum Bladet hinüber. Unterwegs verlängerte ich den direkten Weg ein wenig, indem ich einen Schlenker durch die Helgolandsgade machte, um mir einen Eindruck von der Lage am Hotel Commodore zu verschaffen.

Dort ging es lustig zu. In der kurzen, schmalen Gasse parkten nicht weniger als drei Polizeiwagen mit rotierendem Blaulicht, das die Augen blendete, und riegelten jedweden Verkehr ab. Ein Dutzend Bullen war rundherum an strategisch wichtigen Stellen platziert – über das Dutzend hinaus, das sich *inner-*

halb des Hotels befinden musste. Ein Mann wurde in Handschellen von zwei Ordnungshütern abgeführt. Ich kannte ihn nicht, also verzichtete ich auf einen Gruß.

In der Dunkelheit glich die Szene einem Bild aus einem alten Gangsterfilm. Die Blaulichter, die vielen uniformierten Menschen, der Regenschleier.

Though spring is here
I still remember
that September
in the rain …

… hörte ich mich plötzlich selber pfeifen.

Noch ein Mann wurde abgeführt. Einen *gewissen* Nutzen hatte Ehlers Razzia anscheinend gehabt. Gut für ihn. Es muss frustrierend sein, eine solche Razzia zu organisieren und am Ende mit leeren Händen dazustehen.

Als ich das Bladet erreichte, bemerkte ich im selben Augenblick, als ich den Kopf und den einen Fuß zur breiten Eingangstür hineinsteckte, dass etwas in der Luft lag. Eine zitternde, verdichtete Unruhe, die sich normalerweise erst einige Stunden später einstellte, wenn sich die letzte Deadline näherte und die Panik von einem Büro zum anderen übersprang.

Das könnte bedeuten, dass es eine Neuigkeit von überragender Bedeutung gab. Eine Geburt im Königshaus oder irgendetwas in der Richtung.

»Frag Otzen doch selber«, sagte Michelsen kurz angebunden und unfreundlich, als ich ihn darauf ansprach.

Gute Güte, dachte ich. Michelsen und ich werden niemals Freunde werden – hauptsächlich, weil Barbara und ich befreundet sind. Solche Dinge machen das Leben kompliziert, wenn man kleingeistig genug ist, es zuzulassen, was Michelsen zweifellos ist. Was Kleinlichkeit angeht, spielt er in einer ganz anderen Liga. Auf internationalem Niveau.

Der Zigarrenrauch hing dicht im chefredaktionellen Büro. Ich schätzte, dass Otzen seiner normalen Dosis bereits um drei Zigarren voraus war. Es *musste* etwas geschehen sein.

»Na, da bist du ja«, grummelte er griesgrämig. »Keinen Augenblick zu früh.«

»Wir waren nicht verabredet.«

»Nein, aber ich habe den ganzen Abend versucht, dich zu erreichen. Du musst nach Christiania raus. Jetzt sofort, wenn es nicht schon zu spät ist. Wir haben schon zwei Fotografen hingeschickt.«

»Was geht da draußen vor?«

»Fast ein Bürgerkrieg. Schau her!«

Er reichte mir einen Stapel mit Aufnahmen von Polizeibeamten, die in aller Gemütsruhe von Schlagstöcken und Revolvern Gebrauch machten – zumindest von den Schlagstöcken, die von Bild zu Bild auf immer wieder neuen, jungen Menschenkörpern zu landen schienen.

Noch eine Razzia. Die Stadt musste heute Nacht voller Razzien sein. Es fand offensichtlich das alljährliche große Razziafestival statt.

»Bereitschaftspolizei?«

»Ja. Ein paar Informationen von Johnny. Er hat diese Bilder vor einer halben Stunde geschickt. Er wartet immer noch auf dich.«

»Und was ist daran jetzt die Story? Sie prügeln sich doch immer da draußen.«

»Sie haben einen großen Drogenfund gemacht.«

»Sie machen immer einen großen Drogenfund. Wahrscheinlich bringen sie ihn immer selber mit.«

»Sieh zu, dass du endlich loskommst.«

»Den Teufel werde ich tun. Ich habe schon einen Fall.«

»Du kannst locker beides schaffen.«

»*Ich* bin hier nicht angestellt.«

Das saß. Als einziger Mitarbeiter des Bladet, der nicht fest angestellt ist, genieße ich gewisse Privilegien. Das macht nicht besonders viel her, schon gar nicht in der Steuererklärung, aber es ist alles, was ich habe.

Mit dem taktischen Gespür, das so typisch ist für Politiker und Chefredakteure, sattelte Otzen resolut von einer Sekunde zur anderen um.

»Du würdest dem Bladet einen großen Dienst erweisen.«

»Hm ...«

»Du kennst dich in dem Milieu aus. Du bist mit der Drogenproblematik vertraut. Du wärst in diesem Zusammenhang ein unschätzbarer Gewinn für das Bladet.«

»Unschätzbar?«

»Zumindest ein Aufschlag auf den Scheck.«

Zehn Minuten später war ich in einem Taxi vom Rådhusplads durch die Christiansborg-Passage über die Brücke unterwegs.

Schon als wir Christianshavns Torv erreicht hatten, waren die Anzeichen unübersehbar. Aus hunderten von Kehlen wurde geschrien und gebrüllt, und Hunde bellten so unaufhörlich, wie das Knallen der Würfel durch das Stjernecafé klang. ›Hipos!‹, rief ein Chor. ›Nazischweine!‹, skandierte ein anderer.

»Was geht hier vor?«, fragte der Taxifahrer.

»Das ist nur die Bereitschaftspolizei«, sagte ich. »Es ist nur ein ganz normaler Abend in Kopenhagen.«

»Ach. Na, dann«, sagte der Taxifahrer. »Ich bin gerade hierher gezogen.«

»Du wirst dich daran gewöhnen«, sagte ich. »Jeder gewöhnt sich daran.«

›Bürgerkrieg‹ war tatsächlich keine zu hoch gegriffene Bezeichnung. Von der Frelserkirke, wo mich der Taxifahrer absetzte, glich es eher einer Art von Wahnwitz, einem kollektiven Chaos. Eine Mauer aus sechs-, siebenhundert jungen Menschen brandete gegen eine Mauer aus etwa einhundert steuerfinanzierten Bullen, und eine Mischung aus Befehlsrufen, Slogans, Flüchen und Weinen erfüllte die Atmosphäre. Die Jungen waren in der Überzahl, aber die Polizisten waren professioneller als sie – und disziplinierter.

Eine Bierflasche flog rücksichtsvollerweise über meine linke Schulter an mir vorbei und zerbarst auf der Straße. Die Glasscherben hätten jemanden getroffen haben können, aber ich bin kein Arzt.

Ich entdeckte Johnny am Rande des Schlachtfeldes, wie er sich gegen eine beruhigend stabile Mauer drückte und immer wieder den Auslöser betätigte.

»Endlich!«, sagte er.

»Was zum Teufel ist passiert?«

»Sie haben ein Dealernest ausgehoben, und während sie die Höhle gerade ausräumten, haben sie aus Versehen ein schwangeres Mädchen niedergeschlagen.«

»Aus Versehen?«

»So heißt es.«

»Ist dir so etwas jemals ›aus Versehen‹ passiert?«

»Nein, aber ich bin ja auch kein Bulle. Ich bin nur Fotograf.«

»Hast du genug Bilder?«

»Reichlich genug, um zwölf Sonderausgaben zu füllen. Und ich würde gerne ins Bladet zurück, bevor meine Ausrüstung zum Teufel geht. Das sind eine Nikon und eine Leica – M4P –, mit denen ich hier herumstehe. Keine Instamatic aus einem Räumungsverkauf in Brønshøj, falls du das geglaubt haben solltest.«

»Du trägst ein Vermögen vor der Plautze?«

»Ja. Mein eigenes.«

»O. K., geh nur nach Hause zu Otzen und gib ihm, was du hast, und sag ihm, dass ich auch bald kommen werde.«

Ein junger Mann schlug seinen Kopf auf den Beton hinter mir, wobei ihm ein Schlagstock gerne behilflich war.

Der Beton hielt.

Ein Bulle bekam einen Ziegelstein auf den Hinterkopf. Eine Bewegung in der wogenden Prügelfront drohte mich zu überrollen. Ich versuchte ihr auszuweichen.

Johnny war mit seinen kostbaren Apparaten verschwunden.

Hoffte ich jedenfalls.

Ich hatte richtig beobachtet: Die Bewegung verlief in meine Richtung. Ein chaotisches Netzwerk aus sich prügelnden Menschen, das einem großen, verwirrten, polypenartigen Fleischkloß ähnelte, weil niemand den anderen sehen konnte – es sei denn, ausgerechnet dieser andere hatte mitgedacht und eine Uniform angezogen –, drückte mich gegen die Mauer.

Ein Beamter erhob seinen Schlagstock gegen mich.

Niemals habe ich so schnell meinen Presseausweis aus der Jackentasche gezogen.

»Sie sollten lieber zusehen, dass sie rechtzeitig hier wegkommen«, sagte der Beamte knapp, aber höflich.

»Können Sie mir irgendwelche Informationen geben?«

»Dafür habe ich keine Zeit, mein Herr, können Sie das nicht sehen? Da müssen Sie schon im Polizeipräsidium anrufen.«

Und schon war er weg.

Etwas später fand ich – ohne größere Zwischenfälle als eine Apfelsine im Nacken, eine sehr reife Apfelsine, die zweifelsohne ursprünglich jemand anderem zugedacht war, deshalb aber auch keine charmantere Bekanntschaft darstellte – ein paar Kollegen von der Ny Tid, die mich mit den Einzelheiten vertraut machten. Bei dem einzigartigen Drogenfund handelte es sich um vier Kilogramm Haschisch. Wegen vier Kilogramm Haschisch hatte man ein solches Massaker veranstaltet. Für ein bisschen Harz, das aus einer orientalischen Pflanze gewonnen worden war, die dort so üblich war wie bei uns der Löwenzahn, sprangen beinahe tausend Menschen herum und schlugen sich gegenseitig zu Boden.

Der Kollege von der Ny Tid hatte ein blaues Auge abbekommen. Das hatte ihm ein Christianit verpasst, der in ihm einen zivilen Polizeibeamten zu erkennen glaubte. Wie er lakonisch bemerkte, hätte es genauso gut auch andersherum passieren können.

Ein Schlagstock traf mich genau in dem Augenblick, wo er dies sagte, mit unangenehmem Nachdruck auf der Schulter.

Wir verzogen uns um eine Ecke und gingen am Kanal entlang, solange wir noch gehen konnten.

Fein fiel der Regen in der Dunkelheit über dem Wasser, und ein paar Kneipenfenster leuchteten gelblich durch den Schleier herüber. Es war ein hübsches Panorama, aber niemand hatte die Zeit, den Anblick zu genießen. Der Stadtteil lief Amok.

Im September. Im Regen.

Deprimierend, sinnlos, idiotisch.

Einfach zum Weglaufen.

Ich war anscheinend nicht der Einzige, der dieser Meinung war. Einen Meter neben mir flüchtete ein Mädchen so schnell wie möglich vor den Straßenkämpfen.

Selbst im Dunkeln konnte ich sie wiedererkennen. Es war gar nicht so lange her, dass ich sie zuletzt gesehen hatte.

Es war Louise Rasmussen, Veronica Wools ›junges Mädchen‹.

Weit weg von Lyngby.

12

Über die Brücke. Durch eine nahezu menschenleere Innenstadt, verlassen wie nach einem Luftangriff. Und zurück ins Bladet, durchnässt.

Als ich erneut in Lenes geschmackvoll eingerichtetem Büro saß und mich pflichtschuldigst vergewissert hatte, dass Gitte mich noch nicht zum Vater gemacht hatte, schrieb ich meine kleine Geschichte über den ›Bürgerkrieg in Christiania‹.

Es war mittlerweile 2.00 Uhr. Gleichwohl war Ehlers immer noch an seinem Platz auf der Polizeiwache. Bemerkenswert, dass es immer noch jemanden in unserem Land gibt, der in die Hände spucken und anpacken kann.

»Wie ist es gelaufen?«, fragte ich.

»Glänzend«, sagte er. »So lala. Wir haben das Mädchen nicht gefunden. Sie *waren* dort gewesen, aber haben gegen 20.00 Uhr ausgecheckt – niemand wusste wohin, und wenn es jemand gewusst haben sollte, war er jedenfalls nicht besonders wild darauf, es uns zu sagen. Aber wir haben zwei, drei andere erwischt – einen Dealer, einen seit langem gesuchten Dolchmörder –, kannst du dich an den Mann erinnern, der im Mai im Café Pelikan einen Schweden erstochen hatte? Er war dort! – und einen, der vor drei Tagen aus dem Knast ausgebrochen war. Gar nicht so übel.«

»Ihr seid nicht die Einzigen, die heute Abend Dealer geschnappt haben.«

»Ich habe davon gehört. Warst du da?«

»Ja. Kein besonders erhebender Anblick.«

»Nein, ich weiß. Aber was sollen wir denn tun, verdammt noch mal?«

»Nichts.«

»Verfluchter Mist ...«

»Ich habe es dir schon so oft gesagt. Es wird immer Menschen geben, die Drogen wollen, und ich weiß das, weil ich selber einer von ihnen war. Und es wird immer jemanden geben, der sie ihnen besorgt. Alles, was *ihr* tun könnt, ist hin und wieder einen zufälligen Zwischenhändler zu fangen – der häufiger ein Hering ist als ein Hai – und ansonsten alles zu belassen, wie es ist. Man kann so etwas nicht unterbinden. Denk mal drüber nach, wie oft du selbst es schon versucht hast.«

»Wenn du aufhörst, mir Predigten zu halten, dann darfst du vielleicht eine Neuigkeit erfahren.«

»Ich schließe hiermit.«

»Die Entführer haben Veronica Wool noch einmal angerufen – hier, spät am Abend. Dieselbe Stimme, die wir heute Nachmittag gehört hatten, oder zumindest dieselbe Art, die Stimme zu verzerren.«

»Hast du es selbst gehört?«

»Ich war im Commodore. Aber ich habe eine Tonbandaufnahme.«

»Was hat er gesagt?«

»Wort für Wort dasselbe wie letztes Mal. Anweisungen mit der Morgenpost, keine Polizei, keine Presse.«

»Sonst noch etwas?«

»Sie hatte nur noch ein anderes Gespräch. Mit einem Herrn, der sie ›Schatz‹ nannte und dem sie ihre Auffassung mitteilte, dass er heute Abend lieber nicht vorbeikommen solle. Er sprach mit Akzent – südländisch, glaube ich, aber ich bin kein Spezialist für Sprachen, und sie haben nur eine halbe Minute miteinander gesprochen.«

»*Ich* habe das junge Mädchen gesehen.«

»Wo?«

»Beim Bürgerkrieg.«

»Vielleicht hat sie einen Freund in Christianshavn.«

»Das ist nicht unmöglich. So etwas kann passieren. Ich hatte dort auch einmal eine Freundin.«

»Präzedenz.«

»Genau.«

»Aber koche Veronica Wool morgen bitte auf kleiner Flamme – wenn du kannst. Schreib am besten gar nichts. Auch nicht über den Gärtner.«

»Wie war dein Debüt als Fotograf?«

»Es war nicht mein Debüt. Ich habe eigene Kinder, verdammt noch mal, und ich habe sie von vorne und hinten fotografiert – bei Sonne und bei Schnee, mit Teddys und Puppen und Eis am Stiel und Dreirädern. Das war solide Arbeit. Vielleicht ein bisschen grobkörnig, aber man kann erkennen, wer es ist. Wir konnten ihn sogar in unserer Kartothek finden. Vorbestraft – für einen Bankraub. Jan Pedersen. Hübsch unschuldiger Name.«

»Sollen wir keinen Fahndungsaufruf bringen?«

»Nein. Vergiss ihn – bis auf weiteres. Wir warten jetzt bis morgen, bevor wir irgendetwas unternehmen.«

»Dann gib mir alles über die Jungs, die du im Commodore hochgenommen hast. Dann kriegt das Bladet doch sein Pfund Fleisch.«

»O. K. Ich diktiere.«

Das tat er, und ich schrieb es auf. Es würde eine nette kleine Geschichte werden, wenn man sie auf die richtige Art servierte, so wie Lene über ihre Auberginen à la Provence schrieb.

Die richtige Art bestand darin – wie ich eine halbe Stunde später Otzen einsichtsvoll erklärte –, die Titelseite für die ›Zwei Razzien‹ zu reservieren: eine gegen das harte Milieu in Vesterbro, eine gegen die jugendlichen Aufrührer und Ausgeflippten in Christiania. Zwei typische Kopenhagener Subkulturen mit ihren Eigenheiten, usw. ›Wird Kopenhagen das Chicago des Nordens?‹

Das konnte er sich gut vorstellen. Ein fluchender Fotograf wurde, kurz bevor er glaubte nach Hause gehen zu dürfen, zum Commodore hinübergeschickt, um das Gebäude zumindest von außen zu fotografieren. ›Hier, an diesem Ort, führte die Polizei in der vergangenen Nacht …‹

Ich selber setzte mich geduldig wieder hinter Lenes Schreibtisch und rief bei der Bereitschaftspolizei an.

Der Wachhabende klang, als hätte er persönlich mindestens einen Weltkrieg gewonnen.

Doch, die Kämpfe seien mittlerweile abgeklungen. Ja, die Straßen seien geräumt, und der Verkehr laufe wieder normal. Ja, man habe dreißig, vierzig junge Männer wegen Behinderung der Polizeiarbeit festgenommen sowie wegen gewalttätiger Überfälle unter erschwerenden Umständen. Ja, man habe ganze vier Kilogramm Haschisch beschlagnahmt – und dazu eine Röhre Amphetaminpillen.

»Eine Röhre?«, sagte ich. »Das sind so zwanzig Stück, oder?«

»Sie war halb voll.«

»Fette Beute!«

»Sie haben gefragt, und ich habe geantwortet.«

»Ganz richtig. Machen Sie weiter so. Wie war das mit dem schwangeren Mädchen?«

»Ein Versehen.«

»Inwiefern?«

»Sie drohte.«

»Womit?«

»Sie war bewaffnet.«

»*Womit*, verdammt noch mal?«

»Mit einer Schere.«

»Einer *Schere?*«

»Ja.«

»Aha.«
»Das *kann* eine gefährliche Waffe sein.«
»Ja, zweifellos. Vielen Dank für die Auskunft.«
Woraus man lernen kann, dass Bullen – wie alle anderen Menschen auch – in verschiedenen Qualitäten hergestellt werden. Einige – wie z. B. Ehlers und Kaspersen – haben sowohl ein Hirn als auch so viel Herz, wie ihnen ihr Beruf gestattet. Andere – wie derjenige, der augenscheinlich junge Frauen niederschlug, weil sie eine Nähschere in der Hand hielten – waren kaum so großzügig von ihrem Schöpfer ausgestattet worden. Nicht *ihr* Fehler.
Ich schrieb die Story. Ich lehnte mich zurück.
Ich war todmüde.
Es war nicht der Schlafmangel, der mich müde gemacht hatte. Es war etwas anderes – das, was bestimmte Menschen ›das Ganze‹ oder ›die Gesellschaft‹ nannten.
Ich hatte es satt, Titelstorys über Leute zu schreiben, die sich gegenseitig umbrachten, Leute, die Kinder entführten oder einander vergewaltigten. Ich hatte es satt, Räuber und Gendarm zu spielen oder Katz und Maus. Ich hatte es satt, jeden Tag nichts anderes als die eine oder andere Form von Menschenopfer vor meinem Fenster sehen zu können.
Ein Polizeiwagen fuhr mit heulenden Sirenen am Bladet vorbei. Jetzt war schon wieder etwas geschehen. Zwischendurch wäre es vielleicht ganz entspannend, wenn gar nichts geschehen würde. Wenn die Leute einfach nur in Ruhe und Frieden zur Arbeit fahren könnten und wieder zurück, wenn sie dann zu Hause ihr Abendessen verzehrten und sich ansonsten um ihre Gärten, Würfelbecher oder was auch immer kümmerten.

Ich werde einfach nur langsam alt, erklärte ich mir selbst mit einem Knurren. Zu alt für Entführungen von vierjährigen Mädchen mit einer Vorliebe für Pippi Langstrumpf, die morgen Geburtstag haben. Zu alt, um dabei zuzusehen, wie das Polizeikorps Jugendliche züchtigt, deren einziges Vergehen darin bestand, dass sie Hasch gegenüber Whisky den Vorzug gaben. Zu alt, um im Bladet zu sitzen und die Schrecken des Tages zu einem landesweiten Magenbitter fürs Frühstück zu mixen.

Aber ganz offensichtlich in genau dem richtigen Alter, um wie ein seniles Wrack nachts um drei im Bladet mit mir selbst zu quasseln.

Ich verabschiedete mich durch den Zigarrenrauch hindurch von meinem Chef. Ich streckte Michelsen die Zunge raus – ohne dass er es sah, er hatte sich ganz seriös über das Layout gebeugt – und wünschte dem Nachtportier eine gute Nacht.

Der Nachtportier sagte ›Danke gleichfalls‹. Das hatte er schon vierzig-, fünfzigmal gesagt – allein in dieser Nacht, und das konnte man hören.

Der Regen fiel jetzt sanft. Die Stadt sah geradezu hübsch aus. Der Verkehr hatte beinahe ganz aufgehört, und nur vereinzelte Nachtschwärmer bewegten sich hier und da unsicher durch die Straßen. Die Gebäude um den Rådhusplads ragten auf wie gigantische leere Hüllen und schienen den Himmel um irgendetwas anzurufen – ohne Erfolg.

Hinter mir blinkte sich die Leuchtschrift des Bladet im Voraus durch die Schlagzeilen des nächsten Tages. ›Polizei schlägt zu – Heute Nacht zwei große Razzien – Lesen Sie alles darüber im Bladet‹.

Das würde ich tun.

Ich nahm meinen gewohnten Weg nach Hause,

und er sah aus, wie er immer ausgesehen hatte. Die Kneipen und Kinos an der Vesterbrogade waren geschlossen, und die Straße glich einer fertig gestellten Kulisse, die nur darauf wartete, dass die Schauspieler auftraten. Am Hauptbahnhof lagen Schnapsleichen, Obdachlose und junge Interrail-Reisende herum, denen ihr Geld gestohlen wurde, und sie alle versuchten, sich eine lausige und drittklassige Mütze Schlaf zwischen den Kontrollgängen der Bahnhofsaufsicht zu holen. Stille Nacht, heilige Nacht.

Doch in der Istedgade pulsiert immer dann das Leben, wenn alles andere geschlossen ist. Gelegentlich kann man sich des Eindrucks nicht erwehren, dass die Bevölkerung dieses Viertels in engen Verwandtschaftsbeziehungen zu Wiedergängern, Vampiren, Werwölfen und anderen ähnlich extremen Existenzen stand, die eine deutliche Vorliebe dafür besaßen, sich erst nach Mitternacht im Freien zu zeigen.

Die Mädchen boten sich in Hauseingängen und unter den aufgespannten Markisen feil. Männer gingen den gegenüberliegenden Bürgersteig auf und ab und hielten nach einer Ausschau, die ihrem mehr oder weniger persönlichen Ideal am nächsten kam. Ein Paar stand am Maria Kirkeplads und machte ein größeres Fass auf.

»Die kleine Hure!«, schrie sie. »Und das wagst du *mir* anzutun!«

Sie bohrte ihre Nägel in seine Brust, aber er antwortete nicht. Er starrte zum Kirchturm hinauf, als hoffte er, dort Kraft zu finden.

Nach meiner persönlichen Erfahrung kann man das nicht, aber vielleicht konnte er es. Man weiß nie so genau mit anderen Menschen. Andere Menschen können ein sehr eigenartiges und eigenwilliges Wesen haben.

Auf dem Weg begegnete mir eine repräsentative Auswahl bekannter Nachtwanderer und Nachbarn. Ich traf Bent E., genannt Bente, unseren lokalen Transvestiten, dessen Spezialität es ist, einsame Herren mithilfe einer großen Portion Charme zu sich hereinzulocken und ihnen dann etwas ganz anderes zu präsentieren, als sie gemäß der Warendeklaration erwartet hatten – nämlich ein Messer und eine Forderung nach einem Sofortkredit zu vorteilhaften Bedingungen. Ich traf Magic, unseren bankrotten Illusionisten, der zu seiner Zeit ein bekannter Gedächtniskünstler und Hypnotiseur im Zirkus und im Varieté war, dann allerdings von der Bühne und der Bildfläche verschwand, nachdem seine Frau, um sich für eine eheliche Unstimmigkeit zu rächen, ihre geheimen Codes an die Presse verraten hatte. Ich traf Aage, der früher dänischer Meister im Boxen war, aber aus verschiedenen Gründen – einer davon war das Boxen – einen solchen Hirnschaden erlitt, dass er im Heim wohnen musste und im Allgemeinen ziemlich ungefährlich war, außer wenn er – so etwa einmal am Tag, wenn er so etwa zwanzig Bier getrunken hatte – zu der unerschütterlichen Überzeugung gelangte, dass sein entscheidender Meisterschaftskampf genau *jetzt* begann – mit dem nächst erreichbaren Mitmenschen männlichen Geschlechts als Gegner und Herausforderer. Ich zog das Tempo ein wenig an, als ich ihn passierte. Ich hatte diesen Spaß bereits ausprobiert.

Ich kam am Café 5, Café 18, Café Orient und Peters Bar vorbei. Ich kam am Hotel Commodore vorbei, das still und verdunkelt dalag, und am Hotel Capital, wo ich einmal K. O. geschlagen wurde. Um mich herum leuchteten immer noch die kleinen Lichtreklamen der Liveshows und Bordelle und erinnerten daran, dass es dort Menschen gab, die noch einiges zu erledigen hatten, bevor die Nacht zu Ende ging.

Schließlich kam ich noch am Stjernecafé vorbei. *Ich* hatte nichts mehr zu erledigen. Es war ein langer Tag gewesen. Lang genug, für meinen Geschmack.

Dritter Teil:

Mittwoch

13

Die Nacht war dafür kurz. Ein paar Stunden, und der Mittwochmorgen war da – ganz im Einklang mit der ärgerlichen totalen Fantasielosigkeit der geltenden Zeitrechnung.

Er sah nicht sehr anziehend aus. Ein Blick aus dem Fenster genügte, um auch den letzten Skeptiker davon zu überzeugen, dass dies kein Tag war, um aufzustehen, ja, dass dies nicht einmal etwas war, das man mit Recht einen *Tag* nennen konnte.

Der im Laufe der vergangenen Woche aufgesparte Regen floss die Rinnsteine hinunter und bildete regelrechte kleine Flüsse, die sich an den Straßenecken zu kleinen Seen zusammenschlossen. Die Leute hasteten hin und her, und aus ihren Rücken konnte man mehr als nur die Andeutung ablesen, dass es allein die saure Pflicht war, die sie vor ihre Haustüren getrieben hatte.

Gitte war besorgt und niedergeschlagen. Sie würde heute auf einer Untersuchung bestehen.

Nachdem ich mit ihr gesprochen hatte, brachte ich Bad und Rasur hinter mich, ging hinunter, um Zeitungen zu holen, und begab mich zu Ronnie. Ein Ritual ist ein Ritual.

Sämtliche Zeitungen brachten Berichte über die ›Unruhen‹, wie es eine von ihnen ausdrückte, in Christiania. Das konservative Blatt sah in den Ereignissen ein ermutigendes Zeichen dafür, dass die Polizei und der Rechtsstaat sich von Rowdys, deren jugendliche Unreife nichts entschuldigte, weder beugen noch bedrohen lasse. Das liberale Blatt warnte vor diesen ›gewalttätigen Konfrontationen‹ und ›amerikanischen Zuständen‹ und mahnte beide Seiten zur Besonnenheit und zur Nachdenklichkeit. Das christliche Blatt war der Ansicht, wie schon so oft zuvor, dass die Jugend entwurzelt und aufsässig geworden sei, weil sie sich von der Bibel, dem Herrn, dem Weg und dem Licht abgewandt habe. Das kommunistische Blatt meinte deutliche Anzeichen für den unaufhaltsamen Abstieg der westlichen, kapitalistischen Welt sowohl bei den ›Lakaien der Macht‹, der Polizei, wie auch bei der ›politisch unbewussten, durch amerikanischen Pop und durch Rauschmittel systematisch verdummten Jugend‹ erkennen zu können. Dasselbe Blatt konnte sich auch den Hinweis nicht verkneifen, dass Derartiges in der Sowjetunion niemals geschehen könne.

Mit anderen Worten: Es war, wie es immer war. Dänemark war nach wie vor ein stabiles Land, der Staatsminister saß in Christiansborg und hielt wichtige Treffen ab, und Ihre Majestät die Königin bereitete sich auf eine offizielle Audienz vor, bei der sie diverse Ritterkreuze an Untertanen verteilte, die sich im führenden Nationalsport ausgezeichnet hatten: vierzig Jahre lang in einem Büro zu sitzen und die korrekten, bürokratischen Stempel auf durchlaufende Dokumente zu drücken.

Ich gähnte und fluchte über die Welt. Was sie sich nicht zu Herzen nahm, sie war es gewohnt.

Die Welt ist ziemlich blasiert geworden.

Ich ging über den Gasværksvej zum Halmtorvet hinunter und ließ mich stoisch durchnässen.

Vor den Schlachthöfen entluden sie Schweinekörper aus einem gigantischen Container. Vor der Torvets Bodega stand ein Biertransporter mit Nachschub. Die kleinen Rädchen des Alltags drehten sich.

Auch Ehlers war zugange. Seine Augen waren klein und rot umrandet, und unter ihnen hingen regelrechte Postsäcke, aber er war bei der Arbeit. Er telefonierte, also setzte ich mich artig hin und wartete. Er reichte mir eine Fotografie herüber, während er weitersprach – oder eher zuhörte, da sich seine Rolle bei diesem Gespräch offensichtlich auf die eines routinierten Jasagers beschränkte – wenn auch in unregelmäßigen Abständen.

Es war das Bild vom Gärtner, Jan Pedersen. Mein fotografischer Freund Johnny mit seiner Leica M4P hätte sicherlich sachlich korrekt kennerhaft die Nase gerümpft, aber man konnte erkennen, wie der Mann aussah. Ein hübscher junger Mann, würde eine ältere Dame sagen – vielleicht, um ehrlich zu sein, würde eine jüngere es ebenfalls sagen. Ein schmales, bartloses Gesicht, eine ebenmäßige, mittelgroße Nase, Rehaugen, schwach ausgeprägtes Kinn, ein merkwürdig weiches Aussehen. Er sah aus wie jemand, aus dem nie etwas werden würde, einfach nur deshalb, weil er sich nicht zusammenreißen kann, um irgendetwas zu unternehmen.

Vielleicht eine etwas zu harte Beurteilung, vielleicht ein bisschen zu viel, um es aus einem einzigen Foto abzuleiten, aber wenn man – wie gewisse Typen ausdrücklich versichern – den Charakter der Menschen aus ihrem Geburtszeitpunkt ableiten kann, aus ihrer Handschrift oder aus den Linien in ihrer Hand, dann kann man wohl auch aus ihrer persönlichen Visage etwas ablesen.

Ich schaute aus dem Fenster. Sie schleppten immer noch Schweine. Offensichtlich ein Beruf mit Zukunft. Ein Job fürs Leben.

Ehlers hatte sein Telefongespräch beendet.

»Guten Morgen«, sagte er originellerweise. »Das war Veronica Wools ›Schatz‹. Er heißt Carlos Giacometti, wenn ich das richtig ausspreche. Er *ist* Italiener. Musiker. Reist viel, sagt er.«

»Was wollte er?«

»Ihr helfen. Er fragte mich, ob es irgendetwas gäbe, was *er* tun könnte. Er würde *alles* tun. Er klang dabei so, als könnte er allein innerhalb von zehn Minuten das Universum auf den Kopf stellen und dabei gleichzeitig Spaghetti kochen. Er war sehr italienisch. Er hat mir auch einiges darüber erzählt, wie viel Erfahrung die italienische Polizei mit Entführungsfällen hat.«

»Das war doch nett von ihm, dass er das erwähnt hat.«

»Ja. Kommst du mit nach Lyngby?«

»Warum?«

»Der Brief ist gekommen. Und ich möchte dich gerne dabeihaben. Sie scheint *dich* besser leiden zu können.«

»Der gute, unfehlbare Instinkt einer vernünftigen Frau, möchte ich meinen. Was steht drin?«

»Wie aus einem Roman. Sie soll um 22.00 Uhr heute Abend von zu Hause losfahren und auf dem kürzesten Weg von dort zum Kongevej fahren. Dort soll sie rechts abbiegen, die Scheinwerfer ausschalten und in einen kleinen Waldweg fahren, vor dem ein Schild mit der Aufschrift ›Sperrgebiet‹ steht.«

»Wie viel?«

»25.000 Kronen in bar. Unmarkierte Hundertkronenscheine.«

»Aber ihr markiert sie trotzdem.«

»So viele wir können.«

»*Hat* sie das Geld?«

»Sagt sie.«

»Ich würde ja zu gerne etwas über ihre finanziellen Verhältnisse erfahren.«

»Ich auch, aber das muss warten. Ich muss bis heute Abend meine Falle aufgebaut haben. Ich muss auch noch einmal mit der Polizei von Lyngby reden – sie kennen die Gegend am besten. Es *wird* klappen.«

»Sie werden das Kind nicht dabeihaben.«

»Nein, natürlich nicht. Aber wenn wir ihnen erst mal die Arme auf den Rücken gedreht haben, dann ...«

Er ballte die Fäuste.

»Ich habe schließlich selber Kinder«, sagte er. »Du nicht. Noch nicht, jedenfalls.«

»Fahren wir jetzt?«, fragte ich.

Wir holten Kaspersen und sausten wenige Minuten später in einer der diskreten, dunkelblauen Limousinen, in die der Staat im Hinblick auf solche Situationen die spärlichen Spargroschen der Steuerzahler steckte, von der Polizeiwache los. Wir fuhren relativ ruhig dahin. Zumindest überfuhren wir niemanden. Jedenfalls nicht so, dass ich es gesehen hätte.

Kaspersen stellte den Wagen am Bahnhof Lyngby ab, und Ehlers und er zeigten gleichzeitig auf die Polizeiwache. Ich wusste, dass sie mich nur ungern dort dabeihaben würden. Wir waren zwar auf dem besten Weg, uns einer Konstellation zu nähern, die am ehesten noch an die Drei Musketiere in ihren glücklichsten Augenblicken erinnern dürfte, doch es gab immer noch diese sensible Grenze zwischen Bullen und Nicht-Bullen, und hier verlief sie.

»Ich gehe ins Postcafé hinüber und gönne mir ein Bier«, sagte ich, als wir uns ins Freiluftbad hinausbegeben hatten.

Sie nickten und versprachen, mich in einer Viertelstunde abzuholen.

Es ging auf 12.00 Uhr zu, wie ich auf der Bahnhofsuhr erkennen konnte. Es würde noch ein langer Tag werden.

Spezialität des Tages: Länge.

Ich setzte mich an denselben Fenstertisch wie gestern, betrachtete intensiv dieselbe Aussicht, bekam dasselbe Glas frisch gezapftes Bier vom selben Kellner und dachte aus irgendeinem Grund an einen wissenschaftlichen Artikel, den ich irgendwann einmal gelesen hatte und aus dem hervorging, dass die Selbstmordrate in Dänemark stets eine eindeutig steigende Tendenz aufwies, wenn der Herbst einsetzte.

Ich hätte gern jemanden zum Reden gehabt, aber das hatte ich nicht, also griff ich erneut nach meinen leicht aufgeweichten Zeitungen.

Ein Mann war am Enghave Plads aus einem Fenster im fünften Stock gesprungen. Er hatte Selbstmord begehen wollen, sich aber mit zwei gebrochenen Beinen begnügen müssen. Anschließend hatte er gegenüber meinem so genannten Kollegen Jens vom Bladet geäußert, dass er erst, nachdem er gesprungen war, eingesehen habe, dass es nach wie vor etwas gebe, für das es sich zu leben lohne, und das würde er jetzt tun.

Glückspilz.

Ein anderer Mann war im Ørstedpark niedergeschlagen worden, als er gegen Mitternacht einen Spaziergang machte, und dabei waren ihm sechs Zähne ausgeschlagen worden. Darüber hinaus hatte er sich eine Gehirnerschütterung zugezogen sowie seinen Geldbeutel, sein Scheckheft und seine Uhr verloren.

Pechvogel. Aber was hatte er dort auch zu suchen, um Mitternacht in einem öffentlichen Park? Wusste er etwa nicht, dass aus Kopenhagen – schließlich und endlich nach zahllosen vereinzelten Anläufen – ein Chicago geworden war?

Las er denn keine Zeitungen?

Wie viele tun das in Wirklichkeit schon? Wie viele *blättern* nicht einfach nur darin herum?

Der einzige andere Gast im Postcafé tat es jedenfalls – er *las*. Er saß dort mit einem Stapel, der beinahe genauso hoch war wie meiner. Er hatte so viele Zeitungen dabei, dass er beinahe Journalist sein *musste*.

Gerade in dem Augenblick, als ich seinen Stapel betrachtete, sah er von seiner Zeitung auf. Sofort senkte er den Blick wieder.

Aber nicht so schnell, dass ich ihn nicht wiedererkannt hätte. Er war kein Journalist. Er war vielleicht auch kein Gärtner, aber das war die Rolle, die er spielte, als ich ihn das letzte Mal gesehen hatte.

›Jan Pedersen, *I presume?*‹

Ich war kurz davor, es hinauszurufen, aber ich beherrschte mich, wie ich es seit meiner ersten Ehe nicht mehr getan hatte. Ich ging gleichsam zufällig – und vollkommen überflüssigerweise, wenn man die aufmerksame Bedienung bedachte – zur Theke, um mir noch ein Bier zu bestellen.

Doch, er *war* es. Mit dem weichen Mund und dem

Kinn und allem. Auch die Augen waren wiederzuerkennen, sogar mit der blauen Farbe darin.

Es gab nur uns beide im Lokal. Uns beide – und den Barkeeper.

Ich könnte es riskieren und mich auf ihn stürzen.

Aber ich war unbewaffnet. Das war er beim letzten Mal nicht. Und es war schwer auszurechnen, wie ein fremder Barkeeper reagieren würde.

Ich sollte auch nicht den Fehler wiederholen, der Kaspersen gestern unterlaufen war. Das Richtige wäre es, ihn zu beschatten. Er konnte nicht wissen, dass wir sein Foto hatten. Oder hatte er Ehlers' Kamera gesehen?

Glücklicherweise befand sich, wie ich mich von meinem gestrigen Anruf bei Gitte erinnerte, ein Münztelefon im Gang zu den Toiletten.

Mit der Miene eines Mannes, der einen ganzen Niagarafall in seinem Glied spazieren führt, ging ich zu den Toiletten hinaus.

14 48, dachte ich. 14 48, immer eine sichere Nummer. Aber was war die Vorwahl von Lyngby? Ich musste Ehlers dort drüben erreichen.

Das Telefonbuch, das tüchtige, kleine Kerlchen, hing direkt unter dem Telefon. Das Örtliche sogar.

85, sagte es.

85 14 48. Ich warf eine Krone ein, griff nach dem Hörer und wählte.

Hinter meinem Rücken öffnete sich knarzend die Tür.

»Hallo«, sagte ich. »Ist dort die Poli…«

Mehr konnte ich nicht sagen. Ein großer, bodenloser Schmerz traf meinen Hinterkopf, und ich kippte in einem Regen aus Sternen vornüber, hinab gegen eine waagerechte Wand.

14

So weich war Jan Pedersen also nun auch wieder nicht. Er war trotz allem Manns genug, eine schnelle Entscheidung zu treffen und sie auf der Stelle umzusetzen. Im Grunde genommen sollte ich mich bei ihm entschuldigen.

Dachte ich, als Ehlers und Kaspersen mich wenig später gefunden, mich auf die Beine gestellt und mit einer Tasse Kaffee und einem kleinen Rachenputzer in einen Stuhl gesetzt hatten.

Mein Kopf lärmte wie eine Maschinenfabrik, doch ich war in der Lage, ihnen meine kleine Allerweltsgeschichte zu erzählen. Mit echtem, tief empfundenem Ärger.

»Nimm's nicht so schwer«, sagte Ehlers. »Es war nicht *deine* Schuld. Du hättest gar nichts anderes machen können. Er war einfach zu schnell. Er muss dich von gestern wiedererkannt haben. Wenn man genauer darüber nachdenkt, war er ja schließlich dort, um sich umzusehen.«

Ich murmelte einen zustimmenden Laut. Er klang nicht sehr liebenswürdig, als er heraus war, aber auch meine Ohren schienen nicht mehr so zu funktionieren wie sonst.

»Das spricht dafür, dass er in dieser Gegend wohnt«, sagte Ehlers.

»Oder dass er hier etwas zu erledigen hatte«, sagte Kaspersen. »Haben wir keine Adresse von ihm?«

»Wir hatten eine.«

»Welche?«

»Absalonsgade 30 – ohne Angabe des Stockwerks.«

»Ja, aber, das ist doch da, wo ...«

»Kurt Aaberg wohnte, genau. Alles hängt schön zusammen, aber beweisen kann man damit gar nichts. Und es ist ein Jahr her, dass er dort gewohnt hat.«

»Tja«, fügte Ehlers hinzu und erhob sich, »wir müssen zusehen, dass wir weiterkommen. Sollen wir dich nach Hause schicken? Du *könntest* eine Gehirnerschütterung haben.«

»Nein, ich komme mit«, antwortete ich und schüttelte meinen Kopf, wie um mich zu vergewissern, dass er nach wie vor an seinem angestammten Platz saß. Dabei erzeugte ich in seinem Inneren ein Geräusch, das ungefähr wie diese Maracas klang, die mit trockenen Erbsen gefüllt sind und die man bei lateinamerikanischer Tanzmusik als Rhythmusinstrumente verwendet. »Womit, glaubt ihr, hat er zugeschlagen?«

»Wahrscheinlich mit seiner Pistole«, sagte Ehlers trocken. »Kommt, lasst uns gehen. Ich habe dem Barkeeper Bescheid gegeben und der Polizei von Lyngby meine Fotografie. Hier gibt es nichts mehr, was wir tun könnten.«

»Kannte der Barkeeper ihn?«, fragte ich, als wir in den Regen hinaus und zum Wagen gingen, wobei ich beide Hände beschützend um meinen Kopf gelegt hatte.

»Hatte ihn ›möglicherweise‹ zwei-, dreimal vorher gesehen, aber nie mit ihm gesprochen, und seinen Namen kannte er auch nicht. Typische Barkeeper-Antwort!«, sagte Ehlers. »Spring rein. Wir wollen uns zuerst noch die Stelle angucken, wo die Übergabe stattfinden soll. Ich habe eine Spezialkarte für das Gebiet dabei.«

Kaspersen ließ den Wagen an, und wir rollten hinaus in die Grüne Lunge. Ein paar Mal musste er anhalten, um die Karte genauer zu studieren, doch schließlich hatte er gefunden, was wir brauchten: den kleinen Waldweg mit dem Warnschild ›Sperrgebiet‹.

Der Wald war bis dicht an die schmale, asphaltierte Straße herangewachsen, die nicht aussah, als würde sie von anderen als den wenigen Einheimischen benutzt. Der Weg – wenn man eine lang gestreckte Schlammkuhle denn als Weg bezeichnen möchte – schien gerade in den Wald hineinzuführen, aber sobald man zwanzig Meter weit hineingelaufen war, sah man vor und hinter sich nur Wald. Bäume und Büsche beugten sich von beiden Seiten so tief über den Weg, dass es in der Dunkelheit unmöglich sein musste, sich dort zu orientieren.

Ging man ein Stück weiter hinein – vielleicht einen halben Kilometer – stieß man auf eine kleine Lichtung, auf der einige Bäume gefällt worden waren. Dort lag ein Stapel Brennholz mit einem unsichtbaren offiziellen Stempel. In dieser Rodung gab es Platz für zwei bis drei Autos.

Auf der anderen Seite ging der Weg weiter.

»Der ideale Ort«, sagte Ehlers. »Wie für diesen Zweck geschaffen.«

Er schrieb ein paar Notizen auf seine Karte.

Wir setzten unseren Marsch durch den Schlamm fort. Ein paar Kilometer später endete der Weg an einer schmalen Straße von der gleichen Beschaffenheit wie die am anderen Ende. Unterwegs waren wir an ein paar Seitenwegen vorbeigekommen. Ansonsten sahen wir nur die unübertroffene Septembermischung aus grün-gelb-braunen Blättern, die unter den Regentropfen blinkten. *September in the Rain,* diese verdammte Melodie hatte sich in meinem Hinterkopf festgesetzt. Mindestens zehn Beschäftigte in der dort gelegenen Maschinenfabrik pfiffen sie gleichzeitig bei der Arbeit.

»Warum ist diese Gegend Sperrgebiet?«, fragte der praktische Kaspersen.

»Versuchsgebiet«, antwortete Ehlers. »Die Staatliche Forstaufsicht, oder wie dieser verdammte Laden heißt, führt hier wissenschaftliche Versuche durch und möchte nicht gestört werden.«

»Ich sehe hier niemanden, den man stören könnte.«

»Weiß der Teufel. Bei diesem Wetter sind wir die einzigen Staatsdiener, die im Freien arbeiten. Kommt, wir gehen zurück.«

Irgendetwas raschelte im Laub, als wir den Weg zurückstiefelten. Bestimmt ein von der Forstaufsicht ausgesetzter Experimentalfuchs, der nach seinem guten, sicheren Bau mit den festen täglichen Mahlzeiten suchte.

Ehlers raufte sich während des ganzen Rückwegs nachdenklich den Bart.

Es herrschte ein allgemeines nachdenkliches Schweigen im Wagen, während wir zum Søbakkevej fuhren. Nachdem wir geparkt hatten, wiederholten wir dieselbe Prozedur wie gestern. Kaspersen blieb sitzen. Ehlers und ich gingen hinein.

Aber nicht, bevor wir nicht einen kurzen Blick auf den neuen Gärtner geworfen hatten. Zwar wandte auch er uns den Rücken zu, aber *seinen* Rücken konnte man kaum verwechseln, auch wenn man ihn vorher nur einmal gesehen hatte. Es war Kellermann – ein großes, stabiles Schwergewicht von einem Bullen, welcher dermaßen gutmütig-einfältig aussah, dass er allein schon dadurch wahre Wunder bewirken konnte. Im ganzen Polizeipräsidium kursierten Geschichten, wie Kellermann ein ums andere Mal gemeingefährliche Verbrecher verhaften konnte, indem er einfach nur so unschuldig dreinblickte, dass sie ihre Schusswaffen sofort an den Trödelhändler verkauften, sobald er sich ihnen näherte.

Gut, einen solchen Mann in der Nähe zu haben. Genauso ideal für diesen Job wie die Lichtung für den ihren.

Und er sah *wirklich* wie ein Gärtner aus.

Das Mädchen ließ uns ein und führte uns in das opulente Wohnzimmer, in dem Veronica Wool ganz so wie gestern und in demselben Kleid in ihrem Sofa saß. Nur eine Sache war anders: Sie war nicht alleine. Neben ihr saß ein Mann in ihrem Alter. Er hatte einen dunklen Teint, war, höflich ausgedrückt, vollschlank, trug einen schwarzen Anzug mit einer buntscheckigen Fliege, und sein Haar und der kleine gezwirbelte Schnurrbart stanken nach einer großzügigeren Portion Pomade. Er sprang auf, als wir hereinkamen, und griff nach unseren Händen.

Sein Händedruck war schlaff wie der einer Qualle.

»Carlos Giacometti«, sagte er – als ob das alles erklären würde. »Ich bin direkt hergekommen, um zu sehen, ob ich mich irgendwie nützlich machen kann. Was für eine schreckliche Geschichte. Arme Veronica! Armes, kleines Mädchen! In meinem Land werden Kidnapper erschossen, ja?«

»Dafür muss man erst wissen, wer sie sind«, sagte Ehlers trocken.

Giacometti schien die tiefere Bedeutung dieser Bemerkung zu hoch zu sein. Wie ein kleiner, fröhlich hüpfender Hund führte er uns zu unseren Sitzplätzen, während er wie ein Wasserfall plapperte.

»Ich sehe in der Zeitung, was geschehen ist. Ich denke: Du musst Veronica helfen. Beschützen, ja?«

Sein Dänisch war ausgezeichnet. Abgesehen von dem unverkennbaren Akzent und der typisch ausländischen Tendenz, jeden Satz mit einem ›ja?‹ zu beenden, sprach er fließend Dänisch.

Er verlieh seinem ›Beschützen‹ mehr Nachdruck, indem er eine kleine Pistole aus der Jackentasche zog und artistisch-theatralisch damit in der Luft herumfuchtelte.

»Besitzen Sie einen Waffenschein?«, fragte Ehlers.

»Ja, ja. Ich spiele in Restaurants – auf der ganzen Welt. In Restaurants können viele Dinge passieren. Manchmal auch gefährliche. Deswegen habe ich einen Waffenschein, ja. Von der italienischen Polizei.«

Veronica Wool fand offenbar, dass es jetzt an ihr war, etwas zu sagen.

»Carlos ist mein alter Begleitmusiker«, erklärte sie und schaute dabei mich an. »Oder, korrekt ausgedrückt, er war der Orchesterleiter zu jener Zeit, als ich als Sängerin tätig war.«

»Und was für eine Sängerin!«, rief Carlos verzückt aus. »So etwas haben Sie noch nie gehört. Sie sang wie eine Lerche! Überall, wo sie auftrat, sorgte sie für Furore! Es war jammerschade, dass sie sich aus der Musik zurückgezogen hat! Wir haben alle gesagt …«

»Carlos«, sagte Veronica, »wir müssen, glaube ich, langsam zur Sache kommen.«

Sie gab Ehlers den Brief.

Wie auf dem vorhergehenden war der Poststempel verwischt oder eher ausgewaschen. Umschlag,

Papier und Schrift waren in jeder Hinsicht identisch mit denen des ersten Exemplars.

»Dieselbe Brother«, sagte ich, während ich Ehlers über die Schulter sah.

»Du erinnerst dich«, sagte Carlos, anscheinend allzeit bereit, gut gelaunt seiner eingefahrenen Spur zu folgen, »als wir damals in Schweden aufgetreten sind? In Stockholm, als du auf dem Weg zurück zum Hotel überfallen wurdest, nachdem wir in dem Nachtclub gespielt hatten – diesem ›Bohème‹? Wenn ich in jener Nacht nicht meine Pistole dabeigehabt hätte …«

Sie nickte geduldig, so wie man nicken würde, um ein Kind zu beruhigen, das nach einem Besuch im Tivoli überfließt von den Ozeanen seiner Erlebnisse.

»Und jetzt kannst du wieder singen, Veronica. Jetzt, wo dein Mann tot ist. Wir können noch einmal von vorne beginnen, ja?«

»Du weißt ganz genau, dass ich keine Lust habe. Es ist lange her. Ich habe alles vergessen, was ich konnte. Ich habe keine Übung. Und außerdem bin ich mittlerweile zu alt.«

»Nein, nie zu alt geworden. Nicht wahr? Finden Sie nicht auch?«

Ehlers saß da und starrte immer noch auf den Brief. Ich ging davon aus, dass es *mir* zufiel zu sagen, dass ich das ganz bestimmt nicht dachte.

»Nein. Hast du gehört? Nicht zu alt. Niemals. Und mit deiner Stimme und meiner Gitarre – vielleicht auch mit Klavier und Schlagzeug, ja?«

»Carlos, wir haben gerade ganz andere Probleme zu lösen – *jetzt.*«

»Ja, Entschuldigung. Lasse mich immer hinreißen, ja?«

»Manchmal.«

»Haben Sie wegen des Geldes mit der Bank gesprochen?«, wandte sich Ehlers sachlich an Veronica.

Als ob er es nicht wüsste!

»Ja. Sie kommen kurz vor Geschäftsschluss vorbei.«

»Ausgezeichnet. Also tun Sie einfach nur, was Ihnen gesagt wurde. Wir behalten Sie im Auge. Je weniger Sie wissen, desto besser. Aber fahren Sie auf jeden Fall alleine!«

»Ich sollte vielleicht besser mitfahren. Beschützen!«, sagte Giacometti enthusiastisch.

»Nein!«, erwiderte Ehlers scharf.

Das war ein Befehl – wenn es nicht sogar eine gezielte Ohrfeige war.

»Lass uns kein Risiko eingehen, Carlos«, sagte Veronica Wool diplomatisch schlichtend. »Um Barbaras willen.«

Carlos schmollte.

Während er damit beschäftigt war – anscheinend, ohne sich Gedanken darüber zu machen, wie schlecht es ihm stand –, klingelte das Telefon. Veronica nahm das Gespräch entgegen, hörte drei Worte lang zu und wandte sich dann an Ehlers.

»Das ist für Sie.«

Ehlers griff nach dem Hörer und hörte ein paar Minuten lang zu, ohne dabei etwas anderes zu erwidern als ›jawohl‹ und ›m-mh‹. Er hatte uns den Rücken zugewandt.

Als er sich wieder umdrehte, war eine Veränderung mit ihm geschehen. Er hatte zwar den ganzen Tag lang schon müde ausgesehen, aber jetzt war er *unendlich* müde und abgekämpft. Sein Gesicht war aschgrau. Er sah aus, als könnte er nicht einmal mehr die sieben, acht Schritte bis zu seinem Stuhl bewältigen.

Auf dem Weg dorthin flüsterte er mir zu:

»Noch eine Entführung.«

Dann wandte er sich ganz sachlich Veronica Wool zu und ging mit ihr noch einmal die Einzelheiten ihrer Instruktionen für heute Abend durch.

15

Zwei Minuten später gingen wir, nachdem Ehlers – zerstreut über die Schulter hinweg – versprochen hatte, dass er später anrufen würde, um noch einmal alles zu überprüfen. Carlos Giacometti hatte seinen Arm tröstend um Veronicas Schulter gelegt, doch aus irgendeinem Grund sah sie nicht so aus, als wäre ihr diese Geste die große Hilfe, die sie zweifellos sein sollte.

Kaspersen saß im Wagen auf seinem Platz und starrte in den Regen hinaus, mit einer Miene wie ein zufälliger, motorisierter Herumtreiber, der eine besondere Vorliebe für das Parken in den Seitenstraßen besserer Wohngebiete hat und sich damit die Zeit vertreibt. Nicht übermäßig überzeugend.

»Nichts Neues von Kellermann«, sagte er. »Hier war niemand außer diesem Südländer, dem ihr ja begegnet sein müsst.«

»Neuigkeiten von der Polizei in Lyngby«, sagte Ehlers verbissen. »Eine weitere Entführung. Sie hätten gerne, dass wir uns die Sache umgehend ansehen. Søskrænten 8, Graugaard.«

Kaspersen sah auf dem Stadtplan nach.

»Eine Seitenstraße rechts um die Ecke von Søbakke«, sagte Ehlers.

Wir fuhren.

Der Søskrænten war eine ebenso idyllische Straße wie der Søbakkevej. Die Leute hier draußen verstanden es, sich einzurichten. Hübsche Häuser mit hübschen Gärten mit hübschen Zäunen drum herum. Kein Slum, keine Hinterhöfe. Nicht einmal eine einzige Prostituierte an den Straßenecken.

Die Villa der Graugaards war ein großer grauer Klotz – nicht ganz so imponierend wie die von Victor Valentin, aber dennoch ziemlich präsentabel, mit einer überdachten Terrasse und einem Treibhaus im Garten. Ein schöner Ort, zu dem man nach der Arbeit gern heimkehrte, um sich zu entspannen.

Ich sah meine eigene Wohnung in der Istedgade vor mir und seufzte.

Auch Ehlers seufzte, aber das *könnte* einen anderen Grund gehabt haben.

Ein fesches, junges Hausmädchen mit Schürze ließ uns ein, und ich beschloss, wenn ich einmal reich wäre, mir auch so ein fesches, junges Hausmädchen zuzulegen. Hier draußen schienen sie alle eins zu haben. Man könnte fast glauben, dass sie zum festen Inventar der Häuser gehörten – genau wie die Gärten und die Carports.

Ihre fesche Erscheinung wurde jedoch, wie ein scharfer, aber objektiver Kritiker anmerken würde, durch die ungewöhnlich roten Augen geschmälert. Das junge Ding hatte geheult. Also besaß sie Gefühle. Sehr menschlich – wie auch Weltkriege und Entführungen und viele andere Schweinereien.

Frau Graugaard tauchte direkt hinter ihr auf. Frau

Graugaard war eine Frau zwischen fünfzig und sechzig, ausgestattet mit dermaßen fest zusammengekniffenen Lippen, dass man sich gar nicht vorstellen konnte, wie sie Nahrung zu sich nahm, ein Eindruck, den ihre übrige Erscheinung – wenn man sie denn so nennen wollte – nur unterstrich. Ihre Nase war keine Nase, sie war ein Schnabel. Ich habe noch nie jemanden gesehen, der in diesem Ausmaß der Bezeichnung ›Krampfhenne‹ auch äußerlich alle Ehre machte.

Sie sprach, wie sie aussah: mit einer Stimme wie ein krächzender Papagei.

»Na, endlich sind Sie da!«, sagte sie und sah unbewusst missbilligend auf Ehlers' nicht ganz blitzblanke Schuhe hinab. »Es wurde aber langsam auch Zeit! Es ist schon eine Viertelstunde her, dass ich angerufen habe!«

Sie sprach, konnte man hören, wie sie vermutlich auch mit dem Postboten, dem Zimmermädchen und dem Laufburschen des Kaufmanns sprach. Allein an ihren Worten konnte man ihren Typ und ihr Wesen erkennen. Frau Graugaard war einer dieser Menschen, die dem Rest der Welt, dem unbedeutenden Teil des Universums, der außerhalb ihrer eigenen Person lag, nur eine alleinige Bestimmung zumaßen, nämlich ihnen als Service-Organ zu dienen – darin lag seine einzige Existenzberechtigung.

Mag sein, dass sie ein Kind verloren hatte, aber sie war eine Frau, für die man nur unter verdammt großen Schwierigkeiten Mitgefühl aufbringen konnte, ganz gleich, was sie verloren haben mochte. Und doch – der heilige Franz von Assisi, nach drei Wochen Fasten und Meditation zur Höchstform aufgelaufen, hätte es sicherlich geschafft.

Wir trampelten die Fußmatte fast in Fetzen, wir drei, bevor sie uns – ohne ein weiteres Wort zu verlieren – in ein großes, dunkles Wohnzimmer mit Mahagonimöbeln und langen Bücherregalen führte, und schon ein erster Blick auf die makellosen Einbände und die untadelige Anordnung der Bücher sagte einem, dass sie nie von jemandem berührt, belesen oder sonst wie beschmutzt wurden. Mit einer herablassenden Handbewegung wies sie uns drei Stühle an einem kleinen, konferenztischartig aussehenden Möbel zum Sitzen zu und nahm selbst auf dem vierten Platz.

»Ich habe meinen Mann bereits orientiert«, sagte sie. »Er ist Rechtsanwalt, wissen Sie.«

»Das wusste ich nicht, nein«, sagte Ehlers mit einem instinktiven Mangel an Sympathie für die Frau des Hauses. Mit einer Verneigung, die ihm von einer schwer erkämpften Höflichkeit diktiert wurde, fügte er hinzu: »Ich bin Polizeiinspektor Ehlers.«

Er wollte gerade Kaspersen und meine Wenigkeit vorstellen, als die gnädige Frau fortfuhr und damit zu verstehen gab, dass so unwichtige Personen wahrlich nicht vorgestellt zu werden brauchten, sie erfüllten lediglich ihre Funktion, und den Laufburschen fragte man doch *wirklich* nicht nach seinem Namen, oder?

»Bettina war draußen im Garten und spielte. Ich hatte noch zu ihr gesagt, dass sie sich erkälten würde, aber Kinder sind heutzutage ja so eigenwillig, nicht mehr so wie damals, als *ich* Kinder hatte. Sie wird aber auch wirklich verkehrt erzogen. Diese moderne Erziehung, bei der die Kinder machen dürfen, was sie wollen – ›ihre Selbstständigkeit entfalten können‹ – ha! Zu meiner Zeit …«

»Entschuldigen Sie, dass ich Sie unterbreche«, sagte Ehlers. »Wir sollten vielleicht doch mit dem Anfang beginnen. Bettina ist also nicht *Ihre* Tochter. Wer sind ihre Eltern, und warum war sie hier?«

»Ich dachte, das wüssten Sie. Sie ist die Tochter meines Sohns.«

»Und wer ist Ihr Sohn?«, fragte Ehlers geduldig.

»Mein Sohn ... Architekt Peter Graugaard. Von *ihm* müssen Sie aber schon gehört haben.«

Sie hatte offensichtlich keine hohe Meinung von unserer Allgemeinbildung.

»Natürlich«, sagte ich. »Wer kennt *Peter Graugaard* nicht?«

Die Ironie war verschwendet. Sie starb einen stillen und schönen Tod auf dem Teppichboden.

Letzten Endes gelang es uns, nicht zuletzt dank der unerschütterlichen, felsenfesten Höflichkeit von Ehlers' Seite, ihr die Fakten des Falles aus dem sehnigen Hals zu ziehen.

Der berühmte Architekt Peter Graugaard war zusammen mit seiner Gattin – bei der Erwähnung derselben schnaubte unsere Erzählerin verächtlich, die Schwiegertochter hatte keine Gnade vor ihren Augen gefunden – in die Türkei gereist – noch ein missbilligendes Schnauben, wenn es doch *London* gewesen wäre! –, um beim Aufbau eines Krankenhauses im Rahmen der Entwicklungshilfe mitzuhelfen – ein drittes Schnauben. In der Zwischenzeit hatten sie die Verantwortung für ihr einziges Kind, die bald fünfjährige Bettina, der Großmutter übergeben – die offensichtlich nicht den geringsten Wert darauf legte, ein bisschen Jugend in ihr Haus einziehen zu lassen.

»Sie machen sich ja gar keine *Vorstellung* davon,

was für *Ferkel* Kinder in diesem Alter sind«, sagte sie, während sie einen strengen Blick auf Ehlers' Fußbekleidung warf.

Wenn ich zehn Jahre jünger gewesen wäre, hätte ich mich in den Garten hinausbegeben, ein paar Schaufeln Muttererde ausgegraben und sie quer über ihren Teppichboden geworfen. Sie hätte es absolut verdient.

Aber man ist nur einmal jung.

»Das glaube ich gerne, gnädige Frau«, sagte Ehlers ruhig. »Wollen Sie uns vielleicht etwas über die näheren Umstände erzählen?«

Die näheren Umstände waren einfach genug, auch wenn Frau Graugaard sie zu mindestens einer Viertelstunde Geschwätz auswalzen konnte. Bettina habe ›trotz des Wetters‹ nach draußen gehen wollen – meine Sympathien lagen in dieser Hinsicht ganz auf Bettinas Seite, im Haus musste sie sich dem Ersticken nahe gefühlt haben – und habe schließlich die Erlaubnis des Mädchens bekommen, die dem Kind gegenüber allzu nachgiebig sei, wie die Mutter des Kindes im Übrigen auch, sodass man sich nicht zu wundern brauche, dass sie – das Kind – so hoffnungslos verzogen sei. Bettina durfte also im Garten spielen, mit der strengen Auflage, sich ja nicht ›einzusauen‹.

Noch war ich zwar kinderlos, worauf Ehlers zu einem früheren Zeitpunkt bereits hingewiesen hatte, aber ich konnte mir trotzdem – auch ohne pädagogischen Beistand – ausrechnen, dass es in einem Garten bei Regenwetter nahezu unmöglich war zu spielen, ohne sich dabei ›einzusauen‹, oder dass es – aus einem anderen Blickwinkel betrachtet – gar nicht die Mühe wert ist, wenn man es nicht darf.

Das Mädchen – Susanne hieß sie, in diesen Kreisen haben Mädchen keine Nachnamen – habe Bettina ›im Auge behalten‹ sollen, während sie gleichzeitig ›den Haushalt machte‹. Sie sei eine halbe Stunde lang mit der Reinigung des Badezimmers im ersten Stock beschäftigt gewesen – ›unglaublich, wie viel Zeit das junge Ding für so einen Klacks braucht!‹ –, und als sie dann in den Garten hinausgegangen sei, um das Kind ›im Auge zu behalten‹, sei Bettina verschwunden gewesen. Susanne habe – auf Anordnung – den ganzen Garten mitsamt den nächstgelegenen Straßen durchsucht. Sie habe sich auch – aus eigener Initiative – in der Nachbarschaft erkundigt. Bei dem jungen Mädchen von Generaldirektor Schwanenflügel habe sie erfahren, dass Bettina an der Gartenpforte herumgehüpft sei und dabei ein Lied gesungen habe, als ein Auto langsam die Straße heruntergefahren sei. Ein Mann sei aus diesem Auto ausgestiegen und habe ein paar Minuten lang mit Bettina geredet und dabei die Gartenpforte geöffnet. Sie seien dann beide zum Auto gegangen und in aller Ruhe von dannen gefahren. Das Mädchen sei davon überzeugt gewesen, dass es ein verabredeter Ausflug gewesen sei – Bettina habe schließlich an der Pforte gestanden und anscheinend auf jemanden gewartet.

Damit waren die Tatsachen dieser Geschichte erschöpft.

Frau Graugaard war es aber noch lange nicht.

In einer ihrer nachfolgenden Tiraden wurde sie von Ehlers mit der taktlosen Frage unterbrochen, ob sie von der Entführung der heute vierjährigen Barbara direkt um die Ecke im Søbakkevej gehört habe. Man könne sich, deutete Ehlers vorsichtig an, vielleicht eine gewisse Art von Zusammenhang zwischen diesen beiden Entführungen in derselben Nachbarschaft vorstellen.

Frau Graugaard erklärte mit Nachdruck, dass es *unmöglich* einen Zusammenhang zwischen ihrem Enkelkind und der Tochter einer *Schlagersängerin* geben könne. Das, so meinte sie, müsse doch jedem, der noch alle Sinne beieinander habe, sofort einleuchten.

Frau Graugaard fehlte auch jedes Verständnis dafür, warum der Polizeiinspektor darauf bestand, mit dem Hausmädchen zu reden. *Sie,* Frau Graugaard, habe alles gesagt, was es zu sagen gebe, und jetzt solle *er* so schnell wie möglich die Angelegenheit wieder ins Reine bringen.

Ehlers bekam dennoch seinen Willen, und das Mädchen kam herein. Ihre Darstellung war kurz und klar und besagte in den Grundzügen das Gleiche wie die ihrer Arbeitgeberin, in einem Zehntel der Zeit. Sie sah sogar um einiges trauriger aus als jene. Sie war es auch, die ein Bild von Bettina besorgte – das einzige, das in diesem Haushalt existierte.

Dieses Haus musste die Hölle für sie sein.

Aber bei der heutigen Arbeitslosigkeit haben junge Mädchen keine große Auswahl. Junge Männer im Übrigen auch nicht.

Nein, das Einzige – so erklärte sie –, was Schwanenflügels Mädchen, Anne, von dem Entführer gesehen habe, sei ein dunkler Regenmantel mit übergezogener Kapuze gewesen. Anne habe die Szene überhaupt nur deshalb beobachtet, weil sie gerade die Fenster geputzt habe.

Was Frau Graugaard dazu veranlasste, in einer längeren Ausführung Susannes Fensterputzen in herabsetzenden Wendungen zu kommentieren.

Als das überstanden war, blinzelten wir Susanne

so freundlich wie möglich zu und erfuhren, dass Bettina einen roten Regenmantel getragen habe.

Abschließend bemerkte Ehlers, dass er Herrn Graugaard anrufen und sich mit ihm beraten würde, bevor sie etwas unternahmen. Ehlers versprach, dass die Polizei alles tun werde, was in ihrer Macht stehe. Dieses Versprechen schien er mir sehr oft zu geben.

»Es ist Ihre *Pflicht,* sie zu finden!«, sagte Frau Graugaard. »Wofür bezahlen wir denn Steuern?«

Als wir wieder draußen auf der Straße standen und die Mahagoni-Bibliothek hinter uns wussten, holten wir tief Luft, als ob wir uns in einem Kurs für Atemtechnik befänden. Die Luft war kühl und reinigend, und der Regen war einfach nur das i-Tüpfelchen. Lieber ein Orkan als eine Graugaard.

»Ich hätte nicht gedacht, dass es so etwas noch gibt«, sagte Kaspersen schlicht.

»Eine Krampfhenne«, fasste Ehlers kurz zusammen – und sprach uns damit allen aus der Seele.

Kaspersen blieb noch zurück, um mit dem Mädchen zu reden, das Auto und Entführer beobachtet hatte, eine Bewachung zu organisieren und zu versuchen, ob er bei anderen Nachbarn noch mehr erfahren konnte. Ehlers und ich fuhren – ähnlich wie gestern – unsicher schlingernd in die Stadt zurück.

16

Das ist diese Art von Frau, bei der man sich fühlt, als wäre man immer noch vierzehn Jahre alt und der Botenjunge des örtlichen Kaufmanns, jeden

Nachmittag nach der Schule für einen Fünfziger in der Woche«, sagte ich, während Ehlers die Limousine mühsam nach Lyngby hineinmanövrierte.

»Man wird nie ein anderer sein«, bemerkte Ehlers weise.

Vor der Polizeiwache sprang er heraus, um der örtlichen Ordnungsmacht seine diversen Botschaften und Bescheide zu überbringen. Dieses Mal ging ich nicht ins Postcafé – ich hatte meine tägliche Dosis an Schädelblessuren schon verabreicht bekommen. Stattdessen begab ich mich in die Bibliothek.

Dank der für die Öffentlichkeit gratis zugänglichen Einrichtungen des Lesesaals war ich um 14.30 Uhr – Staatsbahnzeit gemäß der Bahnhofsuhr – in der Lage, Ehlers mitzuteilen, dass Rechtsanwalt J. J. (Jens Jørgen) Graugaard ein Büro in der Bredgade 40 besaß und als bevollmächtigter juristischer Berater des Priesterverbandes, des Dachverbandes der Gemeinderäte, der Dänischen Sterbekasse AG und der Christlichen Vereinigung junger Menschen e. V. tätig war.

Ehlers nickte und startete den Wagen, und als er anfuhr, ging mir plötzlich auf, dass wir zu einem *Team* geworden waren. Der Polizeiinspektor mit dem schizophrenen Strubbelbart und ich hatten im Laufe der Zeit etwas aufgepäppelt, was in der menschlichen Zoologie äußerst selten vorkam: eine echte Freundschaft. Wir verstanden einander. Wir wussten, wie sich der andere bewegte.

So etwas ist mir nicht mehr untergekommen, seit ich Musiker war – das Gefühl, dass man während seines Solos einfach nur locker mit den Schultern zucken musste und sich sicher sein konnte, dass der Bassist in vier Takten alles Weitere übernehmen würde.

Darum wusste ich auch, dass wir zur Bredgade Nr. 40 unterwegs waren, noch bevor er Anstalten machte, in die Øster Farimagsgade einzubiegen. Und da ich so gelassen und routiniert war, wusste ich auch, dass ich, wie schon viele Male zuvor, einen Notizblock aus der Tasche ziehen und den Stenografen oder Sekretär spielen musste, da meine Anwesenheit inoffiziell und illegal war.

Aber wir *sprachen* nicht darüber, und gerade das bewies, dass wir tatsächlich ein Team waren. Wir haben schon etliche Menschen sterben sehen – zusammen.

Im angesagten Ambiente der Bredgade, im Gewimmel der Kunstgalerien und Antiquitätenläden, Rechtsanwaltsbüros und Architektenstudios, fanden wir einen freien Parkplatz und begaben uns zur Hausnummer 40 hinüber, einem prunkvollen Patrizierbau. Rechtsanwalt Graugaard belegte den ersten Stock. Von außen sah er ebenso groß aus wie seine Privatvilla.

Eine Sekretärin, die seiner bezaubernden Gattin zum Verwechseln ähnlich sah, informierte uns – in demselben Tonfall – dass man den Herrn Rechtsanwalt ohne vorherige schriftliche oder telefonische Terminabsprache nicht sprechen könne. Sie sagte es, als läse sie auf einem Gemeinderatstreffen eine Bibelstelle laut vor.

Aber Ehlers' offizielle Funktion konnte sie immerhin dazu bewegen, nach einem internen Telefon zu greifen und unsere Ankunft zu vermelden.

»Wenn Sie ein paar Minuten warten wollen«, sagte sie und deutete mit einer großzügigen Handbewegung auf zwei Stühle, die an einem kleinen Tisch standen, auf dem sich juristische Zeitschriften stapelten.

Sie waren *sehr* juristisch – und sehr klein gedruckt. Ich blätterte auf gut Glück ein wenig in ihnen herum, während Ehlers seine verbliebene Gedankentätigkeit auf gewisse unerforschte Gebiete des Inneren Tibet zu konzentrieren schien.

Es dauerte nicht lange, bis Rechtsanwalt Graugaard erschien. Er war ein großer, dünner Mann von genau sechzig Jahren. Er war mager und grauhaarig. Er trug einen grauen Anzug. Er trug eine nahezu graue Haut. Er war vollständig von einem unsichtbaren Umhang aus Grauheit umhüllt, der ihn wahrscheinlich schon immer begleitet hatte und ihn immer begleiten würde.

»Entschuldigen Sie bitte, dass ich Ihnen nicht gleich zur Verfügung stehen konnte«, sagte er höflich.

Indem er wie ein Haushofmeister die Etikette beachtete, zeigte er uns – er selbst am Schluss gehend – den Weg durch einen Flur zu einem großen Eckzimmer, wo er uns in ein paar soliden Ledersesseln platzierte.

Das Zimmer war ebenso dunkel und mahagonilastig wie die Bibliothek in seiner Privatwohnung. Es gab genauso viele Regale, die genauso unbenutzt aussahen, abgesehen von dem einen oder anderen Lesezeichen in den juristischen Nachschlagewerken. Das Werk ›Dänemarks Kirchen‹ in 48 Lederbänden dominierte das Regal, das sich über dem Schreibtisch befand, hinter dem er selbst Platz nahm.

»Ich kann mir vorstellen, dass Sie aus Anlass dieser – unglücklichen Geschichte mit meinem Enkelkind gekommen sind?«, fragte Graugaard mit einem Seufzer.

»Genau«, sagte Ehlers. »Ich gehe davon aus, dass ihre Gattin Sie orientiert hat?«

»Ja«, sagte der Rechtsanwalt.

Das war weder zu viel noch zu wenig gesagt. Eure Rede sei ja, ja, nein, nein, wie es ein verstorbener Prediger – wohl ohne anwaltlichen Beistand – einst ausgedrückt hatte.

»Leider kann ich Ihnen nicht mit zusätzlichen Informationen dienen«, sagte er tonlos. »Wie Sie wissen, befand ich mich nicht zu Hause – ich hatte ein Treffen im Kirchenministerium wegen der neuen Bestimmungen für die Pensionsbemessungen für Pfarrhelfer –, also werde ich Ihnen kaum weiterhelfen können. Ich kann Ihnen nur alles Gute für Ihre Arbeit wünschen. Ich hoffe wirklich, dass Sie mein Enkelkind finden können.«

Er schien es wirklich so zu meinen.

»Besitzen Sie eine Adresse, über die Sie mit Ihrem Sohn und Ihrer Schwiegertochter Verbindung aufnehmen können?«

»Leider nicht. Aber er ruft jeden zweiten Tag an. Er hat gestern angerufen.«

»Also ruft er morgen wieder an?«

»Das nehme ich an. Und dann werde ich ihn natürlich – orientieren.«

»Was wissen Sie über Ihr junges Mädchen?«

»Was meinen Sie damit?«

Er richtete sich aus seiner professionell zusammengesunkenen, händeringenden Haltung auf.

»Wie Sie wissen, müssen wir alle Möglichkeiten in Betracht ziehen – unter diesen Umständen.«

Ehlers wurde langsam zu einem Meister, was diese Art von nichts sagenden Bemerkungen betraf.

Auch Graugaard beherrschte den Kammerton. Er gehorchte ihm, wie Zirkuspferde angeblich auf den Trommelwirbel hören. Unter Psychiatern wird dieses Phänomen – wenn ich mich recht erinnere – als ›bedingter Reflex‹ bezeichnet.

»Sie ist über jeden Verdacht erhaben« sagte er. »Susanne ist die Tochter von Pastor Berg in Aalborg – Sankt Budolfi, Sie wissen schon. Sie will studieren, muss aber vorher noch ein Jahr im Haushalt arbeiten, um ihren – äh – Punktequotienten, heißt es, glaube ich, zu verbessern, und meine Frau und ich boten daher an …«

Er sah selbst ein, dass es keinen Sinn hatte, den Satz zu beenden.

»Wie lange ist sie schon bei Ihnen?«, fragte Ehlers höflich.

»Ein halbes Jahr etwa … Das genaue Datum habe ich nicht hier.«

Er hatte es irgendwo aufgeschrieben; da gab es keinen Zweifel.

»Ihre Frau schien kein besonders großes Vertrauen zu ihr zu besitzen?«

Aha. Der aggressive Ehlers, dachte ich in meiner ruhigen Ringecke.

»Ich fürchte, äh – dass meine – dass Eva von Natur aus sehr skeptisch eingestellt ist. Sie müssen verstehen, dass sie – äh – in ihrem Leben viele Enttäuschungen erlebt hat.«

Ehlers sagte nichts. Er sah einfach nur zuvorkommend fragend über den Schreibtisch hinweg, wie ein Arzt, der seinen Patienten ermutigt, seine Symptome etwas ausführlicher zu beschreiben.

»Ihr – äh, Vater – beging Selbstmord«, sagte der Rechtsanwalt. »Das hat – äh – in einem gewissen Ausmaß – einen Schatten über ihr Leben geworfen.«

Er klang so, als hätte er auf einem Hofball laut geflucht und würde jetzt gerne seine Taktlosigkeit ungeschehen machen. Es war ja einleuchtend, dass ein Selbstmord eine peinliche und geschmacklose Angelegenheit war, der gegen so ziemlich alle Regeln verstieß, nach denen *man* sein Leben ausrichtete. Selbstmord gehörte nicht zu den Dingen, die *man* tat, *man* las höchstens etwas darüber.

»Mein Sohn wird sehr unglücklich sein, wenn er davon erfährt«, sagte Graugaard. »Er liebt dieses Kind über alles.«

Eine erste Ahnung von Sympathie für die Familie Graugaard insgesamt schimmerte in Ehlers' Augen.

»Das ist außerordentlich bedauerlich«, sagte er betont pastoral. »Haben Sie von der Entführung im Søbakkevej gelesen – nicht weit von Ihrem Haus entfernt?«

»Äh – ja«, sagte Graugaard.

»Wir befürchten, dass zwischen beiden Ereignissen ein Zusammenhang besteht. Wir halten das für eine wahrscheinliche Hypothese.

Gegebenenfalls – falls wir mit unserer Vermutung richtig liegen – steht zu erwarten, dass sie eine schriftliche oder telefonische Mitteilung der Kidnapper erhalten. Sie werden die Anweisung bekommen, sich nicht mit der Polizei in Verbindung zu setzen, und Sie werden vermutlich innerhalb der folgenden vierundzwanzig Stunden eine Nachricht bekommen, dass Sie eine Summe Geldes abliefern müssen, wenn Sie Ihr Enkelkind wiedersehen wollen.«

»Äh, ja, also ...«

»Ich muss Sie bitten, sich bei mir zu melden, sobald Sie etwas hören.«

»Selbstverständlich, Herr Polizeiinspektor«, antwortete er – als ob ihm nie etwas anderes hätte einfallen können. »Das ist ja eine – äh – ganz traurige Geschichte.«

Er sah aus, als hätte er sein ganzes Leben mit traurigen Geschichten verbracht, oder vielleicht, als wäre sein ganzes Leben eine solche gewesen und er hätte jegliche Hoffnung verloren, etwas anderes zu erleben.

In demselben Augenblick, als wir – nach dem Austausch zahlloser Höflichkeitsfloskeln – aus seiner Tür hinaustraten, konnte ich sehen, wie er – natürlich ganz gegen seine eigene Etikette – hoffnungslos auf seinem Stuhl zusammengesackt war und einen leeren Blick nach oben an die Decke über ›Dänemarks Kirchen 1–48‹ richtete.

Die Sekretärin wies uns kaltblütig den Weg hinaus, vermutlich voller Sorge, dass wir die Tür nicht allein finden oder die Klinke nicht hinunterdrücken könnten. Ich beschloss, dass wir schon genug Krampfhennen für einen Tag gesehen hatten. Stattdessen malte ich sie mir – vor meinem so genannten ›inneren Auge‹ – als einen Kranich aus. Einen krankhaft krampfhaften Kranich.

»Wie sie mir schon auf der Polizeischule beigebracht hatten«, sagte Ehlers, als wir die breiten Treppen hinuntergingen. »›Es ist bei der Arbeit eines Polizisten von äußerster Wichtigkeit, dass er imstande ist, mit den verschiedensten Menschen zurechtzukommen.‹«

»Ich gehe jede Wette ein, dass sie auf der Hochschule für Journalismus das Gleiche erzählen.«

»Und in der Handelsschule.«

»Und in der Bordellbranche.«

Als wir auf die Straße hinaustraten, hatte sich der Regen in der Zwischenzeit entschieden, eine Kaffeepause einzulegen. Die nach wie vor dräuenden dunklen Wolken zeigten, dass mehr als das wohl nicht drin war, doch allein der Gedanke wirkte aufmunternd und inspirierend.

Auch Ehlers konnte eine kurze Pause gebrauchen.

Ausnahmsweise gingen der Polizeiinspektor und ich zum Kongens Nytorv und betraten eines dieser modernen, halb französischen Cafés mit Spiegeln an allen Wänden. Wir bekamen einen Kaffee, der so schwarz war wie die weiteren Aussichten. Und wir rührten lange in ihm herum – obwohl keiner von uns beiden Zucker nimmt.

»Was hältst du von ihm?«, fragte Ehlers.

»J. J.? Er ist schon so auf die Welt gekommen.«

»Du meinst, so etwas ist erblich?«

»Ich meine, dass es eine bestimmte Anzahl von Menschen gibt, denen ein trauriges Schicksal bereits in die Wiege gelegt wurde und die unter allen Umständen ein trauriges Schicksal haben werden, ganz gleich, was sie tun oder was andere für sie tun. Ihre Lebensbedingungen sehen schlicht und einfach so aus. Es ist *ihre* Lebensweise. Sie erwarten gar nichts anderes. Warum würde er sonst eine solche Hyäne heiraten?«

»Krampfhenne.«

»Egal, such dir ein Tier aus. Eins ist so deprimierend wie das andere.«

»Wie wahr.«

»Aber es gibt sie einfach, diese Menschen. Es ist genau wie mit den Drogenabhängigen, über die wir gestern gesprochen haben. Wenn du Statistiker wärst, könntest du für jeden Jahrgang, der den Mutterschoß verlassen hat, den genauen prozentualen Anteil ausrechnen. Es wird immer so und so viele

Drogenabhängige geben, so und so viele Geisteskranke, Gewalttäter, Behinderte – oder eben welche mit angeborener, chronischer Depression. Ich werde nie begreifen, wie Menschen es wagen können, Kinder in die Welt zu setzen.«

»*Ich*«, sagte Ehlers leise, als ob er an ganz etwas anderes denken würde, etwas, das in weiter Ferne lag, »habe niemals begreifen können, wie jemand wagen kann, es nicht zu tun.«

Ich konnte ihm ansehen, dass er an seine eigenen dachte. Das tat er oft, und jedes Mal trat ein besonderer Schimmer in seine Augen.

Ich überließ ihn seinen Gefühlen und rief unterdessen Gitte an. Die Untersuchung sei ›positiv‹ gewesen, sagte sie. Alles sei in bester Ordnung befunden worden. Es gebe keine Probleme. Das Kind lasse ›einfach nur auf sich warten‹.

Wir verabredeten, später am Tag noch einmal miteinander zu reden.

Dieselbe Verabredung traf ich mit Ehlers, als wir uns auf einem – erneut – regennassen Kongens Nytorv trennten, wo sich die Menschenameisen hin und her in allerlei Richtungen und mit allerlei Transportmitteln drängten, eilig unterwegs zwischen Arbeit, Zuhause und Hobbys. All die Erwachsenen, die vor einigen Jahren noch Barbaras und Bettinas gewesen waren und mittlerweile ihrer Bestimmung mit dieser bewussten zwischenmenschlichen Melancholie folgten, die nur Menschen kennen, die vergeblich versucht haben, erwachsen zu werden.

Auch wir folgten unseren Pfaden. Ehlers fuhr zur Polizeiwache am Halmtorvet. Wortlos setzte er mich vor dem Stjernecafé ab.

17

Und wieder die Blaue Stunde. Wieder eine Wartezeit – und wieder vor einer Razzia.

Wieder Bob und die Würfelbecher.

Wieder und immer wieder.

Und noch einmal von vorn.

»Sieben Sechser.«

»Acht davon.«

»Neun.«

»Zeigen.«

»Verdammt! Acht!«

»Hab ich doch gesagt.«

»Sechs Fünfer.«

»Sechser.«

»Sieben davon.«

»Hast du selber sechs?«

»Verflucht! Drei Fünfer.«

Und so weiter.

Die Dunkelheit begann allmählich ihren Schleier über die Straßen zu senken. Die Stadt sah aus, als würde sie langsam versinken, zusammen mit dem Regen in der Erde versickern. Vielleicht war es aber auch nur dieser Schlag auf meinen Hinterkopf.

Mir war, als ich so dasaß, als ob ich schon sehr lange gelebt hätte, lange genug, um dem Ewigen Juden ein paar Kleinigkeiten zu erzählen – für immer zum ewig Gleichen zurückkehren zu müssen: einem Stuhl, einem Aschenbecher, einem Satz Würfel und einer wenige Stunden entfernten Deadline, die langsam näher kroch.

Ich sollte glücklich und zufrieden sein, gab ich mir selbst als kostenlosen Ratschlag. Ich war bei guter

Gesundheit. Ich hatte Arbeit. Ich hatte eine Frau, die mich – im Widerspruch zu allen Naturgesetzen – an mindestens drei Tagen der Woche liebte. Ich war ein freier Mann mit einem halbwegs geraden Rücken und fiel niemandem zur Last. Die Welt lag offen vor mir. Ich schuldete – wenn man absolut etwas Negatives finden wollte – dem Finanzamt ein paar tausend Kronen, aber wer tat das nicht?

Ich war nicht betrunken. Ich war streng genommen auch nicht nüchtern, aber beide Begriffe hatten ihren Sinn verloren. Ich stand – wie in meinen alten Musikertagen, wenn die Band wirklich abhob – außerhalb der Zeit. Die Zeit war nur ein bodenloser Ozean, eine Unerschöpflichkeit. Man konnte sie vielleicht in Minuten messen, wenn man wollte, und für gewisse Zwecke möchte das ja ganz praktisch sein, aber man konnte sie genauso gut in Würfeln messen.

»Sechs von einer Sorte.«

»Sechser.«

»Sieben.«

»Acht.«

»Ich will sehen.«

Aufdecken und sehen. Das Leben ist eine Runde Bluff. Man deckt auf und sieht. Manchmal hat man Recht mit dem, was man geglaubt hat, manchmal auch nicht. Hin und wieder ist man verblüfft.

Es ist ziemlich einfach. Es ist so einfach, dass manche Menschen Schwierigkeiten haben zu begreifen, *wie* einfach es im Grunde genommen ist.

Diese Menschen nennt man Intellektuelle.

»Verflucht!«, wiederholte Bob und rollte seinen Würfelbecher um. »Du bist zurzeit ja überhaupt nicht zu schlagen!«

»Das liegt daran, dass ich keine Ahnung habe, was

ich eigentlich ansage«, behauptete ich wahrheitsgemäß.

Das nahm er mir nicht ab.

So geht es doch oft mit der Wahrheit. Es liegt meistens nicht daran, dass sie ungern gehört wird, sondern, in neun von zehn Fällen, daran, dass sie überhört wird.

»Übrigens«, sagte er, als er hinter die Theke zurückgekehrt war, »ich habe gehört, dass Kurt morgen begraben werden soll.«

»Ach«, sagte ich.

»Tja«, sagte er.

Das war Kurts Grabschrift. Sie hätte viel schlimmer ausfallen können, wenn wir beide nicht so nette Kerle wären.

»Glaubst du, dass jemand kommen wird?«, fragte Bob, während er mit liberalem Augenmaß die Whiskygläser füllte.

»Keine Ahnung, ob er Familie hat.«

»Ich auch nicht. Im Grunde genommen wusste ich nichts über ihn.«

»Er konnte ziemlich gut würfeln.«

»Lass uns noch eine Runde spielen.«

»Sechs Vierer.«

»Fünfer.«

Die Zeit verging. Die Zeit tickte sich schneckengleich davon. Millionen Uhren und Augen folgten ihr weltweit mit außerordentlicher Aufmerksamkeit. Die arme Zeit hatte niemals Zeit für sich allein.

Als ob meine Nerven plötzlich zur Panikattacke bliesen, glaubte ich auf einmal, mich mein ganzes Leben lang ausschließlich im Stjernecafé aufgehalten zu haben. Ich bekam seelische Atemnot.

Ich sagte Bob, dass ich noch eine Runde drehen

würde, und ging hinaus in die Straßen der Stadt. Ziellos – so ziellos, wie das ganze Leben – ließ ich mich umhertreiben. Ich kam am Hotel Commodore vorbei. Ich kam an allem Möglichen vorbei – inklusive dem Laden, in dem der Antiquariatsbuchhändler Bille – der Mann, der damals den ›Dünnen‹ erschossen und damit Veronica Wool zur Witwe gemacht hatte – seinerzeit seine Geschäfte tätigte.

Mittlerweile war dort ein Allround-Second-Hand-Shop eingezogen, und das Schaufenster präsentierte ein seltsames Sammelsurium aus alten Grammofonen, misshandelten Schreibmaschinen, verdreckten Gaskochern, antiken Hörrohren, Aschenbechern mit Grüßen aus dem Harz, alten Postkarten, heruntergekommenen Filmprogrammen und verblichenen EP-Platten aus den Fünfzigerjahren.

Eine der letztgenannten warf ein Lasso aus und fing meine Aufmerksamkeit.

Doch, dort lag sie. ›Du warst niemals mein‹, eine kleine 45-Single mit rot-weißem Cover – ›gesungen von Veronica Wool, begleitet von Carlos Giacometti *and his boys*‹.

His boys trugen Strohhüte und weiße Jacketts mit roten Streifen. Er selbst sah auf dem Coverfoto nicht annähernd so aufgedunsen aus wie heute, trug allerdings dieselbe Fliege. Veronica Wool schien vor Glück zu vibrieren. Sie sah aus, als wäre mit dieser Platte alles, was sie sich jemals erträumt hatte, in Erfüllung gegangen – und jetzt war sie da.

Zwei Kronen.

Noch ein Beweis für die Macht der Zeit.

Das Zeichen war zu deutlich, um übersehen zu werden.

Ich betrat den verstaubten Laden und bat um die

Platte. Ein Schulmädchen, das noch nicht geboren war, als Veronica Wool in ihrem Alter war, holte sie hervor und schien darüber nachzugrübeln, was dieser alte, seltsame Tattergreis damit anfangen wollte.

Sie war natürlich verschrammt wie nach einer Messerstecherei.

Wieder ›zu Hause‹ protestierte mein Tonabnehmer hartnäckig und sachlich dagegen, sie abzuspielen. Mein Tonabnehmer argumentierte, dass er ein fein justiertes Qualitätsprodukt mit einem unverschämten Preis sei und sich nicht alles bieten lassen könne.

Ich gab ihm Recht – und ruinierte ihn.

Carlos Giacometti begann das Lied mit ein paar spröden einleitenden Gitarrenakkorden, die jedes x-beliebige Stück hätten einleiten können – das reinste Pling-Pling, eine Aufgabe, für die eine Gitarre wie geschaffen ist. Nach dem Vorspiel setzte ein Pianist ein, und dann erschien Veronicas schwebende Stimme mit der ersten Strophe:

Ich träumte von dir
wie von Rosen und Wein.
Dann gingst du von mir:
Du warst niemals mein.

Eine Trompete gab ihr vollkommen Recht. Eine Klarinette deutete in einem Break im Bruchteil einer Sekunde an, dass es überhaupt sehr beklagenswert sei, wie die Dinge sich entwickelt hätten.

Du hast alles versprochen
im Kaminfeuerschein.
Mein Herz ward gebrochen:
Du warst niemals mein.

Wieder die Gitarre. Weiches Zwischenspiel.

Du versprachst mir die Welt
von Paris nach Bahrain.
Doch mein Herz ist zerschellt:
Du warst niemals mein.

Das Grammofon kapitulierte. Der Tonabnehmer lief immer wieder durch dieselbe Rille. Ein ums andere Mal wiederholte er, als wären sie eine düstere Prophezeiung oder eine Botschaft des delphischen Orakels, die Worte ›Du warst niemals mein … Du warst niemals mein … Du warst niemals mein …‹

Erneut betrachtete ich ihr Bild auf dem Cover. Sie musste damals um die fünfundzwanzig gewesen sein. Sie glühte, wie es *nach* diesem Alter nur begnadete Schauspielerinnen oder Naturtalente können.

Es war lange her.

Alles war so lange her.

Ihre Stimme erfüllte den Raum mit ihrer schleppenden Sprödigkeit. Die Stimme schien der Raum zu sein, als ob sie etwas wäre, in dem man wohnen könnte. Es war eine starke Stimme – so stark wie die Verzweiflung selbst.

Sie zwang mich wie hypnotisch darüber nachzudenken, ob der ›Dünne‹ wohl irgendwann *der Ihre* gewesen war.

Ob jemals jemand einem anderen gehört.

Was es bedeutet, *mein* zu sein.

Und ob so etwas existiert.

Der Regen in den Straßen sah immer noch genauso blank und höhnisch aus. Der Regen ist über solche idiotischen Überlegungen erhaben.

Ich reinigte die Platte und hörte sie mir noch einmal an – mit demselben Gefühl, das mich beschleichen würde, wenn ich im Nachlass meiner Mutter wühlen würde.

Beim zweiten Durchhören bemerkte ich, dass der Klarinettist ein ungewöhnlich hübsches Vibrato auf dem Kasten hatte. Vielleicht keine Weltsensation, auch nichts, wofür man einen Orden erhalten würde, aber es gibt nur wenige Klarinettisten, die es haben. Es ist ein *Können*. Es erfordert Blut, Schweiß und Fanatismus.

Von solchen Menschen kann es nie genug geben – Leute, die Leiden und Anstrengungen auf sich nehmen, damit ein einziger Ton in der Begleitmusik auf einer zwanzig Jahre später vergessenen Platte, die für zwei Kronen in einem Trödelladen verkauft wird, *richtig* klingt.

Ich hatte Lust, Gitte anzurufen. Ich wusste, dass sie das nur irritieren würde – gerade jetzt.

Stattdessen ging ich runter zu Bob, seltsam erleichtert. Irgendetwas – was auch immer es gewesen sein mochte – war überstanden. Wir nahmen unser Gespräch wieder auf, wo wir es unterbrochen hatten.

»Sechs von einer Sorte.«

»Fünfer.«

»Sechser.«

»Sieben von einer Sorte.«

»Aufdecken.«

Eines Tages, dachte ich, wenn man vor das Jüngste Gericht mit dem Greisen Graubart im Himmel kommt und aufdeckt, wird man dort nicht genau dasselbe sehen: ›Du warst niemals mein‹?

Nicht meine Sechser, nicht mein Mädchen, nicht meine Welt, nicht mein Leben.

Es war niemals da gewesen. Nichts war da gewesen. Die Welt war ein Bluff. Ein großes Spiel.

»Fünf Vierer.«

»Fünfer.«

»Sechser.«

»Einser.«

Einser, ja. Lauter kleine Pünktchen. Pünktchen in der Dunkelheit.

18

Der Abend senkte sich über uns, wie es Abende überall zu tun pflegen. Gitte und ich hatten uns erneut – wie zwei Schauspieler, die zu einer Probe kamen – bei Ho verabredet.

»Mir geht es so wie vor meinem ersten Fall«, sagte sie. »Oder sogar noch schlimmer. Ich bin in meinem ganzen Leben noch nicht so nervös gewesen.«

»Du hast doch sonst nie eine besondere Neigung zur Nervosität an den Tag gelegt, oder?«, fragte ich höflich konversierend.

Ich wusste, dass es ein Fehler war, sobald ich es gesagt hatte. Gitte war von Natur aus Perfektionistin. Ihre Garderobe, ihre Wohnung, ihr Büro, ihr Leben – *alles* sollte perfekt sein. Und es sind genau diese Menschen, die – ganz gleich, wie es an der Oberfläche aussehen mag – *wirklich* nervös sind – jene, die so hoch hinaus wollen, wie es nur irgend möglich ist.

»Erzähl mir jetzt von deinem Fall«, sagte sie. »Ich merke schon, wie nervös er dich macht.«

»*Mich?* Es ist gar nicht *mein* Fall. Ich schreibe nur in der Zeitung darüber. Etwas geschieht, es geschieht immer etwas, und hinterher, wenn es vorbei ist, gibt es immer einen, der nach Hause geht und aufschreibt, was eigentlich geschehen ist, und das bin ich. Mehr ist an der Sache nicht dran.«

»Quatsch. Du bist sehr viel sensibler, als du zugeben willst. Du bist der sensibelste Mann, den ich je getroffen habe.«

»Du übertreibst. Ich bin nur ein zynischer, nicht mehr ganz junger Freelance-Journalist. Wenn du Sensibilität willst, musst du dir ein jüngeres Modell suchen.«

»Ganz im Gegenteil. Die sind viel zu grün dafür. Es sind die nicht mehr ganz Jungen, die wirklich sensibel sind. Sie haben Zeit genug gehabt, es zu werden – oder Zeit für genug Enttäuschungen, um es zu werden.«

Sie hatte Recht, und ich wusste es. Als sie es sagte, sah ich sie vor mir, wie ich sie erstmals ernsthaft kennen gelernt hatte – in Rodby – vor mehr als einem Jahr und einer Leibesfrucht. Damals war sie ebenso empfindsam gewesen. Sie hatte eine Enttäuschung erlebt – ihre Scheidung. Sie hatte schlichtweg Angst davor, sich noch einmal zu verlieben. Sie wusste, wie weh so etwas tun konnte.

Junge Menschen sind *nicht* sensibel. Sie sind zu *stark* dafür.

Zwischen uns stand – irgendwo über dem Tisch – das einzige Thema, über das wir noch nie gesprochen hatten: was wir tun würden, wenn – falls – ›unser‹ Kind auf der Welt war. Wie man sich um es ›kümmern‹ sollte. Wie seine ›Aufzucht‹ organisiert werden sollte. Wie eine viel beschäftigte Rechtsanwältin und ein gestresster Journalist mit jeweils eigener Wohnung einen halbwegs vernünftigen Alltag auf die Beine stellen könnten. Einen ›halbwegs vernünftigen Alltag‹ für ein Kind.

Gegeben: Kind. Gesucht: Alltag.

Ist es nicht das, was alle Eltern sich wünschen?

Aber wer bekommt ihn schon, dachte ich. Hatte *Barbara* vielleicht einen halbwegs vernünftigen Alltag – allein mit der Witwe der führenden Gangsterfigur von Vesterbro? Hatte Bettina vielleicht einen halbwegs vernünftigen Alltag, zurückgelassen bei den fast verstorbenen Großeltern Graugaard?

Gitte war ein merkwürdiger Schimmer in die Augen getreten. Wie sie dort saß, an genau derselben Stelle, auf exakt demselben m^2, auf dem ich sie das erste Mal gesehen hatte, schien sie einem anderen und natürlich besseren Universum anzugehören. Die Augen versprühten eine Glut, die ich nur selten zuvor gesehen hatte, aber es war eine Glut – in ihren dunkelbraunen, waldrandartigen Augen –, die den schwarz-roten chinesischen Krapplack, die auffälligen goldenen Schriftzeichen an den Wänden, die zierlichen, leuchtenden Kraniche und Strohhütten auf den Bildern überstrahlte. Diese Glut schien sich ihren Weg direkt durch die Wände hindurch in die Vesterbrogade hinaus bahnen zu können.

Sie sah mich genau an, mit einem Blick, wie ihn ein Duellant seinem Widersacher vor dem Kampf zuwirft, während man die Degen wählt und sie abschätzend in seiner Hand wiegt und durch die Luft schwingt.

»Willst du mich heiraten?«, fragte sie.

Ihre Lippen waren leicht geöffnet, so wie Frauenlippen aussehen, wenn Männer sie einladend finden. Ob die Frauen selber wissen, was sie in diesen Augenblicken tun, ist schwer zu sagen.

Wahrscheinlich wissen sie es. Sie wissen so viel.

Die blaue Stunde hatte mit einem Mal ihre Farbe gewechselt. Sie war rot. Vielleicht sogar violett.

Als ich sie das erste Mal gesehen hatte, hatte sie dort gesessen und Eiersuppe mit Nudeln gegessen, Tai Wan – eine von Hos Spezialitäten. Ich hatte mich blind und hoffnungslos und abgrundtief in sie verliebt, allein wegen ihres geschmeidigen Rückens und der Art, wie sie ihre Gabel hob – diese sinnliche, animalische Art, die einen ahnen ließ, dass eine Gabel nicht nur eine Gabel war – jedenfalls nicht in dieser Hand.

Ihr dunkle Haut. Ihre leicht gebogene Nase. Ihre breiten Wangenknochen.

Sie.

Die Frau, wie Sherlock Holmes einmal von Irene Adler sagte.

»Willst du mich heiraten?«, fragte Gitte noch einmal.

Sie sah mich voller kindlichem Ernst an. Ihre weichen Augen drangen quer durch mich hindurch und schienen sich in die Wandmalerei eines chinesischen Pavillons zu bohren, die durch glänzende zwitschernde Ziervögel bunt bereichert wurde.

Auf den Gedanken, den sie gerade lancierte, wäre ich selber nie ernsthaft verfallen. Ich hatte sie mir nie so – so fordernd vorgestellt. Sie, die doch immer so – ja, das ist das Wort – so *reserviert* gewesen war.

Als ob sie die Hälfte ihres Körpers und ihrer Seele stets für sich behalten würde. Als ob es sich dabei um eine Art Freistatt handeln würde, ein privates Gebiet, das sie für sich allein brauchte.

Dachte auch *sie* an einen Alltag?

Ich sah sie noch einmal an. Sie saß still da, wie um sich betrachten zu lassen.

Sie war das Schönste, was ich jemals gesehen hatte.

»Ja«, sagte ich. »Sehr gerne. Wenn du willst.«

Drei langstielige Weingläser – mit derselben Figur wie sie, als ich sie das erste Mal gesehen hatte – zersprangen auf dem Boden in kleine Stücke, als ich aufstand und zu ihrer Seite des zerbrechlichen kleinen Tisches hinüberging.

Ich legte meine Arme um ihren Hals. Ich wollte diesen Schwanenhals unendlich fest halten. An ihm war alles, was es überhaupt wert war, fest gehalten zu werden. Ich hätte ihn kaputtdrücken können.

Sie lächelte nur. Sie sah aus, als wäre etwas Schicksalhaftes geschehen, genau wie nachts, wenn ich in sie hineinglitt. Ihre Augen, ihr Mund, ihr Gesicht zitterten unmerklich. Sie glich einem kleinen Kind oder einem Eichhörnchen in einem Baum oder einer uralten indianischen Stammmutter – alles auf einmal. Gleichzeitig glich sie einem kleinen, Seil springenden Schulmädchen in einem Röckchen. Sie glich ebenfalls einem Traum, den ich als Vierzehnjähriger geträumt und vor langer Zeit vergessen hatte – bis jetzt.

Ich weiß nicht, wie lange ich dastand und ihren Hals umklammert hielt, während ich ihren satten, zufriedenen Ausdruck in einem gegenüber hängenden Spiegel betrachtete. Aber ich wusste mittlerweile – wie durch einen eigenartigen Schatten, den das Erlebnis in meinem Körper warf –, dass ich niemals etwas Großartigeres erleben würde.

Ich *hielt*.

»Glückwunsch?«, sagte Ho, der vor uns getreten war.

Ho Ling Fung ist ein sehr kluger Mann. Ho Ling Fung hatte ohne mit der Wimper zu zucken zugesehen, wie drei seiner Gläser zerbrachen. Ho Ling Fung hatte uns beide außerdem dort stehen sehen, erstarrt wie in einem Wachsfigurenkabinett, und wie alle Chinesen konnte er Schriftzeichen lesen. Auch körperliche.

Er hatte Champagner in einem Kühler mitgebracht.

»Glückwunsch?«, sagte er. »Das Haus sagt Ihnen viele gute Wünsche?«

Wir hätten den kleinen Asiaten umarmen können. Nicht zuletzt, weil er – treu seiner Herkunft und seinem Taktgefühl – mit einem freundlichen Lächeln verschwand, nachdem er sein eigenes bescheidenes Glas geleert hatte.

Wir sahen uns an. Uns beiden schien es, als würden wir verändert aussehen.

»In guten wie in schlechten Zeiten«, sagte ich.

»Ich hätte nie geglaubt, dass ich es jemals wieder wagen würde«, sagte Gitte.

Ich sagte nichts. Ich konnte das Wort ›wieder‹ nicht ausstehen.

Es sind diese Kleinigkeiten, welche die großen Augenblicke des Daseins zerstören.

»Wie viele Male warst *du* verheiratet?«, sagte Gitte, wie in einer Art von Selbstschutz – sensibel wie eine Antilope.

»Zweimal – glaube ich. Aber das war nicht mit dir.«

»So wird es aber sein.«

»Ja. So wird es sein.«

Jeder versuchte, sich auf seine Art an den Gedanken zu gewöhnen.

»*Meine* Frau!«

»*Mein* Mann.«

Wie Repliken aus einem längst verstaubten Hörspiel.

Und dennoch war es genau das, was wir waren, und was wir lange schon gewesen waren, und ›Du warst niemals mein‹ mischte sich nur schwach und papageiartig in den Hintergrund-Klangteppich aus chinesischer Discomusik.

»Meine Eltern!«, sagte Gitte.

»Was ist mit ihnen?«

»Ich rufe sie an.«

Sie verschwand in Richtung Telefon.

So sind die Frauen. Ein Mann würde nie seine Eltern anrufen – vorausgesetzt, dass sie überhaupt noch lebten –, nur weil er einen Ehevertrag eingegangen war.

Ich versuchte mir Gittes Vater und Mutter in Fleisch und Blut vorzustellen, aber es gelang mir nicht. Ich versuchte mir vorzustellen, was ihr Rechtsanwalt-Vater in Aarhus, ihre Rechtsanwalt-Sekretärinnen-Mutter am selben Ort und ihr Rechtsanwalt-Bruder in Südjütland von mir halten würden, und das gelang mir nur allzu glänzend. In vergangenen Zeiten wurde so etwas wohl als *Mesalliance* bezeichnet.

Ho Ling Fung sprühte immer noch vor Begeisterung. Wenn es etwas gibt, das ein Chinese gerne sieht, dann ist es anzuschauen, wie Familien sich fortpflanzen.

»Heiraten?«, fragte er sanft, als wollte er ein Mittagsmenü für zwölf Personen verkaufen. »Kinder, ja?«

Sein ›ja‹ war nicht von derselben Sorte wie Carlos Giacomettis ›ja‹. Bei Giacometti war es der Versuch, bestätigt zu bekommen, dass sein Satz verstanden worden war. Bei Ho Ling Fung war es nichts Geringeres als die Bestätigung, dass die Welt so ist, wie sie ist. Es drückte Freude darüber aus, dass die Vögel – nach wie vor – Eier legen und der Löwenzahn sprießt.

»Ja«, sagte ich.

»Gut«, sagte Ho. »Werden *sehr* glücklich.«

So, wie er es sagte, klang es eher nach einer Prophezeiung als nach einem einfachen Wunsch.

»Danke«, sagte ich leer.

»Werden *sehr* glücklich«, wiederholte Ho. »Schon immer gewusst.«

Ho wusste, wovon er sprach. Er hatte viele Enkelkinder.

Er bestand darauf, dass wir nicht bezahlen sollten. Nicht an diesem Abend.

Ich legte meinen Arm um Gitte, als ich sie nach Hause begleitete.

Noch nie war ein Arm so gut platziert gewesen.

Noch nie war Kopenhagen so schön gewesen.

Noch nie war der Regen so weich gewesen, so voller Versprechungen.

Vor der Haustür küsste ich meine zukünftige Ehefrau – die Mutter meines Kindes – zum Abschied, als wären wir zwei Teenager.

Die wir auch waren. Ehlers hatte Recht: Niemand wird jemals etwas anderes sein.

Mit dem Gefühl, dass Gitte meinen Körper wie auch die ganze Atmosphäre der Hauptstadt erfüllte, mit Gitte als Traum, als Zauberpulver, als universell reinigendes Deodorant, ging ich hinunter zur Polizeiwache am Halmtorvet.

Es war immer noch eine Stunde, bis Veronica Wool die Entführer treffen würde.

Und die Arbeit muss getan werden. Wie meine Mutter schon sagte.

›*Mein* Mann‹ …

›*Mein* Vater‹ …

… that September
in the Rain …

19

Die Dämmerung hatte eingesetzt, als Kaspersen, Ehlers und ich noch einmal die inzwischen vertraute Strecke nach Lyngby fuhren. Wir saßen in der Limousine, und wir alle verspürten dieselbe nervöse Spannung im Körper, wie Schauspieler vor einer Premiere oder Sportler vor einem Finale. Jetzt stand die Treibjagd kurz vor dem Höhepunkt.

Ehlers berichtete von seinen Vorkehrungen. Zwei Polizisten waren an der Straße postiert, wo der Weg endete. Vier waren im Wald verteilt, gut ausgerüstet mit Taschenlampen und Schusswaffen. Ein Posten bewachte und beobachtete den Waldweg von einem freundlicherweise zur Verfügung gestellten Zimmer aus, das gegenüber im ersten Stock einer Villa lag. Ihr Besitzer war ein Freund des Polizeichefs von Lyngby – und ein Freund kleiner, entführter Kinder.

Keine Polizeiwagen waren in der Nähe zu sehen, und um ganz auf Nummer sicher zu gehen, waren alle in Zivil angetreten.

Unser Wagen sollte ganz diskret unten am Furesø geparkt werden. Anschließend würden wir den Pfad hinter Veronica Wools Haus hinaufgehen und sie ganz planmäßig das Haus verlassen sehen. Anschließend würden wir ihr folgen – nicht auf demselben Weg, sondern auf einem anderen, komplizierteren, über einige Nebenstraßen, die Ehlers mit dem Finger auf der Landkarte sorgfältig für Kaspersen vorzeichnete.

»Und was ist, wenn sie das Haus unter Beobachtung haben?«, fragte ich. »Das wäre aus ihrer Perspektive doch ein sehr schlauer Schachzug.«

»Das haben sie nicht«, antwortete Ehlers. »Wenn es so wäre, dann hätte Kellermann sie entdeckt. Er hat sich den ganzen Tag nicht aus dem Garten entfernt. Er sagt, er habe sich sowohl eine Lungenentzündung als auch Blasen an den Händen zugezogen, aber als ich ihm anbot, dass er abgelöst werden könne, sagte er nur, er ziehe es vor, seine Arbeit zu erledigen.«

Kaspersen grinste. »Kein Mann ist wie Kellermann«, sagte er.

»Die alte Baureihe«, sagte Ehlers. »Stellen sie heute nicht mehr her. Der Arbeitstag hat 24 Stunden und manchmal noch ein paar mehr. Er sollte befördert werden. Er hätte seit fünfzehn Jahren schon befördert werden sollen – mindestens.«

»Und warum wird er es dann nicht?«

»Er *will* nicht. Er will nicht hinter einem Schreibtisch auf einer Polizeiwache sitzen. Er will die Feldarbeit machen. Dort draußen fühlt er sich wohl. Und er ist nicht besonders ambitiös. Es ist ihm ziemlich egal, was auf seinem Steuerbescheid steht – oben wie unten. Er pflegt zu sagen, dass er ohnehin nicht mehr als drei Mahlzeiten pro Tag essen könne, und für *die* habe er genug.«

Sie erzählten – wie es Männer, die zusammenarbeiten, des Öfteren tun – einander eine Geschichte, die sie beide in- und auswendig kannten. Sie beruhigten damit nur ein bisschen ihre Nerven.

Wir stellten den Wagen ab und gingen im Dunkeln den Pfad hinauf, ohne unsere Taschenlampen einzuschalten. Jeden zweiten Augenblick drohte einer von uns in einem Schlammloch auszurutschen, und jedes Mal hörte man die Andeutung eines unterdrückten Fluchens, Knurrens oder Murmelns.

Im Schutz der mannshohen Hecke standen wir links vom Søbakkevej 13 und warteten. Wir sahen Kellermann, der mit auf dem Rücken zusammengelegten Händen eine scheinbar ziellose Runde durch seinen Garten drehte und sich alle Zeit der Welt dafür nahm, den regnerischen Abend zu genießen. Er sah uns nicht, und falls er es doch tat, dann ließ er sich jedenfalls nichts anmerken.

Veronica Wool verließ das Haus, gewandet in etwas, das im Licht der Eingangshalle wie ein Pelz von Klasse aussah. Sogar ein Mann meiner Herkunft konnte erkennen, dass er nicht aus dem Billigkaufhaus Üblich & Gewöhnlich stammte.

Hinter ihr konnte man Carlos Giacomettis kleine, runde Figur erahnen. Sie trippelte wie ein Balletttänzer, der seine Muskeln auflockerte, in der Tür herum.

»Ich bin trotzdem der Meinung, dass ich mitkommen sollte«, sagte er. »Du könntest möglicherweise Hilfe brauchen.«

»Nein, Carlos«, sagte sie so eindringlich, als wäre es eine Replik aus einem Drama von Ibsen, wo sich im nächsten Augenblick die Skelette im Schrank zeigen würden, sobald man die banalen Diskussionen um die Bettgehzeit der Kinder abgeschlossen hat. »Nein, wir müssen es so machen, wie man uns gesagt hat. Du hast mich bestimmt bald wieder.«

›Bald wieder‹.

Es klang ganz so, als wäre er bei ihr eingezogen.

Aber warum auch nicht? Es ist ja schließlich nicht verboten. Dänemark ist in vielerlei Hinsicht ein freies Land – noch.

Sie ging mit einer weißen Handtasche unter dem Arm zu ihrem Auto, setzte sich hinter das Steuer und fuhr los.

Carlos Giacometti stand da und sah ihr nach, bis sie um die Straßenecke verschwunden war.

Dann seufzte er lautstark und ging ins Haus zurück.

»Auf geht's«, flüsterte Ehlers.

Es war erst 21.30 Uhr. Wir lagen gut in der Zeit – allesamt. Veronica allein würde etwa zwanzig Minuten früher dort sein.

Wenn sie nicht vorhatte, ein bisschen herumzufahren, um *ihre* Nerven zu beruhigen.

Wir trampelten den Pfad wieder hinunter zum Wagen. Erst als wir losgefahren waren, sprachen wir wieder laut.

»Scheiß Wetter.«

»Scheiß Fall.«

»Scheiße.«

Es herrschte offensichtlich völlige Einigkeit hinsichtlich der Beurteilung der Situation, also fuhren wir in der Folge schweigend weiter. Es gab nicht so viel zu sagen. Man würde sehen, was geschah.

Nur ein einziges Mal unterbrach ich das Schweigen, um Ehlers zu fragen, ob es etwas Neues von Bettina Graugaard gab.

»Nichts«, sagte er. »Der Polizeipräsident überlegt, ob wir die Information nicht bis auf weiteres geheim halten sollten, aber er ist noch zu keiner Entscheidung gekommen. Auf der einen Seite ist eine Suchmeldung ja durchaus hilfreich – auf der anderen Seite könnte sie aber zu einer Panik führen, wenn die Leute erfahren, dass noch ein Kind entführt wurde. Wie gesagt: Die Leute mögen so etwas überhaupt nicht. Die Leute – ganz normale Menschen außerhalb unserer Branche – können die merkwürdigsten Sympathien entwickeln. Sie sind leicht zu beeinflussen. Sie können Mitleid mit einem Vergewaltiger empfinden, sie können Verständnis für jemanden aufbringen, der seine eigene Frau ermordet hat, sie können mit einem Wirtschaftskriminellen sympathisieren. Aber wenn jemand *Kindern* etwas antut – da verläuft die Grenze.«

Wir stellten den Wagen direkt vor einem Waldstück in einer Straße ab, die ich nicht kannte. Ehlers führte uns zwischen den Baumstämmen hindurch in den Wald, nach wie vor ohne seine Taschenlampe zu benutzen.

Die Augen hatten sich mittlerweile an die Dunkelheit gewöhnt. Eine Jury bestehend aus Lederstrumpf und dem Letzten Mohikaner wäre möglicherweise nicht ganz zufrieden gewesen mit unseren vereinten Anstrengungen, auf Mokassins zu schleichen, aber ich fand, dass wir als debütierende Stadtratten unsere Sache ganz gut machten. Nach einer viertelstündigen Wanderung befanden wir uns nur wenige Meter von der Lichtung entfernt, die Ehlers am Morgen ausgeguckt hatte.

In ihrer Mitte hielt ein Wagen. Er war unschwer als der von Veronica Wool zu erkennen. Sie war ebenso unschwer wiederzuerkennen. Sie hatte die Scheinwerfer angelassen, und von ihnen ging das absolut einzige Licht im Umkreis von mehreren Kilometern aus. Die Tasche stand neben ihr auf dem Todesplatz neben dem Fahrersitz. Sie saß entspannt da und las in einem Wochenblatt, als wäre es eine ganz natürliche Sache, mit seinem Auto im Regenwetter mitten in den Wald hineinzufahren, um sein Wochenblatt in Ruhe und Frieden lesen zu können.

Wir warteten, wie zu Salzsäulen erstarrt, in unserem Versteck hinter ein paar gut gewachsenen Bäumen. Niemand würde uns sehen können. Selbst ein Eichhörnchen, das bei einem Ausflug zu seinem Stammcafé vorüberkam, ließ sich täuschen und kletterte meine Beine hinauf, bis es gewahr wurde, dass es sich dabei nicht um seinen gewohnten Baumstamm handelte.

Das Eichhörnchen war das Einzige, was irgendein Geräusch verursachte. Ansonsten übte sich alles in zurückhaltender Lautlosigkeit. Einer unnatürlichen, bedrohlichen Lautlosigkeit.

Doch diese Drohungen wurden nicht wahr gemacht. Wir warteten nur. Wir warteten noch ein bisschen länger. Und dann warteten wir noch ein bisschen.

Die verabredete Stunde von 22.00 Uhr kam und ging. Es wurde 22.15 Uhr. Es wurde – mit einer nervenzerrenden Langsamkeit – 22.20 Uhr, 22.25 Uhr, 22.30 Uhr.

Ich wünschte mir, dass ich zumindest eine Zigarette rauchen könnte. Sogar zum Tode Verurteilten wird dieses Recht angeblich gewährt.

Nicht aber uns.

Wenn Digitaluhren ticken würden, wäre das der einzige Laut gewesen, den man hören konnte.

Um Punkt 23.00 Uhr legte Veronica Wool ihr Wochenblatt zur Seite, wendete langsam ihren Wagen auf der Lichtung und fuhr in Richtung der zweiten Straße.

Fünf Minuten später kam sie zurück, mit der Tasche nach wie vor auf demselben Platz. Dann fuhr sie offensichtlich nach Hause.

Nachdem wir zugesehen hatten, wie ihre Rücklichter verschwanden, hielt die Lautlosigkeit noch ein paar Augenblicke lang an. Wir warteten auf irgendetwas – irgendetwas *musste* doch geschehen –, und die Bäume schienen ebenso stumme Mitwisser zu sein.

Wir blieben stehen.

Bald würden wir Wurzeln schlagen.

Nichts geschah.

Auf ein Signal von Ehlers hin begaben wir uns zurück zum Wagen.

Nachdem wir uns hineingesetzt hatten, schüttelte er den Kopf.

»Irgendetwas ist schief gelaufen«, sagte er.

Kaspersen und ich nickten. Es war uns auch schon aufgefallen.

Ich zündete mir eine Zigarette an und inhalierte so tief, wie ich es als Vierzehnjähriger das letzte Mal getan hatte, als ich den anderen Jungs auf dem Schulhof imponieren wollte.

Meine Lungen belohnten mich mit einem dankbaren Seufzer. Wir waren uns einig, sie und ich.

»Was jetzt?«, fragte Kaspersen.

Ehlers sah aus wie jemand, der die Antwort auf genau diese Frage auch gerne gewusst hätte.

»Lass uns einfach eine Runde drehen – mit gedämpftem Licht«, antwortete er.

»Glaubst du, dass sie *jetzt* kommen?«, fragte Kaspersen.

»Lass uns eine Runde fahren. Man weiß nie, was man findet.«

Da hatte er vollkommen Recht. Das weiß man nie.

Was an und für sich eine ausgezeichnete Einrichtung ist. Denn ansonsten würde man kaum jemals durch eine Tür gehen.

Wir drehten eine Runde. Wir kamen an der Einfahrt in den Weg vorbei, auf dem sich Veronica Wool so lange aufgehalten hatte. Wir fuhren nicht in den Weg hinein, sondern fuhren weiter auf der Straße entlang, um das gesamte geschlossene Waldgebiet zu umfahren.

Ein einzelner Polizeiwagen kam uns mit misstrauischen Scheinwerfern und Blicken entgegen. Wenn er um 21.50 Uhr gekommen wäre, hätte er alles verderben können – falls, wohlgemerkt, nicht ohnehin schon alles im Vorhinein verdorben gewesen war.

Sie fuhren hastig weiter. Sie fuhren in Richtung Hillerød. Dort war offensichtlich ebenfalls einiges los.

Ich war bei meiner dritten Zigarette, und wir wollten gerade in die Straße am anderen Ende des Waldweges einbiegen, als sich zeigte, wie Recht Ehlers mit seiner Behauptung gehabt hatte, dass man nie wusste, was man finden würde.

Kaspersen rief aus: »Seht mal, da drüben«, bremste die Limousine ab und schaltete das Fernlicht ein.

Am Waldrand lag ein Mensch.

Ein Mann.

Wir gingen hinüber, um seinen Zustand zu inspizieren.

Er war tot, aber das Blut strömte immer noch aus seiner Brust. Es bildete seinen eigenen, kleinen, munteren Springbrunnen als Kontrastprogramm zum verhältnismäßig sintflutartigen Regen.

Es war der Mann, den Ehlers fotografiert hatte; der Mann, der mich am Vormittag noch niedergeschlagen hatte. Es war der ›Gärtner‹: Jan Pedersen.

Jetzt waren die Dinge richtig ins Rollen gekommen. Die Versicherungsgesellschaften mussten diese Leute hassen.

20

Erschossen«, sagte Ehlers.

Niemand widersprach ihm.

Kaspersen ging zum Wagen zurück und brachte sein praktisches Dienstfunkgerät in Schwung.

Zehn Minuten später war aus der eben noch so verlassenen und vergessenen Straße ein chaotischer Treffpunkt anrückender Autos mit kreisenden Blaulichtern und durch die Gegend laufender, mit den Füßen aufstampfender Männern geworden.

Alle diese Männer, die im Regen und in der Dunkelheit herumliefen, waren Profis. Sie waren sorgfältig und liebevoll dafür ausgebildet worden, im Regen und in der Dunkelheit herumzulaufen und Leichen zu untersuchen. Sie waren Experten für Fingerabdrücke, Ballistik und Leichenstarre. Sie erledigten ihre Arbeit ruhig und langsam und ohne größeres Interesse – wie die meisten Menschen ihre tägliche Arbeit eben zu erledigen pflegen.

Einer dieser Männer war Dr. Bang, der amtierende leitende Polizeiarzt, dem ich bei früheren Anlässen bereits begegnet war – ein langer, dünner Mann mittleren Alters in eleganter Kleidung – als käme er direkt von einem königlichen Empfang in Amalienborg – und einem fest in den Augenwinkeln verankerten Lächeln, das bei einer Gelegenheit wie dieser – und er erlebte jede Menge davon – zu behaupten schien, dass der Tod nicht das Schlimmste war, was es gab, und dass man angesichts der drohenden Überbevölkerung seinen bemerkenswerten Einsatz respektieren müsse, ganz gleich wo und in welcher Form er sich niederschlägt.

Bang nahm nicht einmal den Hut ab, als er die Leiche erblickte. Er beugte sich einen Augenblick lang über sie und tastete mit seinen langen, schlanken Chirurgenhänden – Hände von genau jener Form, für die ein empfindsamer Pianist ein Vermögen bezahlen würde – den Körper an einigen Stellen ab. Dann richtete er sich wieder auf.

»Transportiert ihn einfach ab«, sagte er. »*Ich* kann nichts mit ihm anfangen – hier.«

»Vielleicht hat es nie jemanden gegeben, der das konnte«, sagte Kaspersen – so trocken wie ein Sachbearbeiter in einem Sozialamt.

»Wer *ist* das?«, fragte Bang, während er seinen Spitzbart glatt strich wie ein wohlwollender Tischherr, der fest entschlossen ist, die Konversation um jeden Preis in Gang zu halten, während man die Rentierkoteletts in Preiselbeersauce verzehrt.

»Jan Pedersen. Vorbestraft wegen Bankraubs. In anderen Zusammenhängen unter Verdacht«, sagte Ehlers lakonisch.

»Dann gibt es wohl ein Problem weniger, was?«,

sagte Bang, als wollte er ihn beglückwünschen. »Welch ein Glück!«

»Ganz im Gegenteil, wir haben ein Problem«, antwortete Ehlers grimmig. »Zusätzlich zu denen, die wir ohnehin schon haben.«

Er begann Dr. Bang von dem Fall zu erzählen. Das machte er ausgezeichnet. Er hätte Journalist werden sollen.

»Kidnappings?«, sagte Bang. »Lösegelder? Wir schließen langsam zu den führenden Nationen auf, was?«

Niemand, der seine Zynismen hörte – während er mit dem einen Bein auf der Straße und dem anderen im Gras stand, wobei er gleichgültig über die Leiche grätschte, als hätte er diese Bagatelle schon längst wieder vergessen –, hätte vermuten können, dass er drei Viertel seines Einkommens an wohltätige Organisationen spendete. Was er allerdings tat – und er hasste es, wenn jemand davon wusste, und hasste es noch mehr, wenn jemand es erwähnte.

Ehlers nickte.

»Na, dann viel Glück«, sagte Bang. »Ich nehme ihn mit. Ich grabe die Kugel aus. Ihr gilt doch dein Hauptinteresse?«

Ehlers wiederholte sein Nicken.

»Tja, so haben wir alle unsere kleinen privaten Interessen und Spezialgebiete«, bemerkte der Doktor verbindlich. »Du bekommst spät heute Nacht noch Bescheid, falls du dann auf der Wache sein solltest.«

»Wann bin ich denn *nicht* auf der Wache?«, fragte Ehlers – halb bissig wie ein gereizter Hund – halb resignierend wie ein gefangenes Kaninchen.

»Ich weiß nicht«, antwortete Bang. »*Ich* bin ja immer im Labor.«

Mit dieser Replik verabschiedete er sich – mitsamt der Leiche, die ohne übertriebene Sorgfalt in einen Krankenwagen verfrachtet wurde. Nachdem er selbst den Krankenwagen bestiegen hatte, nahm Dr. Bang den Hut ab und untersuchte seine Leiche gründlicher. Er glich einem bibliophilen Antiquariatsbuchhändler, der eine seltene Erstausgabe unter die Lupe nimmt.

Eine ganze Reihe von Polizisten, die von der einen oder anderen in praktischer Nähe gelegenen Wache eingetroffen waren, durchkämmten die unmittelbar anschließenden Waldgebiete nach Spuren von Mördern oder Mordwaffen. Zwei Fotografen – der eine von der Polizei, der andere von der Lokalzeitung und inoffiziell vom Polizeichef von Lyngby benachrichtigt, der ein natürliches Interesse am Wohlwollen der Lokalpresse besaß – blitzten ziellos inhaltslose Bilder von dem, was demnächst ›der Ort, an dem der vorbestrafte Jan Pedersen sein tragisches Ende fand‹ heißen würde. Diese Bilder hätten sie in jedem x-beliebigen Wald schießen können.

Ich selbst drehte meine Runden kreuz und quer zwischen ihnen allen hindurch, denn, wie Ehlers so richtig bemerkt hatte: Man weiß nie, was man findet.

Ich fand ein weiteres tragisches Ende. Ich fand eine weitere Leiche.

Eine tote Möwe, von Fliegen übersät.

Aber eine tote Möwe ist kein Fall für die Polizei. Es gibt keine professionell ausgebildeten Leute mit Examenszeugnissen und Pensionsanspruch, die sich dafür interessieren, eine tote Möwe zu obduzieren oder herauszufinden, welches Wesen oder welche Waffe für ihren Tod verantwortlich sind.

Die Menschen sind so selbstbezogen.

Aber vielleicht, wenn man darüber nachdenkt, auch nicht mehr als die Möwen.

Nachdem man sich eine halbe Stunde lang durch den Wald gewühlt hatte, gab man es auf, noch etwas finden zu wollen.

Der Doktor war weg. Die Leiche war weg. Auch wir fuhren weg – nachdem wir einen Wachtposten für den theoretischen Fall zurückgelassen hatten, dass ›etwas passiert‹.

Dass zum Beispiel der Mörder zurückkäme, um nach seiner Leiche zu suchen und zu gucken, ob sie auch *wirklich* tot war – und mit derselben Pistole in den Waldboden schießen würde, ohne dass er bemerkt hätte, dass die Leiche bereits entfernt worden war, sodass es ein Leichtes sein würde, die Kugeln miteinander zu vergleichen.

»Fahr zur Polizeiwache in Lyngby«, sagte Ehlers verbissen zu Kaspersen. »Wir haben etwas mit ihnen zu besprechen.«

Er klang nicht so, als würde er sich auf diesen bevorstehenden fachlichen Gedankenaustausch freuen. Sein Tonfall war müde.

Kaspersen war klug genug, gar nicht erst eine Antwort zu versuchen. Er startete einfach nur den Wagen.

Sie schienen beide in Gedanken so weit weg zu sein, dass sie nicht einmal bemerkten, dass ich auf dem Rücksitz saß.

»Vielen Dank für diesen Abend«, sagte ich, als der Wagen am Bahnhof von Lyngby hielt. Das war *nicht* ironisch gemeint, aber mir fiel kein besserer Abschiedsgruß als dieser ein. »Und viel Glück noch.«

Letzteres fand ich ausgesprochen fantasievoll – schon fast an der Grenze zum Märchenhaften.

»Und was machst *du*?«, fragte Ehlers.

Ich sah ihn einfach nur an. Das lag nicht nur daran, dass auch ich müde war, *zu* müde, um ihm zu antworten, sondern auch daran, dass eine Antwort zu einer Diskussion geführt hätte, wie wir sie schon tausendmal – na, ja, zwanzigmal – zuvor geführt hatten: die Frage, was, wie viel, und wie genau es in den stinkenden Spalten des Bladet stehen sollte.

Wir machten wie gewöhnlich einen kleinen, dreckigen Deal dort vor dem Bahnhof, während wir mit geöffneten Türen dastanden und in den grauen Regen hinausschauten. Wir trafen eine Abmachung, die ebenso zweifelhaft war wie die meisten Abmachungen, die Tag für Tag in den meisten Teilen der Welt zwischen Menschen geschlossen wurden.

Ich versprach, Bettina zu vergessen, bis ich weiteren Bescheid bekam, vielleicht in ein paar Stunden, wenn Ehlers zum Halmtorvet zurückgekehrt war und *seinen* Bescheid vom Polizeipräsidenten bekommen hatte. Ich versprach, die missglückte Treibjagd auf die Kidnapper zu vergessen – sie hatte niemals stattgefunden, sprach Ehlers, sie existierte nicht, und als ich in diesem Zusammenhang noch einmal näher darüber nachdachte, konnte ich mich eigentlich gut erinnern, dass ich diesen speziellen Abend vor dem Fernseher der Volksküche verbracht hatte und mich eigentlich nur auf dem Weg nach Hause von dieser unaussprechlichen Ausschweifung befand.

Zum Ausgleich bekam ich Jan Pedersen. Nicht das Beste, was man kriegen konnte – seine etwaige Familie möge mir das verzeihen –, aber eine Story ist eine Story. Besonders dann, wenn man davon lebt, Storys zu verkaufen.

Was *ich* – in Ermangelung einer besseren Alternative – mache.

Es war 1.00 Uhr, als ich – wie ein Wiedergänger – das Bladet betrat. Als ich den Raum des Chefs vom Dienst durchquerte, fehlte dort irgendetwas. Ich hatte dasselbe Gefühl, das eine Entenmutter befällt, die es gewohnt ist, fünf Küken in ihrem Kielwasser zu zählen, und der es eines Tages plötzlich scheint, dass da nur noch vier sind.

Die halb verwelkten Palmen waren an ihrem Platz.

Die Standaschenbecher standen, wo sie zu stehen pflegten.

Die Schreibtische waren da, die Fensterscheiben, die Gesichter …

Bis auf eines. Es war Michelsen, der fehlte.

Der sauertöpfische, alte, verwelkte Michelsen war nicht an seinem Platz!

Wenn ich – zu *meiner* Zeit als fest angestellter Mitarbeiter beim Bladet – während der täglichen Arbeitszeit nicht auf meinem Platz gesessen hätte, hätte das keine Sensation dargestellt: Es wäre gewesen, was die meisten erwartet hätten. Man hätte es nicht einmal kommentiert, man hätte nur mit den Schultern gezuckt. Aber dass Michelsen nicht an seinem Platz saß, war so welterschütternd wie ein galaktischer Planetenzusammenstoß.

Es musste etwas geschehen sein. Something special. Es war mindestens zehn, wenn nicht gar fünfzehn Jahre her, dass jemand diesen Raum nach Mitternacht betreten hatte, ohne sich Michelsens misanthropisch missmutiger Miene gegenüberzusehen.

»Hast du schon gehört?«, sagte eine Stimme, während ich immer noch dastand und den leeren Tisch betrachtete.

Es war Barbara.

»Nein«, sagte ich dumm. »Was?«

»Michelsen ist tot.«

»*Tot?*«

»Verkehrsunfall. Immer mit der Ruhe – nicht *deine* Baustelle. Er ist vor einer Stunde bei einem Zusammenstoß bei Hillerød ums Leben gekommen, als er auf dem Weg von zu Hause hierher war. Der andere Autofahrer ist auch tot.«

»Wer war es?«

»Ein Versicherungsvertreter.«

Ich erinnerte mich an das Polizeiauto auf dem Weg nach Hillerød, das uns entgegengekommen war, als wir eine Runde um den Wald gedreht hatten.

Das könnte es gewesen sein. Das *musste* es gewesen sein. Während wir dort herumsuchten, hatte sich dieses Auto auf den Weg gemacht, um die Leiche vom Chef vom Dienst Michelsen zu finden.

Jene Leiche, die auf ihrem Platz hätte sitzen sollen, um meine Story über eine andere Leiche sorgfältig durchzugehen, zu berichtigen und zu kürzen.

Ein kalter Hauch wehte mich von hinten an. Plötzlich bekam ich das Gefühl, in einem Keller zu stehen – einem hundert Jahre alten Keller voller Staub und Spinnengewebe, ein Keller, wo Schädel frohlockend in alle Richtungen grinsten, weil sie alle schon tot waren und ihren Kreislauf vollendet, das Ziel erreicht hatten, während wir anderen in der natürlichen und unvermeidlichen Entwicklung noch nicht so weit gekommen waren.

Edgar Allan Poes Antlitz schwebte mir gespensterhaft durch den Redaktionsflur entgegen mit einer Miene, als hätte es auch schon zu viele Redaktionsflure gesehen.

Michelsen war weg.

Wie auch Ronnie weg sein würde, ebenso wie Otzen, wie Ehlers, wie Barbara, wie Gitte, wie alle …

»Er war so hoffnungslos in dich verliebt«, sagte ich.

Idiotisch. Das Dümmste, was ich überhaupt hätte sagen können.

»Rede einfach nicht mehr drüber«, antwortete sie. »*Ich* bin diejenige, die den Nachruf schreiben muss. Und was hast du heute Abend erlebt?«

21

Michelsen war verdammt in Ordnung«, sagte ein Mitarbeiter aus der Sportredaktion – der es nach sieben Jahren Festanstellung eigentlich besser wissen sollte – in der Kantine über sein Porter hinweg.

Alle nickten zustimmend, so vollkommen einig, wie man sich nur sein kann, wenn ein Mensch gestorben ist.

Wir hielten eine kleine, informelle Trauerfeier ab, wir Mitarbeiter, die in jener Nacht im Bladet waren. Es konnte nicht gerade die Rede davon sein, dass geschluchzt wurde, und man konnte auch keine richtig roten Augen sehen, aber gleichwohl bestand eine gewisse unausgesprochene Einigkeit darüber, dass man, wenn ein Chef vom Dienst gestorben ist, nicht ohne weiteres zur Tagesordnung übergehen sollte.

»Er lebte und atmete für das Bladet«, sagte Chefredakteur Otzen, der nie eine günstige Gelegenheit für einen kleinen, energischen *Pep-Talk*, wie er es selbst nannte, vorübergehen ließ. »Wenn das Bladet mehr Mitarbeiter mit derselben Einstellung wie Michelsen besäße, wäre einiges gewonnen.«

»Was können wir denn gewinnen?«, fragte die Klatschkolumnistin Mavis, Redakteurin der Spalte ›Namen und Neuigkeiten‹, scheinbar ganz unschuldig. »Soweit ich weiß, sind wir die meistverkaufte Tageszeitung des Landes.«

»Man kann immer noch *mehr* verkaufen«, sagte Otzen tiefsinnig. »Wir müssen unseren Vorsprung ausbauen.«

Er sagte dies mit der Kraft der Überzeugung, die einem erst dann zu Eigen ist, wenn man an dynamischen amerikanischen Führungskursen für *Manager* teilgenommen hat – was er definitiv hatte. Seitdem war er anscheinend der Auffassung, dass er die *Chicago Tribune* leitete – und dazu mit der linken Hand noch ein paar Provinzblätter.

Er schob die Zigarre in den anderen Mundwinkel. »Während seiner ganzen Zeit beim Bladet nicht einen einzigen Tag krankgeschrieben!«, sagte er anerkennend. »Kann das von euch vielleicht irgendeiner behaupten?«

Es sah nicht so aus. Aber der Theaterkritiker, der eine versteckte Andeutung verstehen konnte, antwortete, dass seiner Meinung nach Michelsens ganzes Leben eine einzige, lange Krankschreibung gewesen sei, die er allerdings beschlossen habe, im Bladet zu verbringen.

Der Theaterkritiker wurde umgehend darauf aufmerksam gemacht – von einem Sportreporter –, dass ›man‹ über Tote nicht so rede.

Der Theaterkritiker antwortete, dass man das in anderen Branchen möglicherweise so halte, nicht aber in *seiner*. Er unterfütterte diese Information mit einer ausführlichen Wiedergabe dessen, was eine bekannte königliche Hofschauspielerin anlässlich des Ablebens eines ihrer früheren Gatten zu bemerken hatte.

Mavis beugte sich vertraulich zu ihm hinüber. Da war etwas, wofür sie später einmal Verwendung haben könnte.

Der Sportreporter hatte keine Verwendung dafür. Er beugte sich zu einem anderen Sportreporter hinüber und zettelte eine Diskussion über die dänischen Aussichten beim bevorstehenden Fußball-Länderspiel gegen Spanien an.

Es klang, als wären sie ganz gut. Wie gut für sie.

»Am schlimmsten ist es für die Familie«, sagte unsere freundliche weibliche Mode- und Schönheitsmitarbeiterin Yvonne. »An sie sollte man vor allen Dingen denken, wenn so etwas geschieht.«

Der Theaterkritiker deutete – leicht irritiert – an, dass es von der Familie wahrscheinlich als eine Erleichterung und Befreiung empfunden werde. Er wurde überstimmt und ging in sein Büro, um eine Kritik der abendlichen Vorstellung zu schreiben. Er war immer so, kurz bevor er seine Kritik abliefern musste.

Was nicht heißen soll, dass er nicht zu hundert Prozent Recht haben könnte. Oder vielleicht noch mehr.

Meine zwei Leichen, Kurt Aaberg und Jan Pedersen, hatten jedenfalls keine Familie. Man konnte sicherlich schon viel über sie sagen, und Ehlers würde bestimmt noch mehr über sie ausgraben, aber keine Familien – so etwas hat diese Sorte Mensch nicht.

Ich musste es wissen, denn ich war selber eine solche Sorte Mensch gewesen. Aber jetzt sah die Situation anders aus. Ich war quasi verheiratet. Eine Frau – *die* Frau – hatte um meine Hand angehalten.

Die Kantine nahm bei diesem Gedanken fast andere Farben an. Sie war nicht mehr nur ein Wartezimmer des Todes, als das sie mir in ihrer massiven Mittelmäßigkeit immer vorgekommen war. Sie war gleichzeitig eine Art Gerichtssaal des Lebens.

Es saßen Menschen darin herum und sprachen über ihre Arbeit, wie in Milliarden anderer Räume dieser Welt in diesem Augenblick Menschen saßen und über ihre Arbeit sprachen – die meisten davon mit einem solchen Ernst, als hätte es irgendeine Bedeutung.

Als ob die Arbeit nicht mit ihnen zusammen verschwinden würde, als ob nicht alles vergänglich und vorübergehend wäre, als ob sich irgendjemand länger als drei Wochen an sie oder ihre Worte erinnern würde, nachdem sie unter die Erde gekommen waren.

Es musste einem ziemlich kalt sein, wenn man eine Flunder war, wie ein begabter Mensch einst nachgewiesen hatte, aber es kann einem noch viel kälter werden, wenn man ein Mensch ist.

Die Kantine schien in diesem Augenblick ein Spiegel der ganzen Welt zu sein, ja selbst die ganze Welt zu sein.

Sie war schwarz, unendlich schwarz. Und das einzige Licht, das es darin gab, war Gitte.

Ich war wohl dabei, etwas übersensibel zu werden.

Ein Porter half.

»Und wer wird jetzt seine Arbeit übernehmen?«, fragte jemand.

Da hatte uns die Erde wieder. Ein Mann ist tot, man beklagt dies so höflich, wie es die Konventionen vorschreiben, und wenn man dann ein paar verbindliche Worte gesagt hat – *dann* macht man sich Gedanken über die Konsequenzen, nämlich darüber, wer nunmehr den Job übernehmen sollte, das kleine Rädchen – dieses kleine, lächerliche, verdammt lausige Rädchen in Gang zu halten.

»Clausen«, schlug einer vor.

»Das ist doch ein Mann der Geschäftsführung«, antwortete ein anderer missbilligend.

›Ein Mann der Geschäftsführung‹, dachte ich bei meinem Porter. ›Ein Mann der Geschäftsführung!‹ ›Ein Mann des Direktors!‹ ›Ein Mann der Polizei!‹ ›Ein Mann der Partei!‹ ... Als ob alle und jeder ein Mann von irgendwem oder irgendetwas wäre. Als ob niemand mehr sein eigener Herr wäre.

Vielleicht war es ja so. Vielleicht hatte es ja noch nie besonders viele gegeben, die ihre eigenen Herren waren.

Vielleicht war es den meisten einfach zu anstrengend.

Die Versammlung löste sich auf, wie sich Versammlungen beim Bladet schon immer aufgelöst haben, so lange ich mich erinnern kann: Der Sportreporter kehrte zu seiner Vorberichterstattung vor dem Länderspiel zurück. Mavis begab sich wieder zu ihren ›Namen und Neuigkeiten‹. Barbara rang mit dem Nachruf auf ihren ehemaligen Verehrer und Chef vom Dienst. Jeder saß in seinem kleinen Kabuff.

Auch ich zog mich in meines zurück – streng genommen in Lenes – und tat mein Bestes, um eine geschäftige kleine Arbeitsbiene zu imitieren. Das Resultat war mager, aus redaktioneller Sicht betrachtet. Bei allem Respekt für den verstorbenen Jan Pedersen, es würde die Leser kaum besonders erregen, dass ein vorbestrafter Krimineller ermordet aufgefunden worden war. Eine Mehrheit unter ihnen wäre wahrscheinlich darüber hinaus der Auffassung, dass dies eine vollauf zufrieden stellende und effektive Methode darstellte, das Land sauber zu halten.

Otzen sah aus, als dachte er dasselbe, als er mein Manuskript bekam. Nachdem er es durchgelesen hatte, betrachtete er mich stirnrunzelnd und schärfte vorsorglich bereits die Zähne an seiner Zigarre.

»Gibt es denn nichts Neues von dem entführten Mädchen – die Tochter dieser Sängerin?«, fragte er.

»Nein«, sagte ich.

Er warf mir ein Exemplar jenes Blickes zu, den er für ganz besondere Augenblicke reserviert hatte – wie z. B. Kündigungen, Handgreiflichkeiten und dergleichen.

Er konnte mich nicht erschrecken. Niemand kann einen Mann feuern, der nicht fest angestellt ist.

»Manchmal«, sagte er, wie um sicherzugehen, dass er nicht zu viel sagte, oder zumindest nicht zu viel zu schnell sagte, »manchmal glaube ich, dass du der Polizei gegenüber loyaler bist als dem Bladet.«

»Manchmal«, entgegnete ich, »ist die Polizei genau der entgegengesetzten Auffassung.«

»Und was ist *deine* Auffassung?«

»Es ist mein Job. Ich erledige ihn, so gut ich kann. Mehr kann man nicht verlangen.«

»Das ist keine Antwort.«

»Mehr kann ich dazu nicht sagen.«

»Weißt du was«, sagte Otzen mild, geradezu väterlich – was bedeutete, dass er nunmehr *richtig* seine Zähne fletschen würde: »Es gibt etwas, was man weibliche Intuition nennt. Ich wäre der Letzte, der ihre Existenz leugnen würde – ich bin selbst verheiratet. Aber ich kann dir im Namen des Bladet hoch und heilig versprechen, dass es auch etwas gibt, das chefredaktionelle Intuition heißt. Und so eine habe *ich*. Und gerade jetzt sagt sie mir, dass du noch einiges weißt, mit dem du nicht herausrücken willst. Und gerade jetzt sagt sie mir auch, dass du deinem Freund, dem Polizeiinspektor, versprochen hast, darüber den Mund zu halten.«

Ich zuckte mit den Schultern. Er hatte vollkommen Recht. Seine Intuition funktionierte vortrefflich.

»Du bist der sturste Mitarbeiter, den ich je hatte«, sagte er.

Weiß der Kuckuck, wie er es anstellte, aber es gelang ihm, es wie eine Art widerwilliges Kompliment klingen zu lassen.

»Ich werde mich mal umhören, ob es in der Angelegenheit etwas Neues gibt«, antwortete ich diplomatisch.

Es war inzwischen spät – oder früh – genug geworden, um Ehlers am Halmtorvet anzurufen, aber er war nicht zu Hause. Auch Kaspersen war nicht da. Sie amüsierten sich wohl immer noch auf ihrem Waldspaziergang draußen in Lyngby.

Ich beschloss, Bettina für mich zu behalten. Ich hoffte, dass Sankt Peter aufpasste und zustimmend nickte, bereit, den Engelschor im richtigen Augenblick seinen Gesang anstimmen zu lassen.

Ich kehrte zu Otzen zurück und zuckte noch einmal mit den Schultern. Es gelang mir von Mal zu Mal besser. Die Bewegung fühlte sich mittlerweile richtig einstudiert an.

»Nichts«, sagte ich. »Morgen vielleicht.«

Er sah mich immer noch so an, als wären seine Augen – wenn er nur lange genug dabeiblieb – imstande, alles, was ich wusste und dachte, aus meinem Körper zu saugen und auf der Stelle in siebenspaltige Artikel umzuwandeln.

Ich bewegte mich nicht. Ich war verdammt noch mal viel zu müde, um mich mehr als unbedingt nötig zu bewegen.

»Ich hoffe, du weißt, was du tust«, sagte er.

Das hoffte ich auch. Es war tatsächlich genau das, was ich hoffte und schon seit Jahren immer gehofft hatte. Ich hätte es nicht besser sagen können.

»Ich gehe jetzt nach Hause«, sagte ich. »Gute Wacht. Ich rufe morgen an, wenn ich etwas Neues höre.«

»Tu das«, sagte Otzen. »Beides! Du hörst Neues, und du rufst an.«

»Jawohl. Gute Nacht, Chef.«

»Gute Nacht. Oh, nimm, bitte, das hier mit«, er gab mir mein Manuskript über Pedersens ›tragisches Ende‹, »und wirf es auf dem Weg nach draußen bei Mich … ach, nein, bei Clausen rein.«

Es würde drei Tage dauern, bis er es gelernt hatte, aber O. K.: Viele Chefredakteure würden an seiner Stelle eine Woche brauchen.

Der Gründer des Bladet, M. P. Metz, stand als Büste verewigt auf dem Flur. Sein Geiergesicht betrachtete mich ungewöhnlich höhnisch, als ich ging. Er war offensichtlich von mir enttäuscht.

Mit den Enttäuschungen toter Männer kann man leben. Ich lieferte meinen bescheidenen Beitrag zu meiner eigenen Wohnungsmiete und zum Morgenkaffee meiner Mitmenschen ab, nickte dem Nachtportier vertraulich zu und kam mit ihm schnell darin überein, dass es ›schade‹ war um Michelsen. Das war es dann. Das war es auch für die tote, fliegenbehaftete Möwe auf der Straße.

Im leichten Rieselregen ging ich langsam durch die nächtlichen Straßen – zurück nach Hause zum Besten, was ich hatte.

Ich hatte Glück. Ich hatte mehr Glück als die meisten.

Ich hatte etwas, sogar jemanden, zu dem ich nach Hause gehen konnte.

Ich konnte gehen.

Ich war schlicht und einfach ein glückliches, kleines, anonymes Glimmstängel-Pünktchen in der allgemeinen Dunkelheit des Kopenhagener Wahnsinns.

Vierter Teil:

Donnerstag

22

Am nächsten Morgen hatte sich der Regen endlich entschlossen, eine kleine Pause einzulegen.

Die Wirkung trat augenblicklich ein. Die Stadt wurde eine ganz andere. Die Leute schlenderten langsam durch die Straßen, als wäre es allein schon das reinste Vergnügen, auf den Bürgersteigen zu spazieren und sich dabei reichlich Zeit lassen zu können. Zwischendurch blieben die meisten immer wieder einmal stehen, um die Schaufenster zu betrachten, wie kleine Kinder, die mit glänzenden Augen auf die Auslagen von Süßwarengeschäften blicken. Sogar an den Bushaltestellen sah man die Wartenden lächeln.

Meine zukünftige Ehefrau ging mit einem nach wie vor besorgten Blick auf ihren wachsenden Bauch zur Arbeit. Ich küsste sie und begab mich – mit den üblichen Abstechern – zum Halmtorvet hinüber. Auch die Fleischträger sahen aus, als wären sie mit den veränderten Wetterverhältnissen zufrieden.

»Ich konnte dich heute Nacht nicht erreichen«, sagte ich einem vollkommen in sich zusammengesunkenen Ehlers in seinem Büro. »Warst du überhaupt nicht hier?«

»Doch«, seufzte er. »Aber nicht vor 3.00 Uhr. Der Polizeichef von Lyngby wollte gerne reden. Oder, um es unverblümt zu sagen, er wollte gerne ziemlich viel reden.«

»Ich wollte mich nach Bettina erkundigen.«

»Ich weiß. Ich bin immer noch der Ansicht, dass wir den Fall unter Verschluss halten sollten. Der Polizeipräsident ist derselben Ansicht, und das gibt letztlich den Ausschlag. Übrigens haben Graugaards heute Morgen einen Brief bekommen. Er ist fast identisch mit dem ersten, den Veronica Wool bekommen hatte. Sie hätten genauso gut eine Fotokopie nehmen können.«

So war es auch fast. Es war der gleiche Umschlag, im Großen und Ganzen dieselbe Mitteilung, dass sie Näheres noch erfahren würden – und höchstwahrscheinlich dieselbe Schreibmaschine oder deren Zwillingsschwester.

»Verdammt«, sagte er. »Auf irgendeine Art und Weise müssen wir sie gestern abgeschreckt haben.«

»Das ist nicht unbedingt sicher«, sagte ich mit einer Stimme, die zumindest beruhigend *gemeint* war. »Es deutet doch einiges darauf hin, dass sie – wer zum Teufel *sie* auch immer sein mögen – ihre Zusammenarbeit nicht so ganz im Griff haben. Bei dem Tempo, mit dem sie sich gegenseitig erschießen, müssen sie sich wegen irgendetwas ernsthaft in die Haare gekriegt haben.«

»Man *kann* natürlich darauf hoffen, dass sie sich still und leise gegenseitig ausrotten.«

»Was ist mit der Kugel?«

»Sie ist ohne jeden Zweifel aus derselben Waffe abgefeuert worden, mit der auch Kurt Aaberg umgebracht worden ist.«

»Damit sind wir ja schon einen Schritt weiter. Kannst du dir denn vorstellen, dass der Chef – nennen wir ihn Mr. X – einfach ein paar unzuverlässige

Mitarbeiter gefeuert hat – auf die Art und Weise, die er bei so etwas für die richtige hält?«

»Wahrscheinlich. Aber wer ist er?«

»Falls ich zufällig über ihn stolpern sollte, werde ich dir Bescheid sagen.«

»Ja, schreib mir eine Ansichtskarte. Wenn ich nur wüsste, wo wir von *hier* aus überhaupt weitermachen sollen.«

»Hast du überhaupt nichts?«

»Nicht den kleinsten Anhaltspunkt über diesen Umschlag hinaus. Da es heute Morgen ausnahmsweise nicht geregnet hat, kann ich erkennen, dass er aus Lyngby abgeschickt worden ist, aber Lyngby ist ziemlich weitläufig. Und derjenige, der Bettina entführt hat, kann den Umschlag ja einfach auf dem Weg in den Briefkasten geworfen haben.«

Das waren schlechte Aussichten. Wir legten gemeinsam zwei stille Gedenkminuten ein und meditierten über sie – die Aussichten.

Davon kamen wir auch nicht weiter.

Da rauschte Kellermanns Gestalt ins Büro herein.

»Guten Morgen, Chef«, sagte er optimistisch. »Wie ist es gelaufen?«

Der Chef erzählte ihm in acht knappen Worten, wie es gelaufen war. Ein Teil der optimistischen Fassade bröckelte aus Kellermanns Gesicht, aber es war immer noch so viel übrig, dass es für einen Bus voller Rentner auf dem Heimweg von einer Einkaufstour nach Schweden gereicht hätte.

»Ach, na ja«, sagte er mit einem bedauernden Kopfschütteln. »Keine Nachrichten sind gute Nachrichten, was?«

»Im Augenblick gerade nicht«, antwortete Ehlers. »Hast *du* etwas?«

»Vielleicht. Ich habe ja bis 1.00 Uhr Wache gehalten, Chef. Haben Sie mich nicht gesehen?«

»Du hast *uns* also gesehen?«

»Zum Sehen war ich ja schließlich da, oder?«

»Das kann man wohl sagen. Lass hören, was passiert ist.«

»Nachdem die Frau weggefahren war und dieser Südländer oben von der Treppe zum Abschied gewunken hatte, waren Sie und Kaspersen und unser Journalistenfreund hier über den Pfad nach unten zum See verschwunden. Es vergingen zehn Minuten, und dann kam Carlos wieder aus dem Haus, setzte sich in sein Auto und fuhr weg. Ich konnte ihn nicht verfolgen. Ich hatte kein Auto, und ich hatte den Befehl, beim Haus zu bleiben.«

»Ja. Und später?«

»Dann passierte eine Stunde lang nichts, aber gegen ca. 23.00 Uhr kam Giacometti zurück, und vielleicht zehn Minuten später kam die Frau mit ihrer Geldtasche und ging hinein. Dann vergingen so ungefähr anderthalb Stunden, bis er wieder fuhr. Und dann – Herr Polizeiinspektor, ich fürchte, dass ich mich selbst bei der Abteilung anzeigen muss. Nicht nur habe ich meinen Posten verlassen, nein, ich habe eine eindeutig gesetzwidrige Handlung begangen. Ich hoffe, dass man mir bei der Strafzumessung zugute hält, dass ich dabei zum ersten Mal auf die schiefe Bahn geraten bin.«

»Was hast du getan?«

»Ich habe ein Auto geknackt«, sagte Kellermann mit breitem Grinsen. »Ich habe es vorher noch nie getan, aber ich hatte die ganze Zeit so ein Misstrauen gegenüber diesem Südländer gehegt. Ich fand, dass er ein bisschen zu oft kam und ging. Die Frau war klug genug gewesen, ihren Wagen abzuschließen und den Schlüssel mitzunehmen, aber – äh – Autos sind nicht so schwer zu öffnen, wenn man ein bisschen von Technik versteht. Ich bin ja früher einmal Verkehrspolizist gewesen. Und es war ja für eine gute Sache.«

»Ich folgte ihm«, fuhr Kellermann fort, »mit sehr großem Abstand – ich hatte Angst, dass er selbst im Dunkeln das Auto wiedererkennen könnte.«

Ehlers hatte sich ganz aus seiner eben noch zusammengekrümmten Haltung aufgerichtet. Zwei kleine, vorsichtige Lichter glänzten in seinen Augen. Er witterte Morgenluft.

»Erzähl«, sagte er. »Du hast doch noch was im Ärmel.«

»Vielleicht ist es nur eine Zwei, Chef«, sagte Kellermann entschuldigend.

»Das macht gar nichts, wenn es eine Pik Zwei ist«, sagte ich.

Kellermann lächelte. Entweder war er höflich, oder er hielt es tatsächlich für witzig.

»Tja, ich folgte ihm also im Abstand von hundert Metern. Er fuhr auf verschiedenen Nebenstraßen herum, kreuz und quer. Es sah vollkommen planlos aus, weil er oft dieselben Wege herauf- und wieder hinunterfuhr oder hin und zurück durch zwei parallele Straßen, ohne dass er ein bestimmtes Ziel zu haben schien. Entweder befürchtete er, dass ihn jemand verfolgte, oder er war einer von diesen Menschen – Sie kennen den Typ, Chef –, die sich ihre Probleme vom Leibe *fahren*, oder die ›beim Autofahren am besten nachdenken‹ können, wie man so schön sagt.«

»Nun ja, als wir so zwanzig Minuten lang kreuz

und quer gefahren waren – und ich ihn zweimal verloren und beide Male wiedergefunden hatte –, sah es so aus, als hätte er sich beruhigt. Er fuhr auf eine Hauptstraße und schien einen festen Kurs eingeschlagen zu haben, und ich ließ den Abstand größer werden, um ihn nicht nervös zu machen. Ich weiß nicht, wie gut Sie sich um Lyngby herum auskennen, Chef?«

»Nicht allzu gut. Nur ein *bisschen* besser als letzte Woche.«

»Na ja, aber dann wissen Sie sicher, dass es dort einen Ort gibt, der Ørholm heißt. Man fährt über Hjortekær und Lundtofte aus Lyngby heraus und dann kommt man nach Ørholm, das einfach nur ein kleines Provinznest ist, eines der friedlichsten, das man in der Umgebung von Kopenhagen finden kann. Es sieht aus wie ein altmodisches Landstädtchen, das man schlichtweg vergessen hat, weil es so abgelegen ist.«

»Dahinter liegt ein Waldgebiet, das Ravneholm heißt und fast bis an Søllerød heranreicht. Um den Wald herum liegen hier und da – meistens direkt am Straßenrand – vereinzelte Häuser. Es ist eines dieser Wohngebiete, wo man vollkommen unbehelligt von Lärm und Nachbarn leben kann. Egal, wo man wohnt, der nächste Nachbar ist dort fast immer einen halben Kilometer entfernt. Man sagt, dass in dieser Gegend viele Einzelgänger und Sonderlinge wohnen.«

»Weiter, Kellermann«, sagte Ehlers. »Nein, übrigens, woher in Dreiteufelsnamen weißt du das alles?«

»Ich habe eine Tochter und einen Schwiegersohn in Lyngby, Chef. Sie haben mir manchmal die Gegend gezeigt. An Sonntagen.«

»Was für ein Glück. Und dann?«

»Ich musste so großen Abstand halten, dass es für eine Weile schwierig war, seine Rücklichter im Auge zu behalten, aber dann bemerkte ich, dass er seine Geschwindigkeit senkte. Ich tat dasselbe und hielt den Abstand, bis er vor einem kleinen roten Haus anhielt. Ich stellte mich mit ausgeschalteten Scheinwerfern ein paar Meter von der Straße weg in den Wald hinein, sodass ich das Haus voll im Blick hatte. Dann nahm ich mein Polizeifunkgerät und gab eine Mitteilung durch, dass man Sie fragen sollte, ob eine neue Wache zum Søbakkevej geschickt werden sollte oder ob Sie andere Anweisungen hätten. Ich konnte ja schlecht nach einem Telefon fragen und anrufen. Und das mit dem Auto, das ich ausgeliehen hatte, nur auf einen Verdacht hin, darüber wollte ich nicht unbedingt über Funk sprechen.«

»Immer mit der Ruhe, da wird uns schon etwas einfallen. Es gibt bestimmt irgendeinen Paragrafen, der uns das erlaubt – ›bei Gefahr im Verzuge‹ –, und dann erfinden wir eben so eine. Einen falschen Alarm zum Beispiel.«

»Großartig«, sagte Kellermann. »Ich sah ihn also ins Haus gehen. Da war vorher schon Licht, aber er machte noch ein paar Lampen mehr an. Ich blieb sitzen und wartete – ich habe keine Ahnung, worauf eigentlich –, bis alle Lichter erloschen waren. Ich hatte eine oder anderthalb Stunden in tiefster Finsternis dagesessen und gewartet!«

»Nach einem ganzen Tag bei Regenwetter im Garten«, sagte Ehlers – murmelte es eher vor sich hin, als dächte er an etwas ganz anderes.

»Ich schlich mich um das Haus herum«, fuhr Kellermann fort, als hätte er gar nicht gehört, wie sein

Vorgesetzter ihn unterbrochen hatte. »Es war, wie gesagt, ein sehr kleines Haus mit höchstens zwei Zimmern im Erdgeschoss und vielleicht ein oder zwei im ersten Stock. Sicher so ein altes Arbeiterhaus aus der Zeit, als nicht weit davon entfernt eine Ziegelei gestanden hatte.«

»Hast du etwas gesehen?«

»Nein, Chef. Es war zu dunkel, und alle Fenster waren sorgfältig entweder mit Gardinen oder mit Fensterläden verschlossen. Ich *konnte* nichts sehen.«

»Aber«, fügte Kellermann so gewichtig, wie sein eigener Leib es war, hinzu, »ich konnte *hören*. Ich hörte, wie ein Kind weinte. Mehrere Male. Und *ich* finde nicht, dass Carlos Giacometti wie der Prototyp eines Vaters wirkt.«

23

Nein«, sagte Ehlers nachdenklich, das Kinn auf die Hand gestützt. »Nein, das ist er wirklich nicht.«

Sie waren zwei Experten auf diesem Gebiet: Beide waren Väter. Ich äußerte mich nicht dazu. Ich war noch nicht Mitglied in diesem Club.

Aber ich kam sofort zu der gleichen Auffassung wie sie.

»Es könnten die Kinder seiner Schwester gewesen sein, auf die er gerade aufpasste«, sagte Ehlers mit der Miene eines Menschen, der auf Biegen und Brechen versucht, objektiv zu bleiben.

»Das könnte natürlich sein«, sagte Kellermann.

»Ich will ja auch gar nicht sagen, dass wir ihn sofort verhaften oder auch nur verhören sollten. Ich schlage einfach nur vor, dass wir ihn im Auge behalten. Ich würde es am liebsten selber machen, aber ...«

»Aber er kennt dich.«

»Er müsste schon blind sein. Ich bin lange genug draußen im Garten hin und her gelaufen. Und«, er grunzte selbstironisch, »ich bin ja auch kaum zu verwechseln.«

»Falls du Recht hättest ...«, sagte Ehlers verträumt.

»Es ist nur ein Vorschlag«, sagte Kellermann bescheiden.

»O. K.«, sagte Ehlers und traf eine schnelle Entscheidung. »Fahr mit Falk dorthin – aber seid vorsichtig. Ihr nehmt zwei Autos, und du selbst drehst ein paar hundert Meter vor dem Haus um, wenn du sicher bist, dass Falk es alleine findet. Sieh zu, dass er bewaffnet ist. Gib ihm Bescheid, dass er direkt – und *sofort* – alles melden soll, was er sieht. Und du selbst gehst dann nach Hause und nimmst dir einen Tag frei oder auch zwei, Kellermann. Du hast es dir ehrlich verdient.«

»Ich brauche keinen freien Tag, Chef. Was soll ich denn damit anfangen?«

»Deine Frau würde sich freuen.«

»Meine Frau ist bei ihrer Schwester in Jütland. Ich möchte lieber arbeiten.«

»Wie du willst. Du schnappst dir Falk und setzt ihn ins Bild – je schneller, desto besser.«

»Sofort, Chef.«

Mit einer Geschwindigkeit und einer Leichtfüßigkeit, die man von einem so großen Mann nie erwartet hätte, flitzte er aus dem Büro.

»Was habe ich gesagt?«, murmelte Ehlers. »Der Mann ist ein Phänomen.«

»Wahrscheinlich liebt er einfach nur seine Arbeit.«

»Das reicht heutzutage ja schon, um ein Phänomen zu sein.«

Ich musste ihm Recht geben: »*Mein* Chef wäre jedenfalls ganz hingerissen von so einem Mitarbeiter.«

»Eine wahre Freude für jeden Sklaventreiber.«

»Nein«, sagte ich. »Da irrst du dich. Diese Menschen stellen im Grunde genommen die größte Bedrohung für die Sklaventreiber dar. Sie legen sich nicht nur ins Zeug wie die Ackergäule, sie peitschen sich auch noch selbst dabei. In der Sklavenpeitscherbranche können sie nur für Arbeitslosigkeit sorgen.

»Amüsiere dich nur«, sagte Ehlers mit diesem kleinen, gutmütigen Blinken in den Augen, das zeigte, wie sehr er es eigentlich genoss, einfach so zu plaudern, »aber ich habe meine Arbeit zu tun.«

»Ich auch. Mein Chefredakteur war heute Nacht schier außer sich vor Wut – ihm war vollkommen klar, dass wir beide mit verdeckten Karten spielen. Hast du nicht ein paar Knochen, die ich ihm vorwerfen kann?«

»Nichts anderes, als dass die identischen Kugeln eine Verbindung zwischen den beiden Morden herstellen. Aber es kann ja noch etwas geschehen, bevor der Tag vorbei ist.«

»Und wenn es geschieht, wie bekomme ich dann Bescheid?«

»Wo wirst du denn sein?«

»Sagen wir: entweder zu Hause oder im Stjernecafé?«

»Wieder mal beim Würfeln?«

»Woher weißt du das?«

»Ein Streifenbeamter hat mir neulich erzählt, dass er dich dort stundenlang hat sitzen und knobeln sehen. Ich hoffe wirklich, dass du nicht dein ganzes Vermögen verspielst.«

»Ich habe keins. Ich mag dieses Spiel einfach nur – genau wie ich Poker mag. Spielst *du* nie?«

»Doch, mit meinem Nachbarn und meinem Schwager. Schach.«

»Das ist mir zu langsam.«

»Mir nicht.«

Falk und Kellermann kamen herein. Falk war ein junger, blonder Mann, den ich früher schon getroffen hatte, unter anderem in bewusstlosem Zustand in einer herrschaftlichen Wohnung in Fredriksberg, aber das war schon ein halbes Jahr her. Es war im März, als Gittes Bauch gerade erst begonnen hatte, sich zu runden – wie der Beginn eines zunehmenden Mondes.

Falk nickte mir zu und betrachtete abwartend seinen Chef. Kellermann stellte sich im Hintergrund auf. Aus dem Hintergrund überragte er Falk um einen halben Meter.

»Alles klar, Falk?«, fragte Ehlers freundlich – so freundlich, wie er nur mit seinen Mitarbeitern redete – und vielleicht mit seiner Familie.

»Ja. Ich glaube, schon. Und wenn mich jemand anspricht?«

»Dann bist du nur ein Naturfreund. Du suchst nach Champignons, falls es dort welche geben sollte, oder studierst den Mutterboden, irgendwas.«

»Im *September*?«

»Wahre Naturfreunde sind das ganze Jahr draußen – es sind die anderen, die sich damit begnügen, nur bei Sonnenschein vor die Tür zu gehen. Nimm es nicht zu schwer. Du musst ja nicht mit dem Schmetterlingsnetz herumirren, übertreib es bloß nicht. Aber versuch wie ein Mann auszusehen, der aus Vergnügungs- oder Verdauungsgründen im Wald spazieren geht – oder meinetwegen auch zu wissenschaftlichen Zwecken. Du kannst für das Oberforstamt die Baumstämme inspizieren.«

»O. K.«

»Dann mach dich mal auf die Socken. Und Kellermann – wenn du wieder da bist, dann versuch eine ausführliche Karte von der Umgebung zu zeichnen.«

»Ja.«

Sie gingen – hinaus, um ihre kleine Tat zu tun, wie der Dichter sagt.

Auch ich ging, und Ehlers beugte sich über einen Haufen Papiere und tat, was er konnte, um konzentriert auszusehen. Er war kein Schauspieler. Jeder, der ihn kannte, würde sofort sehen, dass sein gesamtes Bewusstsein, Über- wie Unterbewusstsein mitsamt den dazwischenliegenden Schichten, um ein kleines rotes Haus in Ørholm kreiste.

Als ich unten auf der Straße angekommen war, sah ich Kellermann und Falk im Konvoi aus der Wache fahren. Sie verschwendeten wahrlich keine Zeit, die beiden.

Aber ich tat es – oder zumindest wären viele zu der Ansicht gelangt, dass ich es täte. Ich bummelte ein wenig kreuz und quer durch die kleinen schmutzigen Nebenstraßen und dachte nach. Mir ging es so wie jemandem, dem eine Idee gekommen war, die er dann aber vergessen hatte und jetzt gern wiederfinden wollte.

Es gelang mir nicht, also ging ich zum Stjernecafé hinüber – ohne auch nur eine einzige Schlägerei oder Messerstecherei auf dem Weg zu sehen.

»Revanche!«, sagte Bob, sobald er mich gesehen hatte.

Es war immer noch so früh, dass Bob Zeit für ein Spiel hatte. In ein paar Stunden würde es unmöglich sein.

Ich war zu zerstreut, und Bob gewann die erste Runde. In der anderen riss ich mich zusammen und bekam meine Rache, aber in der dritten war ich schon wieder zu wenig bei der Sache. Der Gesamtsieg ging an Bob, was ihm glänzend ins Konzept passte.

Wenn ich nur darauf kommen könnte …

Anschließend drehte Bob das Radio auf, was er in ruhigen Stunden gelegentlich zu tun pflegte. Es war Zeit für die Rundfunknachrichten – oder die stündlichen News, wie es heutzutage heißt.

Das Rätselraten um die Entführung der vierjährigen Barbara, die gestern Geburtstag gehabt habe, gehe weiter, sagte der Sprecher.

Das war nicht gelogen.

Im Übrigen befand sich Ihre Majestät die Königin auf einem offiziellen Besuch in Stockholm, die Fußball-Nationalmannschaft war heute in Barcelona eingetroffen, um den Rasen vor dem abendlichen Match zu testen, und ein verstorbener Großreeder vermachte der Königlichen Bibliothek eine imponierende Sammlung von …

Ich würde nie erfahren, was der Schiffsreeder gesammelt hatte – ob es in Leder gebundene Erstausgaben maritimer Literatur, isländischer Sagas oder dänischer Lyrik des Goldenen Zeitalters waren.

Aber ich erfuhr das Wort, das mir gefehlt hatte, um mein Gehirn auf Trab zu bringen: das Wort *vermachen*.

Seltsame Konstruktion, so ein ganz gewöhnliches Second-Hand-Gehirn. Man kann es sich eine halbe Stunde lang zermartern und nicht den dünnsten Gedankenfaden finden, und dann kommt so ein knisterndes Radio mit zufälligen Agenturmeldungen daher, die sich wie ein Chirurgenskalpell in das Unterbewusstsein hineinbohren.

Vermachen. Testament. Geld. Ökonomie.

Irgendwo in diesem Fall musste es um Geld gehen, so ist es immer. Zwei Dinge können erfahrungsgemäß zu einem Mord führen: Geld oder Sex.

Und bei zwei entführten vierjährigen Mädchen und zwei ermordeten erwachsenen Männern im Zentrum des Falles gab es nicht viel, was auf Sex als Motiv hindeutete.

Doch, da war etwas. Ich hatte Ehlers gegenüber erwähnt, dass ich zu gerne etwas über Veronica Wools finanzielle Verhältnisse erfahren würde.

Und diese müssen ganz eng mit denen ihres verstorbenen Mannes zusammenhängen, so eng wie die des Leichenbestatters mit denen des Sargtischlers.

Das konnte man genauso gut gleich erledigen.

Ich ging nach Hause, machte einen raumgreifenden Schritt über die Post auf dem Dielenboden und rief Gitte an, ohne vorher Hut und Mantel abgelegt zu haben.

»Es gibt immer noch keine Neuigkeiten«, sagte sie.

»Es gibt etwas, das du für mich tun kannst.«

»Ja?«

Ein abwartendes Ja. Es klang, als würde sie sich einen Schreibblock zurechtlegen, um sich Notizen machen zu können.

»In Verbindung mit dieser Entführung des vierjährigen Mädchens könnte es mir helfen, wenn ich den Inhalt eines Testaments kennen würde. Wie kommt man an so etwas heran?«

»Wenn es notariell registriert ist«, sagte sie sachlich, »kann man es aus dem Zentralregister für Testamente anfordern. Jedenfalls kann das die Polizei – wenn es als ›relevant für polizeiliche Ermittlungen‹ eingestuft wird.«

»Und wer stuft es ein?«

»Die Polizei.«

»Und wenn es nicht notariell registriert ist? Ich kann mir vorstellen, dass es so wenig wie überhaupt möglich registriert worden ist.«

»Dann ist es ein Zeugen-Testament, und man kann sich an die Zeugen wenden – vorausgesetzt, man weiß, wer es ist.«

»Das weiß man nicht.«

»Dann gibt es nur noch eine Möglichkeit: Man muss versuchen, den Anwalt zu finden, der das Testament vollstreckt hat.«

»Ich habe nicht den leisesten Schimmer, wer das sein könnte.«

»Was ist das für ein Fall? Um wessen Testament geht es hier überhaupt?«

»Victor Valentins. Veronica Wools verstorbener Mann.«

»Den ihr den ›Dünnen‹ genannt habt?«

»Genau der.«

»Das sollte ja nicht allzu schwer herauszufinden

sein – er war ja ziemlich bekannt. Ich könnte ein paar meiner Kollegen fragen …«

»Unterliegen die nicht der Schweigepflicht?«

»Nach außen schon. Aber unter Kollegen – wenn man sich kennt.«

»Also in etwa wie unter Ärzten?«

»Wahrscheinlich. Oder Journalisten, vielleicht?«

»Schon möglich. Kannst *du* das für mich herausfinden?«

»*Jetzt?* Auf der Stelle?«

»Wenn du *kannst.*«

»Ich werde es versuchen. Bist du zu Hause?«

»Ja.«

»Ich rufe dich an. Bis dann. Tschüss.«

Keine überflüssigen Fragen. Keine unziemliche Neugierde. Kein Smalltalk. Keine Ausreden.

Direkt zur Sache. In *dem* Zustand.

Großes Mädchen.

24

Das war das. Es gab nichts mehr, das ich tun konnte – nichts, außer mich in den Sessel sinken zu lassen und zu warten, bis das Telefon klingelte.

Kellermann und Falk mussten schon längst in Ørholm angekommen sein, Kellermann sogar schon wieder zurückgekehrt. Ehlers musste über seinen verstaubten Berichten brüten. Gitte musste sich in ihre Nachforschungen hineinknien. Mein gesamter arbeitsamer Bekanntenkreis war in Aktion. Nur ich saß untätig herum.

Ich legte Hut und Mantel ab, um es mir ein bisschen gemütlicher zu machen. Ich kochte Kaffee. Ich fand sogar eine Fassung von *September in the Rain* und legte sie auf den Plattenspieler.

Im selben Augenblick begann es, wie von Zauberhand vollbracht, wieder zu regnen. Ich musste größere magische Fähigkeiten besitzen, als ich mir bis dahin zugetraut hatte.

Eine halbe Stunde, eine ganze Langspielplatte, zwei Tassen Kaffee und drei Zigaretten später regnete es immer noch. Ansonsten war nichts passiert.

Dann endlich klingelte das Telefon.

Es war Ehlers.

»Hör zu«, sagte er. »Du kannst mir einen Gefallen tun.«

»Ja?«, sagte ich. Gerade hatte ich Gitte um einen gebeten, und nun bat er mich um einen. Heute musste der Gute-Taten-Tag sein.

»Veronica Wool hat heute einen Brief bekommen – von der üblichen Sorte. Darin steht – ich zitiere: ›Sie haben versucht, uns zu hintergehen, indem sie mit der Polizei zusammengearbeitet haben. Die Folgen haben sie selbst zu verantworten‹. Weiter nichts.«

»Aha. Drohungen. Glaubst du, dass sie es ernst meinen?«

»Ich kann mir nicht vorstellen, welchen Nutzen sie davon haben sollen, dass sie es ernst meinen. Sie wollen schließlich das Geld haben. Sie werden wohl kaum Kleinkinder zum Frühstück essen.«

»Wer macht das schon? Sie liegen viel zu schwer im Magen. Ich persönlich hebe sie mir immer bis zum Abendessen auf.«

»*Musst* du immer so etwas sagen?«

»Ich kann nichts dafür. Das ist meine Art Luft zu

holen – eine von der Wissenschaft noch nicht hinreichend genug erforschte Krankheit. Möglicherweise erblich. Sehr selten. Vielleicht wird sie ja nach mir benannt. Was kann ich für dich tun?«

»Du kannst zum Søbakkevej hinausfahren und der gnädigen Frau ein bisschen das Händchen halten, dir in der Zwischenzeit die größten Dummheiten verkneifen und sie vielleicht ein wenig beruhigen – sie fühlt sich in deiner Gesellschaft am sichersten, und *ich* kann im Augenblick die Wache schlecht verlassen.«

»Dann wird aber harte Konkurrenz herrschen. Ein Händchen hält bestimmt schon Carlos Giacometti. Da muss ich mich wohl mit ihrer Linken begnügen.«

»Nein, sicherlich nicht. Giacomettis Auto steht immer noch in Ørholm.«

»O. K. Ich werde etwa für eine Stunde hinausfahren. Wird sie immer noch bewacht?«

»Ja. Er heißt Høyer. Du kannst ruhig mit ihm reden, wenn du willst.«

»Rufst du dort an, wenn etwas passiert?«

»Ja. Aber denk daran, dass du nicht die Polizei repräsentierst – auch nicht ihr gegenüber. Du befindest dich aus eigener, privater Initiative dort – oder als Journalist, wie du willst.«

»Für sie werde ich wohl immer die Polizei repräsentieren. Ich werde einfach zu oft in Gesellschaft von Bullen gesehen.«

»Das«, sagte Ehlers, »stellt möglicherweise einen zusätzlichen Vorteil dar.«

Und mit dieser kryptischen Bemerkung legte er den Hörer auf.

Ich rief in Gittes Büro an, wo mich eine Sekretärin informierte, dass sie außerordentlich beschäftigt sei und keine Anrufe entgegennehmen könne. Tüchtiges Mädchen. Ich sagte, dass die Schuld bei mir liege, dass sie so außerordentlich beschäftigt sei, und bat die Sekretärin, Veronica Wools Telefonnummer zu notieren für den Fall, dass sich in der kommenden Stunde etwas ergeben würde.

Ich trank einen Whisky, legte Hut und Mantel wieder an und warf einen seufzenden Blick auf den Regen hinaus. Er scherte sich nicht im Geringsten darum. Das hätte ich an seiner Stelle auch nicht getan.

Unten auf der Straße stoppte ich ein Isted-Taxi und setzte mich auf den Rücksitz.

»Nach Lyngby«, sagte ich dem Fahrer.

»Das kriegen wir schon hin«, antwortete er.

Das kriegten wir. Wir teilten uns die Arbeit: Er steuerte den Wagen, und ich rauchte die Zigaretten, die geraucht werden mussten. Wenn ich irgendwann sterbe, wäre es nur recht und billig, wenn der Verband der Tabak verarbeitenden Industrie für die Bestattungskosten und den Stein aufkommen würde.

Als wir den Bahnhof von Lyngby erreicht hatten, erklärte ich ihm den Weg zum Søbakkevej.

»Søbakkevej?«, sagte er. »Ist das nicht da, wo …«

»Ja«, sagte ich.

Wir standen gerade vor einer roten Ampel. Er drehte sich um und betrachtete mich eingehend.

»Ich war es nicht«, sagte ich. »Ich bin nur Journalist.«

»Mir war doch gleich so, als würde ich sie kennen«, sagte er. »Sie sind vom Bladet, stimmt's?«

»Ja.«

»Lese ich jeden Tag.«

Er deutete auf eine zerknüllte Zeitung hinunter, die am Fuß des Schaltknüppels lag.

Auf dem Weg kamen wir an der Stelle vorbei, wo wir am Abend zuvor Jan Pedersen gefunden hatten. Davon war dort nicht mehr die geringste Spur zu erkennen. Warum auch? Es waren nur ich – und Ehlers und Kaspersen –, die dort auf dem Weg immer eine unsichtbare Leiche sehen würden, selbst wenn wir nur auf einem sonntäglichen Waldspaziergang wären.

Der Søbakkevej sah genauso aus wie immer: einsam und verlassen. Selbst wenn man nur in ihn hineinsah, bekam man den Eindruck, dass er ausschließlich von Autos bewohnt wurde oder dass diese zumindest die Einzigen waren, die dort jemals an die frische Luft kamen.

Ich bezahlte, bekam meine Quittung und stieg aus. Der Fahrer betrachtete interessiert Palais Nr. 13.

»Ich kenne dieses Haus«, sagte er. »Ich habe den Schwarzen Manuel oft hier herausgefahren – früher.«

Ich erinnerte mich, wie der Schwarze Manuel in seiner Eigenschaft als stellvertretender Kommandeur zu jener Zeit, als der ›Dünne‹ noch lebte, jeden Vormittag hier herauszukommen pflegte, um die nächtlichen Einnahmen der Spiel-, Sex- und Drogenhändler abzurechnen. Es war ein festes Ritual. Und er nahm immer einen Wagen, der unterdessen draußen wartete.

»Ich habe damals immer gewartet«, sagte der Fahrer, als ob seine Gedanken parallel zu meinen liefen. »Soll ich das jetzt auch tun?«

»Nein, danke«, sagte ich.

Enttäuscht fuhr er davon. Eine Fahrt von der Istedgade zum Søbakkevej ist eine gute, solide Tour, und zwei davon bringen mehr ein, als den ganzen

Tag lang Leute vom Hauptbahnhof zum Kongens Nytorv und zurück zu verfrachten.

Das junge Mädchen ließ mich ein. Ich war drauf und dran, sie zu fragen, wie es mit ihrem Liebsten in Christianshavn so lief, aber sie sah nicht so aus, als könnte man sie überhaupt irgendetwas fragen, jedenfalls nichts, was auch nur annähernd als Quatsch aufgefasst werden könnte. Es ging ihr nicht gut. Sie tat ihr Bestes, um normal auszusehen, aber mit ihrem Besten war es in dieser Hinsicht nicht besonders weit her.

Veronica Wool kam mir in ihrem Ballsaal zur Begrüßung entgegen, wo immer noch dieselbe Geruchsmischung aus Parfum und Zigarettentabak herrschte. Heute war sie in Rot gehüllt, ein tief ausgeschnittenes Modell in Bordeaux, das perfekt – oder noch mehr als das – zu ihrem dunkelblonden Haar passte.

»Wie *lieb* von Ihnen, dass Sie kommen«, gurrte sie heiser. »Sie möchten sicher gern einen Drink?«

Sie klang, als ob sie bereits etliche gehabt hätte.

Ich sagte, dass ich das gerne wolle. Es gibt keinen Grund zu lügen, wenn die Wahrheit so einfach und zufrieden stellend ist.

Sie schenkte ein paar respektable Whiskys ein und zog die Gardinen vor. Ich konnte gerade noch den Rücken eines Mannes erkennen, der im Mutterboden herumstapfte.

Høyer, zweifellos.

Es kam mir vollkommen irreal vor. Es kam mir vor, als würde es dort draußen immer einen Mann geben, der in diesem armen Mutterboden herumstapfte, bis er nach und nach genauso nass war wie dieser.

Sie brachte den Whisky zum Couchtisch. Manche werden von außen nass, manche von innen, wie es der alte Witz schon wusste, haha.

»Nein, kommen Sie hierher«, sagte sie, als ich Anstalten machte, mich auf einen der Stühle zu setzen.

Wir platzierten uns dekorativ in jeweils einer Ecke des Sofas und zündeten uns Zigaretten an. Sie zeigte mir den Brief.

Der einzige Unterschied zwischen ihm und den anderen, die wir gesehen hatten, bestand darin, dass dieses Exemplar keinen Poststempel hatte. Ich lenkte ihre Aufmerksamkeit auf besagten Umstand.

»Er lag zusammen mit der Post im Briefkasten«, antwortete sie. »Mehr weiß ich auch nicht.«

»Im Briefkasten unten an der Gartentür?«

»Ja.«

»Und da hätte jeder ihn einwerfen können?«

»Ja.«

Høyer hatte *möglicherweise* gesehen, wie jemand es getan hatte oder wie jemand dort herumgeschlichen war. Ich sollte besser mit ihm reden.

Später.

»Glauben Sie, dass sie es … Ich meine: Glauben Sie, dass sie Barbara etwas – *antun?*«

»Das ist unwahrscheinlich. Es wäre äußerst ungewöhnlich.«

Ich versuchte fest und überzeugt zu klingen, mit der tiefsten Stimme, die ich aufbringen konnte.

»Sie sind hinter Geld her und nicht hinter Töchtern – davon muss man ausgehen. Ihre Tochter dürfte sich in den denkbar sichersten Händen befinden, weil sie Geld in sie investiert haben. Sie ist ihr kleiner Goldklumpen. Sie dürfte so sicher sein wie ein geheimes Schließfach in der Schweiz.«

»Hat Ihnen schon einmal jemand erzählt, dass Sie gleichzeitig beruhigend und brutal sind?«

»Nur das Letztere.«

»Wollen wir nicht du zueinander sagen?«

»Gerne.«

Dafür benötigten wir eine neue Runde. Sie stand auf und schenkte sie hinten auf der kleinen Anrichte ein.

Es muss ein angenehmes Leben sein, das man als Millionärin führt, dachte ich. Großes Palais. Großer Ballsaal. Große Hausbar. Große Drinks.

»Ihr Freund Carlos findet, dass Sie wieder singen sollten«, sagte ich. Irgendetwas musste ich ja sagen.

»Wir sind inzwischen beim Du«, sagte sie und leerte ihr Glas.

Ich tat es ihr nach, also waren wir es.

»Dein Freund Carlos findet, dass du wieder singen solltest«, sagte ich.

»Ja«, sagte sie. »Es ist sehr nett von ihm, daran zu denken. Aber die Zeiten sind vorbei.«

»Warum?«, sagte ich.

»Warum *sollte* ich?«, fragte sie mit einem nicht gerade unweiblichen Schulterzucken, wieder dabei, Drinks zu mixen. »Was hätte ich denn davon?«

Der zweite Drink war stärker als der erste, aber der dritte war stärker als die beiden zusammen. Ich sah ein, dass ich einen langen Tag vor mir hatte, und begnügte mich – in Erwartung des Engelschors – mit einem kleinen Nippen.

Das tat *sie* nicht. Ihre Stimme wurde langsam genauso schleppend wie ihre Gänge zwischen der Anrichte und dem Sofa.

»Ich habe doch alles«, sagte sie freimütig. »Wofür sollte ich denn *arbeiten?*«

Ein kaum abzuleugnender Gesichtspunkt.

»Nun, ja«, sagte ich, besorgt, dass ich schon leicht angeheitert sein könnte, »aber diese alten Zirkuspferde, weißt du …«

»Das war jetzt aber kein besonders schmeichelhafter Vergleich«, sagte sie kokett.

»Du weißt schon, wie ich das gemeint habe«, sagte ich. »Ich bin ja selber auch mal Musiker gewesen. Das Milieu, die Tourneen, der Job, sogar der Klang des Orchesters – sehnst du dich gar nicht mehr danach?«

»Nein«, sagte sie und leerte mechanisch ihr Glas.

Als sie sich erneut über das Parkett kämpfte, wirkte der Vergleich mit einem Zirkuspferd eigentlich ziemlich schmeichelhaft.

Vor der Anrichte drehte sie sich zu mir um.

»Ich hatte die Nase voll von dieser Welt«, sagte sie. »Wie ein Idiot für ein geistesschwaches Publikum zu lächeln, das nur kommt, weil es an konstanter Langeweile leidet, immer dieselben sieben schwachsinnigen Lieder, dieselben langweiligen Hotelzimmer und dieselben Blumensträuße von den Herren mit denselben höflichen Aufforderungen, dass man sich doch an ihren Tisch setzen möge. Jetzt bin ich vollkommen unabhängig. Ich kann alles bekommen, was ich will. Ein Leben in Luxus und Müßiggang, wie man so schön sagt. Das ist genau das Richtige für mich.«

Während sie gerade nachschenkte – mit der erforderlichen Umsicht –, klingelte ihr Wandtelefon. Nicht ohne Mühe manövrierte sie sich zu ihm hinüber, nahm den Hörer ab und gurrte ihren Namen wie eine Waldtaube hinein, die nach einem verschwundenen Männchen suchte. Eine Stimme antwortete aus dem Hörer, und sie reichte ihn mir.

»Es ist für *dich*«, sagte sie.

Als ich den Hörer genommen hatte, ging sie mit einem albernen – oder erleichterten? – Lachen zur Anrichte zurück.

25

Wo bist *du* denn?«, fragte Gitte.

»Bei Veronica Wool«, antwortete ich.

»Oh«, sagte sie.

Es lag exakt so viel in diesem ›oh‹, wie eine Frau in einem so zierlichen und zerbrechlichen Wörtchen unterbringen kann. Vielleicht sogar ein bisschen mehr.

Dann kam es: »Was machst du denn *da?*«

»Ja, ein ziemliches Mistwetter.«

Der Groschen fiel.

»Du kannst nicht frei reden?«

»*Du* kannst.«

»Ich habe versucht, dieses Testament zu finden, von dem du gesprochen hast. Es ist schwierig. Ich habe die meisten von den Kollegen, die ich besonders gut kenne, gefragt, aber ich habe es noch nicht lokalisieren können. Ich habe deinetwegen sogar meine normale Arbeit zurückgestellt.«

»Das hat die Sekretärin schon gesagt. Lieb von dir.«

»Ich habe gerade mit meinem Vater gesprochen – du weißt, er ist Anwalt in Århus.«

Doch – das wusste ich.

»Er besitzt ein wenig mehr Einfluss als *ich*, und er hat versprochen, dass er es herauszufinden versucht. Und er pflegt seine Versprechen zu halten. Er ruft mich heute Abend zurück, und dann rufe ich dich an. Bist du dann immer noch – dort?«

»Das glaube ich nicht.«

»Er würde dich übrigens gern einmal kennen lernen, mein Vater. ›Unter diesen Umständen‹, wie er es ausdrückte.«

Wir lachten einen Augenblick lang miteinander, lachten so vertraut, wie man nur miteinander lachen kann, wenn man irgendein Geheimnis oder eine Erfahrung miteinander teilt.

»Dann kaufe ich einen Schlips«, sagte ich, und damit beendeten wir das Gespräch.

Veronica hatte die Drinks fertig gemixt und saß wieder im Sofa. Ich begab mich an meinen Platz.

»Deine Freundin?«

»Ja«, sagte ich. Und fügte eine – ›unter *diesen* Umständen‹, wie Schwiegervater sagte – schnelle Lüge hinzu: »Ich habe ihr deine Nummer gegeben. Falls etwas passieren sollte. Du weißt schon, worum es geht.«

»*Be my guest*«, trällerte sie und hob ihr Glas. »Viel Glück dabei.«

Das junge Mädchen kam herein und fragte, was sie einkaufen solle. Veronica sah aus, als würde sie nichts auf der Welt weniger interessieren als ihre Einkäufe, aber ich sagte beschwichtigend, dass ich zwischendurch ein paar Worte mit dem Gärtner wechseln würde. Wie zuvor bereits erwähnt, bin ich alles andere als ein Naturfreund, aber dann und wann ist ein bescheidener Happen frischer Luft nicht das Schlechteste, was man einatmen kann, selbst wenn sie vielleicht ein bisschen nasser sein sollte, als man eigentlich vorzieht.

Høyer war ein netter junger Mann mit einem etwas schwerfälligen, jütländisch aussehenden Gesicht. Wenn Kellermann einem Schlachtermeister glich, dann glich Høyer einem Großknecht – einem Großknecht, der der diesjährigen Ernte äußerst pessimistisch entgegen sah.

Er hatte keine einzige Seele bemerkt, die einen Brief abgeliefert hätte – abgesehen vom Postboten. Überhaupt hatte er keine einzige Seele in der Nähe des Hauses beobachtet – abgesehen von (hier wurde sein Tonfall schnarrend) *Fotografen,* die gekommen seien, um Aufnahmen zu machen, auf denen nichts anderes zu sehen sei als das Haus, und *Journalisten,* die versucht hätten, hineinzukommen, was keinem von ihnen geglückt sei.

Keinem *anderen,* sagte ich schulterklopfend zu mir selbst.

Ich plauderte mit Høyer ein bisschen über Gott und die Welt – er war lange im Garten unterwegs gewesen, ohne dass er mit jemandem hätte reden können, sogar ein Journalist war willkommen – und versprach ihm, Ehlers zu berichten, dass es nichts zu berichten gab.

Høyer machte keinen Hehl daraus, dass er sich auf seine Ablösung freute.

Ich ging um das Haus herum und wieder hinein, wobei ich einen respektvollen Blick auf den Briefkasten warf. Als ich wieder hineinging, kam das Mädchen gerade heraus, und wir begegneten uns – wie in einer komischen Farce – im Türrahmen. Sie hatte, wie zuletzt auch, ihre Einkaufstasche dabei. Es sah alles verdammt nett und hübsch und natürlich und akzeptabel aus. Allzu NHNA.

Die vielen Whiskys begannen ihre Wirkung zu entfalten, als ich die Eingangshalle betrat. Ich dachte, dass es irgendwo dort eine Toilette geben musste. Trotz der notorischen Mutwilligkeit der Architekten ist die Eingangshalle, die nicht an irgendeiner Stelle Zugang zu einer Toilette bietet, noch nicht erfunden worden.

Im Verlaufe dieser Suche öffnete ich auch die Tür zu einem bescheidenen Zimmer, das Louise Rasmussen gehören musste.

Es war ein ordentliches kleines Zimmer, genau so, wie man sich eine Dienstbotenkammer vorstellte. Es gab ein Bett, in dem absolut nicht mehr als ein – nicht allzu groß gewachsenes – Mädchen liegen konnte, einen Kleiderschrank, einen Schreibtisch mit Stuhl – eine recht verbreitete Kombination. An den Wänden hingen jede Menge Pferdebilder, oder vielleicht war es auch immer dasselbe Pferd auf allen Bildern. Auf einem von ihnen saß sie und sah so glücklich aus wie ein vierzehnjähriger Junge, der sein erstes Mofa bekommen hat und sich darauf freut, es zu frisieren.

Auf dem Tisch stand ein Bild ihrer Eltern. Sie besaßen keine Reißzähne, es sei denn, das Foto wäre retuschiert worden. Der Vater trug die alte Uniform der Staatsbahn.

Außerdem lag dort ein Stapel Bücher von der Schwesternschule, was bewies, dass Louise zu den sorgfältigen, von allen geschätzten Menschen gehörte, die sich rechtzeitig vorbereiten, um gut für den Kampf um die Zukunft gerüstet zu sein.

Zwischen den Seiten steckten darüber hinaus sorgfältig mit der Maschine geschriebene Notizen. Ich öffnete eines der Bücher. Es ging darin natürlich – von den Millionen medizinischer Möglichkeiten –

um die Geburt, und das Mädchen hatte sorgfältig auf Zetteln aufgeschrieben, wie die Patientin in jeder einzelnen Phase richtig zu behandeln sei.

Diese Zettel waren ohne jeden Zweifel auf derselben Brother-Schreibmaschine geschrieben worden wie die Briefe, die sowohl Veronica als auch die Familie Graugaard erhalten hatten.

Die Schreibmaschine selbst konnte ich nirgendwo entdecken. Ich machte mir deswegen auch keine weiteren Umstände.

Ich schnappte mir einen der Zettel und steckte ihn in die Jackentasche. Ich beeilte mich, die Toilette zu finden, bevor jemand kam und mich herumspionieren sah. Es ist eine Sache, die verkehrte Tür zu öffnen, eine ganz andere ist es, in den persönlichen Aufzeichnungen anderer Leute zu schnüffeln.

Und eine dritte – und für eine empfindsame Natur durchaus höchst bedauerliche – Sache ist es, dabei erwischt zu werden.

Ich hätte mir in dieser Hinsicht keine Sorgen machen müssen. Als ich ins Wohnzimmer zurückkehrte, war die Hausherrin eingeschlafen. Sie lag kraftlos zurückgelehnt in der einen Sofaecke, mit einem grotesken, halb geöffneten Mund. Ihre Brüste hoben und senkten sich, während Luftströme mit dem unverkennbaren Beigeschmack von Whisky durch den Mund hinein- und herausströmten. Sie hatte fürs Erste genug.

Wahrscheinlich war sie es nicht gewohnt, so viel zu trinken. Wahrscheinlich war sie verzweifelt und hatte – wie so viele andere auch – im Trinken Erleichterung gesucht.

Und wahrscheinlich war eine gesunde Dosis Schlaf das Allerbeste für sie.

Ich leerte mein Glas und mixte einen neuen Drink – nicht für mich selbst, sondern für Høyer. Ich füllte das Glas nicht mit unnötig viel Wasser auf. Ich wusste, dass der Regen diesen Teil der Arbeit übernommen haben würde, bevor ich ihn erreicht hätte.

Er warf mir einen Blick zu, der mir zu verstehen gab, dass Schmierfinken und Tintenkleckser von Natur aus zwar widerliches, drittklassiges Ungeziefer seien, aber dass es unter ihnen durchaus jene gebe, die ihre lichten Momente haben, in denen sie sich für Sekunden einer menschlichen Ebene nähern können.

»Wie lange musst du noch hier bleiben?«, fragte ich.

»Bis 22.00 Uhr«, antwortete er verbissen.

Es war mittlerweile später Nachmittag geworden. 17.00 Uhr. Noch war es hell, aber man ahnte bereits die Schatten, die sich auf ihre abendliche Schicht vorbereiteten.

Um uns herum im Søbakkevej kamen die Leute nach Hause. Nicht ein einziges Auto fuhr weg, alle kamen, und nach Ablauf einer Übergangsfrist von zwanzig bis dreißig Minuten stand die Straße voller Autos, die anständigen, ehrlichen Mitbürgern gehörten, die von ihrer täglichen Mühsal in der miefenden Metropole in ihre friedliche Freizeit-Vorstadt heimgekehrt waren. Die meisten tauschten, wie in einem Stummfilm, stille, sichere und schnelle Grüße aus, während sie sich über ihre jeweiligen Gartenpfade ihren jeweiligen bequemen Lehnstühlen näherten.

Aus den Küchenfenstern duftete es disharmonisch vital und viel versprechend nach einem Dutzend verschiedener, aber gewiss ähnlich exquisiter Gerichte. Ein Kind schrie: ›Papa! Weißt du *was?*‹

Friede ruht über Stadt und Land, wie der Dichter sagt.

Ich versprach Høyer, ihm noch einen Schluck zu holen, und kehrte zum Haus zurück. Veronica Wool schlief nach wie vor in derselben Körperhaltung; sie röchelte ein wenig. Mit den weit aufgerissenen, drastisch geschminkten Lippen glich sie einer obszönen indischen Gottheit, die allzeit bereit ist, ein Dutzend Opfertiere zu verspeisen.

Ich schaute aus dem Fenster und suchte die Straße nach dem Mädchen ab. Sie war immer noch nicht zu sehen.

Im ganzen Haus war kein einziger Laut zu hören.

Ich ging erneut in ihr Zimmer und schaute mich dieses Mal etwas gründlicher um. Unter anderem öffnete ich ihren Kleiderschrank. Auf dem Boden stand eine Brother-Schreibmaschine, sorgfältig in ihr kleines Gehäuse verpackt.

Ich berührte sie nicht. Ich bin kein vollkommener Idiot. Noch nicht.

Ich begegnete dem Mädchen im Flur, als ich aus dem Zimmer kam. Wir waren im Vorhinein bereits dazu verurteilt gewesen, uns zu begegnen. Sie schleppte ihre Tasche und zwei Plastiktüten. Sie konnte gar nicht übersehen, dass ich aus ihrem Zimmer kam.

»Ich habe gerade nach Ihnen gesucht«, sagte ich eilig. »Könnten Sie vielleicht etwas Kaffee kochen? Ich fürchte, der gnädigen Frau geht es – nicht so gut.«

Das Mädchen nickte ausdruckslos, und ich ergriff zuvorkommend ihre Tasche und die Tüten und trug sie ihr in die Küche. Es war eine schöne, große helle Essküche mit genug Sitzplätzen für eine sich heftig vermehrende Großfamilie und Stauraum für genug Lebensmittel, um damit einen Weltkrieg oder auch zwei zu überleben.

Während sie das Wasser aufsetzte, klingelte das Telefon.

Veronica schaukelte ein bisschen vor und zurück und murmelte dabei ein paar unverständliche Worte, als ob ihr das Klingeln des Telefons einen Albtraum beschert hätte, aber sie wachte nicht auf.

Ich hob ab. Es war Ehlers.

»Jetzt geht es los!«, sagte er. »Ich habe keine Zeit zum Plaudern – tu einfach, was ich sage. In zehn Minuten kommt Kellermann mit einem Wagen und holt dich und Høyer ab. Gib Høyer Bescheid. Ihr beide fahrt mit ihm nach Ørholm. Kellermann hat eine Ablösung für Høyer dabei – auf *ihn* können wir heute Abend nicht verzichten.«

»Was habt ihr vor?«

»Wir werden die Kinder befreien, das ist alles. Sie sind dort, Falk hat eines von ihnen gesehen. Ich fahre jetzt. Gib Høyer Bescheid. Zehn Minuten. Tschüss.«

Er legte auf. Ich befand mich in einer mondäneren Umgebung: Ich *hängte* auf.

Dann schenkte ich zwei solide Whiskys ein, ging zu Høyer hinaus und gab ihm den einen sowie den Bescheid.

»*Endlich* passiert etwas!«, sagte er.

Aufgemuntert ging er zum Eingang hinauf, um den Wagen zu empfangen, wenn er kam.

In der Zwischenzeit war Louise damit beschäftigt, den Kaffee zu servieren. Louise stellte ihn einfach auf den Tisch und ging davon aus, dass sich der Rest von alleine erledigen würde. Louise hatte offensichtlich keine besondere Erfahrung in der praktischen Behandlung des Katzenjammers.

Das hatte ich – sowohl was den eigenen als auch die von anderen betraf. Ich besorgte mir ein Handtuch, befeuchtete es gründlich mit kaltem Wasser und rieb ihr damit über das Gesicht. Das Gesicht blätterte nach und nach ab und verteilte sich auf dem Handtuch, Plättchen vom Wangen-Rouge, brauner Puderabrieb, Lippenstift im selben Bordeauxton wie ihr Kleid. Die reinste Collage.

Das Mascara schien dagegen wasserfest zu sein.

Sie schlug so unschuldig wie ein verwirrtes Kind die Augen auf.

»Was? Sie müssen entschuldigen … Ich …«

Wir waren nicht mehr per Du.

Ich setzte meine ruhige Stimme auf:

»Sie haben in letzter Zeit einfach zu wenig geschlafen. Trinken Sie ein wenig warmen Kaffee. Ich muss mich jetzt leider verabschieden. Ich hoffe, dass ich bald gute Neuigkeiten für Sie haben werde.«

»Es gibt keine guten Neuigkeiten«, sagte sie.

Dann begann sie zu weinen – langsam, unaufhaltsam, untröstlich.

Die Zeit war abgelaufen. Ich ging zu Høyer hinaus.

Eine Minute später kam Kellermann, nicht in einer diskreten, grauen Limousine – ganz im Gegenteil – in einem offiziellen Polizeiwagen mit höchst indiskret blinkendem Blaulicht. Ein viel sagendes Zeichen.

Ein junger Mann, der offensichtlich schon auf der Wache instruiert worden war, spurtete in den Garten. Høyer und ich stiegen – etwas langsamer – in den Wagen.

26

Hallo noch mal«, sagte Kellermann gutmütig, als er den Wagen wendete und den Søbakkevej wieder hinauffuhr.

»Was haben wir vor?«, fragte Høyer.

»Wie bei Asterix«, grinste Kellermann und rieb sich die Hände: »Auf sie mit Gebrüll.«

Er erzählte Høyer die Geschichte, die er Ehlers und mir am Vormittag erzählt hatte.

»Und jetzt hat Falk also zumindest eines der Kinder gesehen«, sagte er. »Da heißt es dann nur noch, so schnell wie möglich loszuschlagen. Wir haben zwei Wagen. Ehlers, Kaspersen, Nielsen und Schmidt sitzen im anderen.«

»Dann sind wir sechs«, stellte Høyer sachlich fest, als hätte er einen unsichtbaren Abakus dabei.

»Sieben, mit Falk«, sagte Kellermann.

»Siebeneinhalb, mit mir«, sagte ich bescheiden.

Niemand kann einen mit einer solchen Selbstverständlichkeit davon überzeugen, dass man praktisch gar nicht existiert, wie eine eingeschworene Gemeinschaft von Bullen.

Wir folgten einem Weg, der bergab in ein talartiges Gelände am Rande von Lyngby hinunterführte, und passierten einen kleineren See. Ein paar Enten schnatterten skeptisch.

Niemand sprach.

Hinter dem See näherten wir uns einem größeren Waldgebiet, das mehr als verlassen wirkte. Nur vereinzelte Häuser zeigten sich in Abständen von mehreren hundert Metern.

Hier musste es sein.

Alles wirkte vollkommen menschenleer – abgesehen von einem Polizeiwagen, der diskret am Waldrand abgestellt worden war. So diskret, wie ein Polizeiwagen eben *sein* kann.

Ehlers stieg aus diesem Wagen, nachdem wir dahinter geparkt hatten.

»Gut«, sagte er nur. »Høyer, irgendetwas Neues?«

»Nein.«

»Aber ich habe etwas Neues«, sagte ich naseweis. »Ich habe die Schreibmaschine gefunden. Ich bin fast sicher, dass sie es ist.«

»Wo?«

»Im Zimmer des Mädchens.«

»Gut!«, sagte Ehlers und klopfte mir anerkennend auf die Schulter. »*Sie* kaufen wir uns danach – immer eins nach dem anderen.«

Er sah absolut gelöst aus. Die Wartezeit war vorüber – jetzt galt es zu *handeln*.

Was ihm lieber war. Was den meisten wohl lieber wäre.

Die beiden Autos krochen in einer schneckenartig schlängelnden Prozession auf das kleine rote Haus zu, von dem Kellermann erzählt hatte. Es war unverkennbar klein, und es war rot – ein abgeblättertes Mennigrot. Es besaß dieses leere Aussehen, das Häuser bekommen, wenn sie lange Zeit unbewohnt gewesen sind – man kann nicht so recht den Finger darauf legen, aber die Mauern strahlen es aus, dass sie seit langer Zeit keine menschliche Gesellschaft mehr gehabt haben.

Es schien auch kein besonders solides Haus zu sein. Das Dach sah aus, als könnte es jeden Augenblick die Firma verlassen, mit oder ohne Pensionsanspruch, und die Dachrinne neigte sich graziös zu

Boden und leitete das Regenwasser mit der unveränderlichen Regelmäßigkeit eines Wasserfalls zur Erde weiter.

Das Haus hatte seine Eingangstür und zwei Fenster der Straße zugewandt. Beide Fensterläden waren fest verriegelt, obgleich die Läden offensichtlich nicht erst gestern angebracht worden waren.

Die Dunkelheit hatte sich allmählich über den Wald gesenkt, wenngleich man immer noch die verschiedenen Blätterfarben unterscheiden konnte. Es sah aus, als wäre ein Genie am Werk gewesen.

Als wir ausstiegen, trat eine Männergestalt zwischen den Bäumen hervor. Es war kein Faun, es war Falk, und er lächelte. Er war froh, dass er Gesellschaft bekommen hatte.

»Sie sind immer noch da«, sagte er. »Drei Mann.«

»*Drei?*«, sagte Ehlers.

»Giacometti – und zwei andere. Ich glaube, ich habe den einen schon einmal gesehen – er sieht aus wie ein früherer Kunde von uns, auch wenn ich mich nicht an seinen Namen erinnern kann. Den Dritten kenne ich nicht. Er ist so groß wie ein Bär. Er sieht aus wie ...«

Er warf einen viel sagenden Seitenblick auf Kellermann.

»Und du hast immer nur das eine Mädchen gesehen?«, fragte Ehlers.

»Ja. Oder genauer gesagt: das *andere*«, antwortete Falk. »Bettina Graugaard.«

»Gibt es einen Hinterausgang? Fenster nach hinten?«

»Ja. Hintertür. Zwei Fenster zum Garten. Rechts mit geschlossenen Fensterläden, links ohne – das muss die Küche sein.«

»Kellermann, Nielsen, Schmidt zur Hintertür.«

Die drei gingen los, lautlos, wie in einer einzigen Bewegung.

»Der Giebel?«, fragte Ehlers.

»Nur ein Fenster im ersten Stock. Keine Läden. Vorgezogene Gardinen. Es brennt Licht. Dort habe ich das Mädchen aus dem Fenster schauen sehen.«

»Du deckst den Giebel, Falk.«

Auch Falk nahm seine Position ein.

»Du«, sagte Ehlers an mich gewandt, »hältst dich einfach im Hintergrund. Bleib bei den Autos – am besten *hinter* ihnen. Ruf laut, wenn du etwas siehst, aber sieh ansonsten zu, dass du uns nicht in die Quere kommst. Das hier ist *Polizeiarbeit*.«

»Die großen Jungs spielen, und sie möchten die kleinen nicht dabeihaben.«

»So in etwa.«

Ehlers konnte nicht wissen, dass auch *ich* bewaffnet war: Ich trug die Pistole bei mir, die ich seinerzeit von Antiquariatsbuchhändler Bille bekommen hatte – ein exakter Zwilling von jener, die Victor Valentin getötet hatte, was – an allen vernünftigen Kriterien gemessen – für ihre Qualität bürgte.«

Ich hatte sie noch nie benutzt, und ich hatte keine Ahnung von Waffen, also hoffte ich in meiner Naivität, dass das Pulver immer noch trocken war und dass die Kugeln sich gehalten hatten. Aber ich beschloss, sie mir als Überraschung aufzuheben, und ging gehorsam wie ein Pfadfinder hinter den Polizeiautos in Deckung.

Drei Mann hinter dem Haus. Einer am Giebel und drei Mann vorn. Da wurde den Kidnappern wirklich alle Ehre gemacht. Sie sollten stolz darauf sein.

»Høyer, du gibst uns Deckung«, sagte Ehlers.

Høyer blieb stehen.

Ehlers und Kaspersen legten die vierzig Meter zum Haus langsam und gründlich wie in einem Western zurück, als würden sie tief über jeden Schritt nachdenken.

Ich sah sie eher an die Haustür klopfen, als dass ich es hörte.

»Polizei! Im Namen des Gesetzes!«, brüllte Ehlers mit der ganzen Kraft seiner Stimme. Musikalisch klang es nicht, aber durchdringend genug.

Dann brach die Hölle aus – von einer Sekunde zur anderen. Die Hölle kennt ihr Stichwort.

Von meiner Position hinter den Autos aus klang es, als würden ein Dutzend Pistolen gleichzeitig abgefeuert. Von überall erklang ein unterdrücktes Fluchen. Ehlers und Kaspersen zogen sich schnell in meine Richtung zurück.

Ich hatte keine Pläne, nur als passiver Zeuge dabei zu sein. Ich schlich mich hinter den Autos hervor und ging links um das Haus herum, am fensterlosen Giebel vorbei bis zur Hintertür. Auf einer Rasenfläche, wo das Gras bis über die Knie wuchs, stand Kellermann und hatte tröstend seine Arme um Schmidt gelegt, als wäre dieser ein kleines Baby.

»Ich trage ihn direkt weg«, sagte er zum dritten Mann. Das musste Nielsen sein.

»Halb so schlimm«, sagte Schmidt. »Lass mich einfach hier knien. Ich kann immer noch schießen.«

Er sank im nassen Gras zusammen, sodass nur noch sein Arm daraus hervorguckte, an dessen Ende er die Pistole auf die Tür gerichtet hielt.

Ein Mann erschien in der Tür, ein kleiner Mann. Er hatte eine Pistole in der Hand. Er benutzte sie hemmungslos.

Die Kugeln flogen uns um die Ohren. Eine von ihnen zischte zärtlich streichelnd über meinen Hut hinweg.

Wir duckten uns. Kellermann und Schmidt schossen gleichzeitig mit dem Mann in der Türöffnung.

Der Mann fiel um. Schmidt fiel um.

»Kannst du ihm nicht bis zu den Wagen helfen?«, fragte Kellermann, der immer noch unerschütterlich ruhig mit dem Finger am Abzug dastand.

Ich bückte mich und versuchte Schmidt auf meine Schulter zu ziehen. Er glitt wieder hinab. Er war zwar ein ziemlich dünner, kleiner Mann, aber ich selbst bin auch nicht besonders kräftig – und nicht im besten Trainingszustand.

Kellermann packte ihn im Handumdrehen und *warf* ihn förmlich auf meine Schulter. Ich fiel fast hintenüber, bekam die Last aber unter Kontrolle und stakste mit unsicheren Schritten wie ein 5.00-Uhr-morgens-Zecher in der Istedgade denselben Weg am Haus vorbei zurück zu den Autos. Unterwegs stolperte ich ein paar Mal über Steine und Wurzeln, aber Schmidt beschwerte sich nicht darüber.

Schmidt sagte eigentlich überhaupt nichts.

Ich drehte mich um, so weit ich jedenfalls meinen geschmeidigen Schwanenhals drehen konnte, und sah, dass die Hintertür wieder geschlossen worden war. Vor ihr lag ein menschlicher Körper, anscheinend ebenso leblos wie der, den ich gerade herumschleppte.

In den nächsten Minuten fiel nicht ein einziger Schuss. Als ob ein Waffenstillstand verhängt worden wäre.

»Wer ist das?«, fragte Ehlers, als er mich und meine Last erblickte.

»Schmidt«, sagte ich. »Steffen Schmidt aus Thisted. Verwundet.«

Schmidt ist der einzige Polizist, der jemals das Vergnügen gehabt hat, mich in der Arrestzelle zu bewachen. Solche Erlebnisse verbinden die Menschen. Darum kannte ich ihn auch so gut. Mit Vornamen und Geburtsort und dergleichen.

Ehlers half mir, Schmidt in einen der Wagen zu bugsieren. Er musterte ihn gründlich.

»Er braucht einen Arzt«, sagte er. »Sofort.«

Er griff nach dem Funkgerät und begann daran herumzudrehen.

Ich ging zu Kellermann zurück.

»Geh mit, Høyer«, sagte Ehlers. »Es ist wahrscheinlicher, dass sie hinten einen Ausfall wagen. Sie wissen nicht, wie viele wir auf der Vorderseite sind.«

Høyer kam mit. Kellermann und Nielsen hockten wachsam wie Raubtiere an derselben Stelle im Gras hinter einem Dornbusch. Sie bemerkten die Dornen nicht.

Der Mann vor der Hintertür rührte sich. Es sah grotesk aus – wie ein sich windender Kleiderhaufen, wie eine sprechende Mülltonne in einem absurden Theaterstück. Er konnte nicht aufstehen, wollte es aber gerne.

Er sank wieder in sich zusammen.

»Ich hole ihn«, sagte Kellermann. »Gib mir Deckung.«

Ein Schuss aus dem unverriegelten Küchenfenster brachte ihn auf andere Gedanken. Er warf sich flach auf den Erdboden und ermordete in seiner übergroßen Hast eine halbe Million nützlicher Insekten und Kleinstlebewesen, die ihre eigene Aufgabe in der Höheren Ordnung der Natur zu erfüllen hatten.

»Ich nehme den langen Weg«, sagte Kellermann.

Langsam und immer noch auf Bodenhöhe – ein großartiges Ziel für eine Kugel, wenn man ihn von Fußbodenhöhe hätte sehen können, so leicht zu verfehlen wie ein Elefant – glitt er in einer Kurve von uns weg und hin zu dem fensterlosen Giebel. Von dort schlich er direkt vor dem Haus entlang, unter dem verrammelten Fenster hindurch zur Hintertür.

Er hob den Mann hoch. Wir alle hörten etwas, das einem Röcheln ähnelte, aber vielleicht schlugen auch nur die Zähne des Mannes heftig gegeneinander.

Kellermann bekam ihn auf seine Schulter und begann langsam in vornübergebeugter Haltung an der Hauswand entlang zurückzuwandern. Wie er dort durchs Halbdunkel ging, glich er einem riesigen, zusammengekauerten Gorilla.

Gerade als er sich von der Hauswand entfernte, kam noch ein Schuss aus dem linken Fenster – ein schneller, sicherer Schuss. Er traf Kellermanns Last direkt in den Rücken. Die Last ließ los, und Kellermann musste auf die Knie gehen, um sie zurück auf ihren Platz bugsieren zu können.

Høyer und Nielsen antworteten sofort. Irgendjemandem dort drinnen mussten die Kugeln ziemlich um die Ohren pfeifen.

Kellermann kam am fensterlosen Giebel vorbei heraus, und ich begleitete ihn zur Kommandozentrale und ›half ihm‹ – als ob das nötig gewesen wäre.

»Der Scheißkerl«, sagte er. »Tot, Chef.«

»Der Scheißkerl?«, sagte Ehlers und betrachtete den kleinen, dünnen, toten Mann. »In der Tat. Der Scheißkerl!«

Offensichtlich war es ein Bekannter von ihnen.

An der Hintertür fing die Schießerei wieder von vorne an.

27

Der ›Scheißkerl‹ war, wie Kellermann mich freundlicherweise belehrte, ein Kleinkrimineller vom Schlage eines Kurt Aaberg oder Jan Pedersen. Kellermann konnte sich an seinen richtigen Namen nicht erinnern – er war zu lange einfach nur der ›Scheißkerl‹ gewesen.«

»Dann sind jetzt nur noch zwei übrig«, sagte Ehlers. »Kann sein, dass sie mittlerweile bereit sind, sich zu ergeben. Versuchen wir mal zu verhandeln.«

Er holte ein altmodisches Megafon aus Blech aus dem Wagen und begann hineinzubrüllen.

»Ergebt euch jetzt! Ihr seid umzingelt, und ihr *könnt* nicht gewinnen.«

Die einzige Antwort, die er bekam, war eine verirrte Kugel, die in einen Baumstamm einschlug.

»Sie sind verrückt«, bemerkte er trocken.

»Sie sind gefangen«, sagte Kellermann. »Sie reagieren einfach nur wie Ratten, die in die Ecke gedrängt worden sind.«

»Dann müssen wir sie *ausräuchern.*«

»Sie haben immer noch das Mädchen.«

»Aber *sie* haben das Feuer eröffnet. Sie können nicht damit rechnen, davonzukommen.«

»Man weiß nie, wie solche Leute denken.«

Die Repliken flogen nur so umher, während wir

uns dort zu dritt oder zu viert versammelt hatten und unentschlossen auf dem Boden herumstampften.

Es wurde langsam dunkel. Es wurde langsam auch kalt. Und es war immer noch genauso regnerisch.

Wenn man doch bei Veronica Wool zu Hause sitzen und Whisky trinken könnte.

Ich drehte eine Runde um das Haus, soweit dies möglich war, ohne mich unnötigen Kugeln auszusetzen.

Auf der Rückseite tobte derselbe Kampf in denselben festgefahrenen Stellungen. Høyer schoss auf das Fenster los, während aus dem Fenster auf Høyer losgeschossen wurde. Keiner schien den anderen dabei zu treffen, allein das Fenster war durchsiebt.

Warum machten sie weiter? Was konnten sie damit erreichen?

Sie *mussten* wissen, dass es aussichtslos war. Es *musste* ihnen klar sein, dass, wenn zwei Wagenladungen Bullen nicht reichten, noch zwei mehr kommen würden, und wieder zwei und noch zwei dazu, bis das ganze Korps hier versammelt war. Sie mussten darüber hinaus wissen, dass, wenn in der Stadt keine Bullen mehr übrig waren, man das Militär abkommandieren würde. Sie *konnten* nicht gewinnen. Es war in jeder Hinsicht nutzlos.

Aber so sahen *sie* es offensichtlich nicht. Es gibt viele Arten von Menschen auf der Welt – einige davon entbehrlicher als andere.

»Wir sollten einen Ausfall wagen«, sagte Høyer.

»Dann können zwei von uns abgeknipst werden«, sagte Nielsen. »Zum Beispiel du und ich.«

Høyer räumte ein, dass da ein gewisses Risiko bestehe.

Eine Kugel strich an meiner Schulter vorbei. Nicht allzu nah, aber nah genug, um mich ein bisschen nervös werden zu lassen. Sie mussten ein ganzes Munitionslager im Haus haben.

Ich krabbelte um das Haus herum zurück, hinter die Autos in den Wald hinein.

Dort war ein weiterer Wagen eingetroffen: Ein Polizeiarzt war gekommen. Er hatte sich über Schmidt gebeugt und machte ein mehr als besorgtes Gesicht.

»Ich bin mir nicht sicher, ob er es schaffen wird«, sagte er zu Ehlers.

Ehlers wischte sich verzweifelt über die Stirn.

Am Giebel stand Falk mit erhobener Pistole und sah aus, als hätte er dort stundenlang wie eine Statue gestanden und ganz vergessen, wie man die Beine gebraucht.

»Das kann sich noch ganz schön in die Länge ziehen«, sagte er. »Wir könnten sie bombardieren, wenn das Kind nicht wäre.«

»Armes Mädchen«, sagte ich.

Unwillkürlich sah ich zum Giebelfenster hinauf, als ich dies sagte, und erhaschte dabei einen Blick auf sie. Sie hatte die Nase fest an die Fensterscheibe gedrückt und sah nach draußen. Sie wirkte eher neugierig als verängstigt.

Ich zeigte auf sie, und Falk und ich gaben ihr gleichzeitig Zeichen. Wir schnipsten mit den Fingern, wie man es auch bei Hunden oder Katzen macht, in der Hoffnung, dass sie uns verstehen und das Fenster öffnen würde.

Sie schien es sich zu überlegen. Ich trat einen Schritt zurück und versuchte die Handbewegungen größer zu machen.

Sie öffnete das Fenster.

»Schnell«, sagte ich so leise wie möglich, aber laut genug, dass sie mich hören konnte. »Spring! Komm runter zu uns!«

Sie kletterte ganz in den Fensterrahmen hinein und hing mit dem Gesicht schon darüber hinweg. Es war ein hübsches Gesicht – ein blond gelocktes, sommersprossiges, blauäugiges Gesicht.

»Dann tu ich mir weh«, sagte sie.

»Wir fangen dich einfach auf«, sagte ich. »Wir sind die Polizei.«

Eine kleine Notlüge, aber sehr unschuldig. Und auch nur halb.

Sie zögerte nicht länger. Sie warf ihren Oberkörper aus dem Fenster und sprang zappelnd hinab. Ein kleiner Körper segelte senkrecht durch die Luft und landete in Falks und meinen vereinigten Armen. Wir fielen beide hin, aber sie landete zuoberst, und keiner von uns zog sich etwas anderes zu als ein paar Kratzer.

»Gut!«, sagte ich zu ihr. »Du bist mutig.«

»Schießt ihr auf die bösen Männer?«, fragte sie.

»Ja«, sagte ich.

»Schießt ihr sie *tot?*«

»Damit wird es wohl enden, Bettina.«

»Woher weißt du, wie ich heiße?«

»Wir sind gekommen, um dich zu retten.«

»Das war gut. Das ist genau wie in diesem Buch, das ich habe. Da rettet die Polizei auch ein paar Menschen.«

Sie zitterte vor Angst und Kälte in ihrem dünnen Kleid, aber ansonsten schien sie keinen offensichtlichen Schaden erlitten zu haben. Nicht einmal einen Schock.

Starkes Kind.

»Komm«, sagte ich.

Ich nahm sie an der Hand und führte sie zu den Autos.

Gleichzeitig entdeckte jemand im Haus, was geschehen war. Ein wütendes Gesicht zeigte sich für den Bruchteil einer Sekunde im Giebelfenster und schoss sofort. Die Kugel schlug vor meinen Füßen im Boden ein. Falk erwiderte das Feuer.

Wir begannen zu rennen.

»Bitte schön«, sagte ich zu Ehlers. »Bettina. Sie ist selbst aus dem Fenster gesprungen. Sie ist ein sehr tapferes Mädchen.«

»Was zum Teufel ...«, sagte Ehlers

»Bist du auch Polizist?«, fragte ihn Bettina.

»Ja.«

»Aber du darfst trotzdem nicht fluchen. Opa sagt, dass man das nicht darf.«

»Na, dann ...«

Er versuchte eine Armesündermiene aufzusetzen.

Dann wurde er ernst.

»Bettina«, sagte er und schaute ihr in die Augen, während er beruhigend ihre Hände tätschelte, »du bist großartig. Es ist gut, dass du herausgekommen bist. Sag mir einfach nur eins: Gibt es da drinnen noch ein *anderes* kleines Mädchen?«

»Gibt es noch eine, nach der ihr sucht?«

»Ja. Sie heißt Barbara. Hast du sie gesehen?«

»Nein. Da war niemand außer den drei bösen Männern. Sie haben mich im Dachboden eingesperrt, als sie angefangen haben zu schießen.«

»Bist du dir ganz sicher?«

»Ja.«

»Wir sollten sie besser in Sicherheit bringen«, sagte Kaspersen, »bevor es richtig losgeht.«

»Ja«, sagte Ehlers und kraulte sich den Bart. »Aber wir können schwerlich auf einen Mann verzichten. Könntest du sie nicht«, er sah mich an, »nach Hause fahren?«

»Nein«, sagte ich. »Ich kann nicht fahren.«

Er sah mich an, als würde er das für eine schlechte Ausrede oder einen Witz halten, und so dürfte es wohl auch auf die meisten Menschen im zwanzigsten Jahrhundert wirken, aber die Tatsache besteht, dass ich es nicht kann. Ich habe es nie gelernt und mache es deswegen auch nie, und das ist mein kleiner, bescheidener Beitrag zur Verkehrssicherheit in diesem Land.

»Dann setz dich mit ihr ins Auto«, sagte Ehlers.

Ich war zum Babysitter ernannt worden. Ich setzte mich neben sie in den Wagen.

»Waren sie böse zu dir?«, fragte ich.

»Nur der große Mann. Er hat mich hart geschlagen.«

»Warum?«

»Weil ich gesagt habe, dass sie ein paar widerliche Strolche sind.«

»Genau das sind sie ja auch.«

»Und dann habe ich ihn getreten. Ich kann nämlich ganz *hart* treten!«

Sie schaute mich triumphierend an.

Der Arzt kam zu unserem Wagen herüber. Er sah nicht mehr nur besorgt aus. Er hatte sein Gesicht definitiv in ernste, tiefe, professionelle Falten gelegt.

»Er ist tot«, sagte er. »Ich muss mir das Funkgerät ausleihen. Ich kann bei der Gelegenheit auch gleich das Mädchen untersuchen.«

»Ich bin ganz gesund«, sagte Bettina. »Ich bin nur hungrig.«

Ich überließ das Mädchen dem Arzt und begab mich zu Ehlers.

»Schmidt ist tot«, sagte ich.

Er stand da, als hätte er es nicht gehört.

»Schmidt ist tot«, wiederholte ich.

»Ja«, sagte er, als hätte er dieses Wort erst ein paar intergalaktische Universen weiter abholen müssen. »Ja, ich konnte es dem Arzt ansehen. Das entscheidet die Angelegenheit.«

Er richtete sich auf. Er war leichenblass.

»Bring mir Falk«, sagte er. »Er ist der schlechteste Schütze.«

Hinter dem Giebelfenster war es mittlerweile dunkel. Falk hockte in den Büschen und wartete.

»Du sollst zum Chef.«

»Den Teufel werde ich tun. Ich kann meinen Posten nicht verlassen. Und was ist, wenn einer von ihnen auf dieselbe gute Idee kommt, auf die du das Mädchen gebracht hast?«

»Dann bricht er sich das Bein.«

»Nicht unbedingt – wenn er in Form ist.«

»Dann werde ich eben hier bleiben.«

»Du bist nicht bewaffnet.«

»Doch.«

»*Ach*.«

Einen Augenblick später war er verschwunden – nicht einmal von einer Kugel verfolgt. Wer auch immer im Giebelzimmer gewesen war – und das musste derjenige gewesen sein, den Bettina den ›Großen‹ genannt hatte –, der Betreffende war jetzt weg.

Ich kniete mich ins Gras und zog die Pistole aus meiner Jackentasche. Es war ein merkwürdiges und ungewohntes Gefühl, sie in der Hand zu halten. Seit dem letzten Mal waren viele Jahre vergangen.

Ich sah an mir selbst hinunter und erblickte einen großen Haufen Dreck und Schlamm. Irgendwann – vielleicht in hundert Jahren oder wie lange es noch dauerte – würde man sich den angenehmen Luxus gönnen können, die Kleidung zu wechseln.

Nichts geschah. Sogar der Schusswechsel hinter dem Haus hatte aufgehört.

Plötzlich war es ganz still. Nur das entfernte Geräusch eines Autos war zu hören – wie der Klang rollender Wellen.

Kaspersen kam auf Knien zu mir hingekrochen. Auch er sah wie ein Schlammtaucher aus. Sein Schlamm war sogar bunt und lustig mit Blutflecken übersät.

»Ich habe hier die Wache«, sagte er.

Ich wünschte ihm eine gute Wacht und verschwand zu den Autos.

Der Arzt und Ehlers waren gerade dabei, Schmidt in eine Persenning zu wickeln.

»Dann sind wir uns also einig«, sagte Ehlers zu Kellermann und Falk. »Der Arzt bleibt beim Kind. Høyer und Nielsen feuern ins Haus, dass es nur so durch die Gardinen pfeift, aus allen Winkeln und wohin sie nur können, ohne eine Sekunde Pause – und wenn sie das ein paar Minuten lang gemacht haben, rücken wir drei zur Haustür vor und schlagen sie ein. Kellermann, in diesem Zusammenhang verlasse ich mich voll auf *dich.*«

»Diese Tür ist schon so gut wie Kleinholz, Chef«, sagte Kellermann vergnügt.

Und schon zündeten Høyer und Nielsen ihr gemeinsames Gala-Feuerwerk.

28

Ausgestattet mit einem Rammbock, der in *seiner* Hand wie ein zerbrechlicher Zahnstocher aussah, begann Kellermann resolut die Tür zu bearbeiten.

Sie ergab sich nur widerstrebend. Er musste sie mehrere Male rammen, bis sie sich aus ihrem Rahmen löste. Dann setzte er die Schulter ein, und wir stolperten geradezu hinein.

Aus der Diele hatten wir freie Sicht ins Wohnzimmer, wo der große Mann mit dem Rücken zu uns gewandt kniete und sinnlos aus dem Fenster auf Høyer und Nielsen feuerte. *Diese* schossen dagegen so energisch, dass ihre Chance, uns zu treffen, größer war als die, ihn zu erwischen.

Der Mann drehte sich um, ohne die Stellung zu ändern. Seine Pistole war bereit. Er hatte sie ziemlich beansprucht, aber er schien der Auffassung zu sein, dass sie auch noch für eine weitere Runde gut war.

Die bekam sie nicht – oder doch. Ehlers und Kellermann feuerten gleichzeitig, als fiele nur ein einziger Schuss, und der Mann kippte nach hinten und landete krachend auf den Fußbodenbrettern. Aus seiner Pistole löste sich dennoch ein Schuss, wie ein solidarisches Todeszucken.

Die Kugel bohrte sich in die Decke.

Wir standen in einem Raum mit abgehobelten Dielen und weiß gestrichenen Wänden und Decken, mit einem großen rustikalen Holztisch und fünf, sechs abgeschliffenen und abgelaugten Stühlen. Solide und ländlich. Unter anderen Umständen hätte es ein gemütliches kleines Haus für eine nette kleine

Familie abgeben können. Das war es bestimmt auch einmal gewesen.

Vielleicht wird es auch wieder eins werden. Danach.

Der Brocken gehörte nicht zu denjenigen, die schnell und ohne weiteres starben. Er versuchte wieder auf die Beine zu kommen. In seinem Todeskampf krampften sich sogar seine Finger noch einmal um die Pistole.

Ehlers beendete die Vorstellung mit einem gut gezielten Schuss in seine Brust.

Er bewegte sich nicht mehr.

»Das war das«, sagte Ehlers. »Dann fehlt uns nur noch einer.«

»Der liebe Carlos«, sagte ich.

»Genau.«

Im Zimmer nebenan, dem mit den hermetisch verschlossenen Fensterläden, befand sich keine Seele. Der Staub lag fingerdick auf dem Fußboden und verriet, dass es einige Zeit her war, dass überhaupt irgendjemand diesen Raum betreten hatte. Im Mittelalter vielleicht.

»Oben«, sagte Ehlers.

Die ganze Zeit hatten Høyer und Nielsen weiter geschossen. Ein Schuss nach dem anderen bohrte sich in die Wände. Auf einen eventuellen zukünftigen Bewohner würden umfassende Instandsetzungskosten zukommen.

Eine kleine Treppe führte zu dem Zimmer im Obergeschoss hinauf, in dem Bettina eingesperrt worden war. Anscheinend gab es keine anderen Zimmer, aber wir hatten keine Gelegenheit, uns näher umzusehen. Eine Kugel wurde durch das Schlüsselloch auf uns abgefeuert, direkt gefolgt von ihrer kleinen Schwester und ein paar kleineren Geschwistern.

Wir stiegen wieder hinunter.

Ehlers brüllte.

»Kommen Sie raus und ergeben Sie sich!«, rief er mit einer Stimme, als wäre er der Oberkommandierende und seine Worte ein militärischer Befehl. »Sie sind jetzt alleine. Sie sind erledigt!«

Die Antwort bestand aus einem weiteren Schuss. Carlos Giacometti hatte nicht vor, sich zu ergeben.

»Wissen Sie nicht, dass wir in Dänemark keine Todesstrafe haben?«, fragte Ehlers plötzlich ganz freundlich – mit derselben unverschämten herablassenden Freundlichkeit, mit der auch ein Psychiater einen Psychopathen anspricht.

Der Kugelhagel ließ für einen Augenblick nach, als ob der Mann ins Nachdenken gekommen wäre. Einsam und desperat wie er war, dachte er vielleicht daran, dass er in zwanzig Jahren – im günstigsten Fall – wieder einen Spaziergang im Grünen machen konnte. Vielleicht dachte er, dass er immer noch eine Zukunft hatte, wenn er sich jetzt ergab.

Vielleicht hatte er auch jeglichen Gedanken an eine Zukunft aufgegeben.

»Bring mir Høyer und Nielsen«, wies mich Ehlers über seine Schulter an.

Der kleine, tüchtige Botenjunge der Polizei gehorchte. Ich ging zwischen den Resten der Haustür hindurch ins Freie und begab mich um das Haus herum zu den nach wie vor unermüdlich feuernden Bullen.

»Schaltet ruhig den Strom ab«, sagte ich. »Der Große ist so tot, wie man nur sein kann, und der andere hat sich im ersten Stock verschanzt. Ehlers will euch im Haus haben.«

»Wie geht es Schmidt?«, fragte Nielsen, während er aufstand und sich einen Sack Erde von den Hosen klopfte.

»Wusstet ihr das nicht?«, fragte ich dumm. »Er ist tot.«

Høyer sah aus, als hätte er eigentlich gerne gesagt, dass irgendjemand dafür bezahlen müsse, aber er sagte nichts. Es war auch nicht notwendig. Sein ganzes Gesicht strahlte Rachedurst aus.

Nielsen weinte, still für sich, ohne einen Laut, während der Regen aufmerksam seine Tränen abwischte.

»Sie waren Freunde«, flüsterte Høyer mir zu.

Er griff Nielsen unter den Arm.

Als wir auf die Vorderseite zurückgekehrt waren, kam der Arzt – Bettina vertraulich an der Hand haltend – auf uns zu.

»Wie läuft es?«, fragte er.

»Es liegt eine Leiche im Wohnzimmer«, sagte ich. »Sie können sie gerne haben.«

»Die dritte an diesem Abend«, stellte der Arzt lakonisch fest. »Wer ist es?«

»Der Große.«

»Der mich *geschlagen* hat? Ist er *echt* tot?«, fragte Bettina, während sie begeistert neben dem Arzt auf und ab hüpfte.

»Ja«, sagte ich. »Ganz echt.«

»*Das* ist gut«, sagte sie.

Kind müsste man sein, damit man die Dinge auf diese Weise sehen könnte. Er war tot, und das war auch gut so. Es war genau das, wofür *er* sich am besten eignete.

Erwachsene haben diese Eigenschaft, solche Dinge unnötig zu verkomplizieren.

»Ich werde es wohl besser offiziell feststellen«, sagte der Arzt. »*Ich* muss ja schließlich das Attest unterschreiben.«

Unentschlossen betrachtete er das kleine Mädchen.

»Ich will mitkommen und zugucken!«, sagte sie.

»Das ist nichts für dich«, antwortete der Arzt.

»Do-hoch!«, verkündete sie. »Ich bin nicht mehr klein!«

Am Fuß der Treppe standen Ehlers, Kellermann und Falk nach wie vor unbeweglich da, als wir uns ihnen anschlossen. Wir waren ein regelrechter Menschenauflauf. Sechs Männer, die am Fuße einer Treppe standen und zu einer Tür hinaufstarrten, hinter der sich ein Verrückter befand und hin und wieder als kleines Andenken durch das Schlüsselloch schoss.

»Wir können warten«, sagte Ehlers. »Wir können aufräumen und warten. Früher oder später kommt er raus – er hat keine anderen Möglichkeiten. Oder er stirbt den Hungertod.«

»Wir könnten anrufen und uns eine Ladung Gas kommen lassen«, schlug Høyer vor.

»Das *könnten* wir. Wir können auch einfach warten. Das ist einfacher.«

»Er hat Schmidt erschossen«, sagte Nielsen. Seine Stimme war tonlos wie ein telefonischer Weckdienst. »Warum erschießen wir ihn nicht einfach?«

»Ganz meine Meinung«, sagte Kellermann herzlich.

»Das *können* wir nicht«, sagte Ehlers mit Autorität. »Wir müssen ihn lebend fassen, wenn wir können.«

»Wenn wir ihn direkt angreifen«, sagte Høyer, der ansonsten so schweigsame Mann, »muss er schon ein verdammt schlechter Schütze sein, wenn er nicht zwei von uns mitnimmt – die beiden, die zuerst reingehen.«

»Was schlägst du vor?«

Es war Ehlers, der um Rat fragte.

»Ich schlage vor«, sagte Høyer, »dass wir den Ratten Rattenpulver zu fressen geben – dafür ist es schließlich da. Ich schlage vor, dass wir alle zusammen – vorausgesetzt, dass wir genug Munition dafür haben – so lange auf diese Tür schießen, bis sie weg ist. Und wenn sie weg ist, schlage ich vor, dass wir alle zusammen so lange auf *ihn* schießen, bis er weg ist.«

Kellermann nickte zustimmend. Nielsen nickte zustimmend. Falk schien sich nicht mit der Idee anfreunden zu können. Ehlers grübelte. *Er* hatte die Verantwortung und würde den Bericht unterschreiben müssen.

Im selben Augenblick kam der Arzt, flüsterte ihm etwas zu und nahm ihn mit.

Wir anderen fünf blieben stehen. Hin und wieder kam ein Schuss von der Tür, aber wir zuckten wegen dieser Kugeln nicht einmal mehr mit den Füßen. Es ist schwer, durch ein Schlüsselloch eine Treppe hinunterzuschießen. Es ist praktisch sinnlos.

Wie so vieles andere im Leben.

Wir warteten. Es vergingen vielleicht fünf Minuten.

Dann kam Ehlers zurück, kreidebleich im Gesicht. Er sah aus wie jemand, der etwas gesehen hatte, was ein Mensch niemals sehen sollte, wie einer, der sehenden Auges quer durch die Hölle gegangen ist. Die Blässe legte eine theatralische Maske über sein rotwangiges Gesicht. Sogar sein zerzauster Bart schien – wie durch eine optische Täuschung – weiß zu sein.

»Du hast Recht, Høyer«, sagte er. »Also macht euch fertig, und dann machen wir ihn fertig.«

Solchermaßen begann die merkwürdigste Exekution, der ich je beigewohnt habe. Sie war langsam, qualvoll langsam, und gerade deshalb so nervenaufreibend. Als würde man einen Menschen Schritt für Schritt zum Schafott hinaufgehen sehen.

Wie bei einer Übung hoben wir alle sechs gleichzeitig unsere Pistolen und schossen auf die Tür.

Die Kugeln blieben darin stecken, aber sie inspirierten Giacometti dazu, noch einen Schuss zu verschwenden.

Wir feuerten noch einmal.

Und noch einmal.

Und noch einmal.

Und noch einmal.

Selbst für einen mittelmäßigen Schützen ohne olympische Medaillenchancen wäre es ein Problem, eine Tür nicht zu treffen. Sie *musste* nachgeben. Es gibt Grenzen dafür, wie viele Kugeln eine Tür aushalten kann. Wir waren drauf und dran, sie – im wahrsten Sinne des Wortes – aus der Fassung zu bringen.

In einer kurzen Pause, während wir nachluden, konnten wir hören, dass Kaspersen uns unterstützte, indem er von seinem Posten aus pausenlos durch das Fenster hineinschoss.

Es konnte sich nur noch um Minuten handeln, bis eine unserer Kugeln Carlos Giacometti traf.

Niemand würde sehen können, von wem sie kam. Das war auch nicht entscheidend.

Die obere Hälfte der Tür verschwand nach einer

weiteren Salve. Wir hatten freie Aussicht auf Giacometti. Mit dem linken Arm hielt er seinen rechten, an dem er offenbar getroffen war. Die Pistole war zu Boden gefallen.

»Ich ergebe mich«, sagte er.

Er stolperte unsicher bis ganz zur Tür und öffnete die Hälfte, die man noch öffnen konnte. Er hatte nicht nur Blut auf dem Arm, sondern auch auf seinen Beinkleidern. Mindestens zwei unserer Schüsse waren durch die Tür hindurchgegangen.

»Hände hoch!«, sagte Ehlers.

Carlos hob den Arm, den er heben *konnte*.

Und Ehlers schoss.

Allein.

Er traf, wo er treffen musste. Carlos purzelte die Treppe hinunter und landete wie ein Haufen Schmutzwäsche vor unseren Füßen – immer noch mit einem erstaunten Gesichtsausdruck, als ob er zwar mit einigem gerechnet hätte, aber das …

Die Polizisten waren beinahe ebenso verblüfft.

Nach zwei Schweigeminuten sagte Kellermann.

»Warum hast du das getan, Chef? Er hatte sich ergeben.«

Ehlers seufzte tief und sah mit geschlossenen Augen ins Nichts hinaus. Dann sagte er, als ob ihm das Sprechen wehtäte, mit einem biblischen Pondus:

»Geht mit dem Arzt hinter das Haus und schaut in die Mülltonne. Wenn ihr gesehen habt, was ich gesehen habe, dann werdet ihr mir keine Vorwürfe machen.«

Er blieb stehen und starrte verbittert auf Carlos Giacomettis Leiche, während wir in die Dunkelheit hinaustaumelten, hinaus aus dem dichten Pulverrauch. Jetzt gab es, zum ersten Mal an diesem

Abend, keine einzige Pistole, die unbedingt noch etwas loswerden wollte.

29

Hinter dem Haus stand der Arzt mit einem Bündel, das in ein Laken eingewickelt worden war. Er war weiß im Gesicht. Seine Augen glühten vor lauter aufgestauter Wut wie Pistolenläufe.

Das Bündel war ein Kind. Ein totes Kind, das einer grotesk verdrehten Puppe ähnelte. Der Kopf hing hinunter, wie bei einem toten Vogel.

Barbara.

Bettina betrachtete sie mit großen, verschreckten Augen.

»Schafft das Kind weg, einer von euch!«, fauchte er.

»Ist sie – sehr krank?«, fragte Bettina.

»Ja.«

»Ist sie – tot?«

»Ja.«

»Die Ärmste.«

»Ja.«

Falk brachte sie fort.

Wir anderen standen da, fünf Mann hoch, und betrachteten den kleinen Leib – das kleine, abgeschnittene Leben. Rein instinktiv ballten wir die Hände zu Fäusten.

»Warum haben sie – das getan?«, fragte Kaspersen, ohne jemanden direkt anzureden.

»Entweder waren sie wirklich geisteskrank, oder

sie hatten Angst, entdeckt zu werden«, sagte Høyer schwerfällig. »Jetzt verstehe ich besser, warum sie sich nicht ergeben haben. Sie wären ohnehin nie davongekommen. Der beste Strafverteidiger Europas hätte sie nicht mehr retten können.«

»Es ist besser so, wie es jetzt ist«, sagte Ehlers, der in diesem Augenblick dazukam. »Nettes Verfahren, das hier. Alles klipp und klar. Keine Gerichtsverhandlung. Keine Anwälte. Eingestellt und mit einer roten Schleife zu den Akten gelegt. Wir sind fertig. *Vollkommen* fertig.«

Der Arzt schüttelte den Kopf, als ob er einfach nur einmal spüren wollte, dass er ihn noch hatte.

»*Vier* Leichen!«, sagte er nur.

»Fünf«, korrigierte Ehlers. »Drei Gangster, ein Polizist – und sie hier.«

Er hatte die Kontrolle über sich wieder zurückgewonnen. Er sah nur noch unendlich traurig aus.

»Sie ist zweifellos erschossen worden«, sagte der Arzt. »Sie war sofort tot.«

»Ein schwacher Trost«, sagte Ehlers.

»Ich habe das nicht als Trost gemeint«, sagte der Arzt trocken. »Den gibt es nicht. Es ist schon eine Weile her. Vor ein bis zwei Tagen.«

»Bevor sie die Zweite entführt haben«, sagte Ehlers. »Das hat irgendetwas zu bedeuten.«

»Aber es gibt irgendwie niemanden mehr, den man fragen könnte«, bemerkte Høyer praktisch. »Wollen wir nicht langsam mal aufräumen?«

»Doch«, sagte Ehlers.

»Wir brauchen einen großen Leichenwagen«, sagte der Arzt. »Ruft für mich im Krankenhaus an.«

In der Dunkelheit und dem ausdauernd fallenden Regen gingen wir durch den Schlamm in das Haus zurück, das immer noch nach Pulverdampf stank. Eine nach der anderen sammelten wir die Leichen ein und legten sie über die abgetakelten Stühle. Der Große war beinahe zu schwer für sie.

Die Polizisten schnüffelten herum. Es sah nicht so aus, als ob einer von ihnen irgendetwas Nennenswertes gefunden hätte.

Eine Viertelstunde später traf der Leichenwagen ein. Wir begannen, tote Verbrecher hinüberzuschleppen.

»Was zum Teufel ist denn hier passiert?«, fragte der Fahrer, ein langer, dünner, rothaariger Mann, dessen Knochen vor lauter Neugier aus der Haut herauszudrängen schienen. »Das ist ja das reinste Massaker!«

»Es kommen noch mehr«, sagte Kellermann nur.

Zu guter Letzt hatten wir sie in Reih und Glied hineingelegt. Schmidt war immer noch in seine Persenning gewickelt, das Mädchen in ihr Laken. Bei den anderen hatte niemand daran gedacht, sie zuzudecken.

Als der Leichenwagen und der Arzt gefahren waren, atmeten alle erleichtert auf.

»Das ist das Schlimmste, was ich bisher durchgemacht habe«, sagte Falk. Er wischte sich entweder Tränen oder das Regenwasser aus dem Gesicht.

»Erinnert mich an den Krieg«, bemerkte Høyer harsch. »War einmal mit dabei, als drei Gestapo-Leute auf dieselbe Art erledigt wurden.«

Ehlers nickte. »Daran habe ich auch gedacht.«

Eine Eule heulte laut und klagend, als würde sie ein Begräbnislied für die Verstorbenen singen.

Ehlers wurde wieder praktisch. Er war trotz allem im Dienst.

»Kaspersen und Falk, ihr fahrt Bettina nach Hause und erklärt dort, was geschehen ist – ohne allzu viele Details. Danach zurück zur Wache. Kellermann, Nielsen, Høyer – ihr fahrt nach Hause. Vergesst die Berichte bis auf weiteres. Ich weiß nicht, ob du«, er ließ seine Augen zu mir herüberwandern, »zum Søbakkevej mitkommen möchtest, um die Witwe über ihren – Verlust zu benachrichtigen?«

Es war nicht gerade das, wozu ich mich am meisten aufgelegt fühlte, aber der Korpsgeist wirkte immer noch nach. Wir stiegen zusammen mit Bettina, Kaspersen und Falk in einen Wagen und winkten den anderen zum Abschied.

Als wir von dem kleinen, roten, zerschossenen Haus auf die Straße einbogen, schienen wir uns dort eine Ewigkeit aufgehalten zu haben.

Die kleine Bettina weinte leise vor sich hin. Jetzt, wo die Spannung nachgelassen hatte und alles überstanden war, setzte die Reaktion ein. In den nächsten Tagen würde sie sehr viel Geborgenheit brauchen. Sie hatte viel durchgemacht – *zu viel*. Vielleicht, wenn es stimmte, was die Psychiater sagen, würde sie dieser Abend für den Rest ihres Lebens nicht mehr verlassen.

In dem Fall würde sie das Schicksal von uns Erwachsenen teilen.

Ehlers und ich wurden an der Ecke zum Søbakkevej abgesetzt. Wir gingen den Weg mit der Marschgeschwindigkeit einer gichtgeplagten, pensionierten Schnecke hinunter. Die Aufgabe, die uns bevorstand, war nicht gerade eine, auf die man sich hüpfend und tanzend zubewegte.

Am Ende konnten wir nicht vermeiden, dass wir vor Nr. 13 standen. Wir klingelten widerstrebend.

Das Mädchen öffnete die Tür und ließ uns ein. Sie hatte einen Hausmantel über ihr Nachthemd geworfen und sah vollkommen verstört aus. Ihre Haare flatterten wild in alle Richtungen, ihre Zähne klapperten, und ihre Augen waren gleichzeitig geschwollen und erloschen, als hätte sie sie sich stundenlang gerieben.

»Wie gut, dass Sie gekommen sind!«, sagte sie mit bebender Stimme. »Ich wusste nicht, was ich noch hätte tun sollen!«

»Was ist passiert?«, fragte Ehlers und ergriff sie fest am Arm, als ob er sie damit beruhigen wollte.

»Es ist die gnädige Frau … Kommen Sie mit.«

Das junge Ding war hysterisch.

Sie hatte auch allen Grund dazu. Im inzwischen so wohl bekannten Salon – der jetzt ein bisschen weniger Salon war, nachdem wir durch ihn hindurchgetrampelt waren und den Regen, das Blut und den Schlamm eines ganzen Abends mitgebracht hatten – hing Veronica Wool nach wie vor in der Sofaecke. Sie atmete mit einem unregelmäßigen, stockenden Röcheln, das immer wieder wie ein alter Automotor mit einem knirschenden Geräusch absoff. Vor ihr stand ein Pillenfläschchen – leer.

Ehlers starrte auf das Etikett.

»Schlaftabletten, ja. Stark? Hm.«

Er wandte sich an das Mädchen:

»Rufen Sie sofort einen Arzt. Oder vielleicht doch nicht – lassen Sie mich das machen.«

Er griff nach dem Telefon.

Währenddessen schlief Veronica Wool weiter, mit einem Geräusch, das zwischen Schnarchen, Pfeifen und Röcheln schwankte. Es war kein schönes Geräusch. Erst recht nicht schön, wenn man damit in den Tod hinüberschlummerte – ebenso wenig wie es das Pfeifen von Pistolenkugeln ist.

Alle sollten zu Orgelmusik sterben.

Ehlers tat, was ich früher am Tag – unter anderen Umständen – auch schon gemacht hatte. Er wickelte nasse Handtücher um ihre Stirn und ihr Haar. Er ließ Kaffee kochen. Er setzte sich neben sie und musterte sie aufmerksam und unverwandt.

Ich ging zur Anrichte hinüber und versorgte mich mit einem Whisky. Von den vielen tausenden einer, den ich am dringendsten nötig hatte.

Auch Ehlers bekam einen. Wahrscheinlich dachte er ungefähr dasselbe. Jedenfalls dachte er unverkennbar nach, gründlich sogar. Die Falten auf seiner Stirn sahen aus, als wären sie eingraviert.

Es dauerte nur eine Viertelstunde, bis Dr. Bang eintraf, der aufmerksamerweise eine grünäugige Krankenschwester mitgebracht hatte. Er erfasste die Situation blitzschnell.

»Selbstmordversuch?«, fragte er.

Ehlers zuckte mit den Schultern.

»Geh zur Seite«, sagte Bang.

Er maß ihren Puls und horchte sie lange ab.

»Sie wird durchkommen«, sagte er. »Jedenfalls hat sie gute Chancen. Zum Glück hat sie eine gute Konstitution. Solide gebaut.«

»Wann kannst du sie zum Sprechen bringen?«

»Auf keinen Fall vor morgen Früh. Komm, wir sollten sie besser richtig hinlegen.«

Wir legten sie hin. Mir kam es langsam so vor, als würden wir den größten Teil unserer Zeit damit verbringen, Leute durch die Gegend zu tragen.

»Ihr könnt genauso gut abhauen«, sagte Dr. Bang

mit einer Handbewegung, die alle Einwände wegwischte, »ich bleibe noch ein Weilchen hier, und dann übernimmt Alice für den Rest der Nacht, nicht wahr, Alice?«

Die grünäugige Alice nickte professionell zustimmend und öffnete den Arztkoffer.

Ehlers telefonierte nach einem Wagen. Zehn Minuten später waren wir wieder draußen und auf dem Weg in die Stadt. Nur ein Auto unter hunderten, aber das einzige, dessen Insassen gesehen hatten, was *wir* gesehen hatten.

Am Halmtorvet, wo Ehlers ausstieg, gaben wir uns wortlos die Hand.

Ich fuhr weiter bis zum Bladet. Ich war tief in meine eigenen Gedanken versunken. Wenn sie überhaupt meine eigenen waren – und überhaupt Gedanken genannt werden konnten.

»Wir kommen hier nicht weiter, mein Herr«, sagte der Fahrer. »Die Straße ist gesperrt.«

Ich wachte auf und sah, dass wir bis zum letzten Teilstück der Vesterbrogade vor dem Rådhusplads gekommen waren. Ich konnte sehen, warum es nicht weiterging.

Anscheinend war in Kopenhagen, Innenstadt, der Bürgerkrieg ausgebrochen. Die Szene erinnerte zum Verwechseln an die Ereignisse, die ich letztens in Christianshavn gesehen hatte. Hunderte, ja, tausende von Menschen wogten in einer einzigen Masse hin und her und schrien und brüllten, manche von ihnen mit hoch erhobener Bierflasche. Uniformierte Polizisten versuchten – ziemlich vergeblich – Ruhe und Ordnung aufrechtzuerhalten. Es sah aus, als würde die Stadt Amok laufen.

›We are red, we are white, we are Danish dynamite!‹, riefen die Volksmassen. ›We are red, we are white, we are Danish dynamite!‹

»Was ist passiert?«, fragte ich den Fahrer. »Ist die Revolution ausgebrochen? Bei Regenwetter?«

»Nein«, sagte er. »Aber wir haben das Fußball-Länderspiel gegen Spanien mit 3:1 gewonnen, und das feiern sie jetzt. Haben Sie nichts davon gehört?«

Nein, davon hatte ich nichts gehört. Ich sei, so erklärte ich ihm, an diesem Abend sehr beschäftigt gewesen.

Es kostete mich zusätzliche zwanzig Minuten meines einzigen Lebens, mich durch die Menge zum Bladet hindurchzudrängeln. Hier und dort hinterließ ich ein paar blaue Flecken als Souvenirs.

30

Der Dienst habende Redakteur musterte mich von oben bis unten.

»Was zum Teufel hast du denn getrieben?«, fragte er mit beinahe ehrfürchtigem Respekt.

»Ach, nichts«, sagte ich bescheiden. »Nur ein kleinerer Krieg. Heimwehrübung. Nichts Nennenswertes. Ist Otzen da?«

»Ja. Ist er das nicht immer?«

Ich setzte meinen Weg fort. Gerade wollte ich Michelsen anfauchen, als mir aufging, dass es selbst diese bescheidene Gelegenheit zum harmlosen Zeitvertreib nicht mehr gab. Es starben – grob gesagt – zurzeit zu viele Menschen.

»Wir haben gewonnen!«, brüllte ein Sportreporter

im Siegestaumel, während er ausnahmsweise wie ein Sportsmann durch den Flur lief. »*Wir* haben gewonnen!«

Er schlug mir begeistert auf die Schulter. Er sah nicht ganz so begeistert aus, als er die Hand wieder zurückzog.

»Herzlichen Glückwunsch«, antwortete ich.

Auf einer der Herrentoiletten des Bladet gelang es mir, mich ein bisschen präsentabler zu gestalten. Definitiv nur ein *bisschen*.

Dann ging ich zu Otzen hinein, mit einer durchnässten Zigarette gegen seine dicke Wolke aus Zigarrenrauch gewappnet.

»Na, endlich«, brummte er, als er mich sah. »Hast du etwas?«

»Genug für einen Sonderteil«, antwortete ich. »Praktisch für eine ganze Beilage: Feuergefecht zwischen der Polizei und Gangstern. Drei Gangster und ein Polizist erschossen. Ein entführtes Kind ermordet und eines befreit und nach Hause geschickt. Reicht das?«

Er sah mich einen Augenblick lang anklagend an, als wollte er sagen, dass man mit so etwas keine Scherze treibe, Zeitungsnachrichten seien eine ernsthafte Angelegenheit. Dann bemerkte er meinen Gesichtsausdruck und bremste sich. Ausnahmsweise einmal musste ich überzeugend ausgesehen haben.

»Schreib!«, sagte er nur. »Schreib, bis die Tasten brechen, und dann lässt du dir eine neue Schreibmaschine bringen.«

»Wo?«

»Nimm Lenes Büro. Was für ein Abend! Hast du die Leute draußen gesehen?«

Er deutete auf den Rådhusplads hinaus.

»Ja«, antwortete ich. »Ich habe sie gesehen. Ich habe auch Schlimmeres gesehen. Aus irgendeinem Grund kann ich mich nicht besonders für eine Lederkugel zwischen ein paar Holzstangen begeistern – jedenfalls nicht im Augenblick. Du musst schon entschuldigen. Ich werde versuchen, ob ich nicht morgen oder übermorgen vor lauter Begeisterung ganz außer Rand und Band sein kann.«

»O. K. Ich verstehe«, sagte er.

Das Seltsame an Chefredakteur Otzens Temperament besteht darin, dass man nicht ganz ausschließen kann, dass er es wirklich verstand.

»Es liegen ein paar Mitteilungen für dich unten in Lenes Büro«, fügte er hinzu.

Ich ging hinunter und sah den Papieren auf dem Tisch sogleich an, dass Lene heute ›gefüllte Paprikaschoten‹ mit ›spannendem, fremdartigem, exotisch gewürztem Lammgehackten‹ zubereitet hatte. Dem würden morgen Abend also viele kleine, arglose Familien ausgesetzt werden.

Es gab tatsächlich drei Telefonnotizen – eine von 21.00 Uhr, eine von 22.00 Uhr und eine von 23.00 Uhr. Sie lauteten alle gleichermaßen: Ruf so schnell wie möglich Gitte Bristol an.

Ich rief an. Es war besetzt.

Ich begann meinen Artikel zu schreiben. Es war eine der dreckigsten Storys, die ich je geschrieben hatte, und das will etwas heißen. Allein der liebe Gott – oder sein Chef vom Dienst – weiß, welchen perversen Instinkten des Menschen es zu verdanken ist, dass man von solchen Storys leben kann – oder zumindest überleben kann.

Na, ja. Das war nicht mein Problem. Es war ein

Thema für den psychologischen Kummerkasten des Bladet.

Als ich die unbegrenzten Material-Mengen von menschlichen Schweinereien, die zu meiner unbeschränkten journalistischen Verfügung standen, einigermaßen in den Griff bekommen hatte, versuchte ich erneut Gitte anzurufen. Dieses Mal glückte es.

»Wo bist du bloß gewesen?«, fragte sie. Sie klang gleichzeitig besorgt und ein *bisschen* sauer.

»Das ist eine längere Geschichte«, sagte ich. »Eigentlich eine unendlich lange Geschichte. In ihr kommen fünf Todesfälle vor, und ich werde dir alles darüber erzählen, wenn ich meine Seelenruhe halbwegs wiedergefunden habe – in zwei oder drei Jahren.«

»Oh. Stand das in Verbindung mit dem – worum du mich gebeten hast?«

»In höchstem Grade.«

»Ich habe es herausgefunden. Es war ein Zeugen-Testament. Mein Vater hat den Anwalt ausfindig gemacht, der die Angelegenheit bearbeitet hat – über vertrauliche Kanäle.«

»Das war nett von deinem Vater.«

»Er ist ein guter Vater.«

»Das glaube ich gerne. Du solltest es wissen. Du kannst es schließlich aus erster Hand bezeugen.«

»Ich sollte mich besser beeilen. Das Testament war – äußerst ungewöhnlich, wie mein Vater es ausdrückte. Es handelte sich um einen großen Betrag – *sehr* groß, aber er konnte keine Zahlen nennen. Das macht doch nichts, oder?«

»Nichts von Belang. Was besagte es?«

»In den wesentlichen Zügen lautete es so: Eine Menge Papiere, Fonds, Kaufbriefe und Pfandbriefe sollten von Manuel Thomsen verwaltet werden und der Witwe sowie später auch dem Kind einen runden Betrag als feste monatliche Rendite sichern. Sie durften ohne Manuel Thomsens Einverständnis *nicht* verkauft werden.«

»Das waren seine Besitztümer?«

»Feste Geldanlagen.«

»Ausgezeichnet. Sprich weiter.«

Ich machte mir Notizen.

»Das Barvermögen sollte – genau wie die festen Geldanlagen – aufgeteilt werden. 50 % für die Witwe und 50 % für das Kind, auszubezahlen, wenn sie volljährig wird.«

»Von wem?«

»Genau das ist das Ungewöhnliche daran. Normalerweise würde man ganz selbstverständlich davon ausgehen, dass in einem solchen Testament die Mutter als Vormund eingesetzt wird – aber in diesem Fall ist es wieder Manuel Thomsen.«

»Ist das legal?«

»Natürlich. Es ist einfach nur selten.«

»Er scheint wohl nicht besonders viel Vertrauen zu ihr gehabt zu haben?«

»So könnte man es durchaus interpretieren. Ein misstrauischer Anwalt würde es jedenfalls tun.«

»Stand da noch mehr?«

»Eine Pension auf Lebenszeit für seine alte Mutter. Und dann noch eine ungewöhnliche Bestimmung: Die Witwe wird darum gebeten – beinahe dazu gezwungen –, nicht umzuziehen. Er wollte unbedingt, dass seine Tochter im Haus ihrer Kindheit aufwächst.«

»Wie rührend! Der Junge aus dem Slum, der selbst in der Istedgade geboren worden ist, der Vesterbro dreißig Jahre lang terrorisiert und die Hälfte der jungen Mädchen aus dem Stadtteil zu Prostituierten gemacht hat – *er* wollte sichergehen, dass seine *eigene* Tochter in einem Palais in einer Vorstadtidylle aufwächst?«

»Ja ... So *sind* die Menschen wohl.«

»Einige von ihnen. Noch etwas?«

»Nein. Doch.«

»Was?«

»In Kürze holt mich ein Krankenwagen hier ab.«

»Warum hast du das nicht gleich gesagt?«

»Du kannst doch sowieso nichts tun, oder? Es könnte aber sein, dass du in der anderen Angelegenheit etwas tun kannst.«

Dieses Mädchen war und blieb eine unbeirrbare, beinharte Logikerin. Ich verstand immer besser, warum sie Rechtsanwältin geworden war.

»Bist du sicher, dass es jetzt so weit ist?«

»Ich kann nicht sicher sein. Ich habe es vorher noch nie ausprobiert – ich habe keinen Präzedenzfall. Aber ich *glaube* es – falls es so etwas geben sollte wie weiblichen Instinkt. Ruf das Rigshospital an oder fahr dorthin, wenn du so lange meine Hand halten möchtest.«

»So schnell ich kann.«

»Jetzt kommen sie. Ich kann hören, wie sie die Treppen heraufkommen.«

»Ich komme, sobald ich kann. Nur noch eine Sache, und entschuldige bitte, dass ich jetzt noch danach frage, aber es kann über Leben und Tod entscheiden. Sag mir – dieses Testament –, wenn nun das Kind sterben würde?«

»Dann würde – gemäß dem Erbrecht – die Mutter alles erben. Für diesen Fall ist nicht vorgesorgt.«

»Alles?«

»Alles.«

Es klingelte laut und offiziell an ihrer Tür. Sie flüsterte ein ›Auf Wiedersehen, Liebster‹ und legte den Hörer auf.

Ich massierte gründlich meinen Nacken und die Stirn. Ich schwitzte im September bei Regenwetter. Ich brauchte einen Drink.

Ich ging in die Kantine hinunter und holte mir ein Porter, das Stärkste, was das Bladet – dank eines unerhörten Kooperationsabkommens mit der Personalabteilung – zum käuflichen Erwerb während der Arbeitszeit zulässt. Längst nicht stark genug, aber die einzige Möglichkeit.

Dann rief ich Ehlers an.

»Hör zu«, sagte ich, »ich weiß, dass du beschäftigt bist, aber …«

»Beschäftigt?«, sagte er. »Überhaupt nicht, nicht im Geringsten. Ich weiß gar nicht, wie du auf diese Idee gekommen bist. Ich habe nur Arbeit für drei Tage und eine halbe Nacht, um sie zu erledigen. Gar nicht der Rede wert.«

»Genau deswegen rufe ich an«, sagte ich. »Weißt du, mit dem Testament des ›Dünnen‹ ist es folgendermaßen bestellt …«

Als ich meine kleinen Notizen vorgelesen hatte, war am anderen Ende der Leitung nachdenkliches Schweigen eingetreten.

»Ach so«, sagte er.

»Und da dachte ich«, fügte ich hinzu, »an diese Schreibmaschine – die du gestern Abend vergessen hattest.«

»Ich hatte sie nicht vergessen. Ich hatte sie nur unbeachtet gelassen.«

»O. K. … Diese Schreibmaschine, die du *nicht* vergessen hattest, wollte ich sagen – die kann ja auf verschiedene Art und Weise interpretiert werden.«

»Der Groschen ist gefallen. Schreibst du morgen alles?«

»Über das Feuergefecht und was wir – gefunden haben.«

»Nicht Veronicas Selbstmordversuch?«

»Nein. Zum einen wäre es taktlos, zum anderen haben wir auch so genug. Es gab ja auch noch ein Fußball-Länderspiel.«

»Glaubst du etwa, ich hätte davon nichts mitbekommen? Es gibt so viele Menschenaufläufe in der ganzen Stadt, dass es auf der Wache praktisch niemanden gibt, der die Zeit hat, sich mit einem halben Dutzend armseliger Morde zu befassen!«

»Die Leichen werden schon nicht weglaufen.«

»Was du nicht sagst. Hoppla – warte einen Augenblick!«

Er nahm einen anderen Anruf entgegen und sagte einmal ein müdes, monotones ›ja‹. Als er das zweite Mal ›ja‹ sagte, klang er direkt erregt, wie ein Starlett, das ein größeres Angebot aus Hollywood bekommen hat.«

»Komme sofort«, sagte er und legte auf.

Dann wandte er sich wieder *meinem* Hörer zu.

»Das war Bang«, sagte er. »Er hat ihr den Magen ausgepumpt. Er hat sie wieder zum Leben erweckt. Er hatte nicht erwartet, dass es so schnell gehen könnte, aber er sagte, dass sie stark wie ein Pferd sei – mindestens eins. Sie kann reden – wenn sie will. Ich fahre in zehn Minuten hin.«

Das Letzte war eine Frage – obwohl er es nicht so formuliert hatte.

»Bei Gitte haben die Wehen eingesetzt«, sagte ich. »Glaubt sie.«

»Das kann noch Stunden dauern«, sagte Ehlers. »*Du* bist nicht der Geburtshelfer. Und es gibt ein Telefon im Søbakkevej.«

Ich schwankte, wie ich seit nahezu zwanzig Jahren nicht mehr geschwankt hatte.

Dann sagte ich ihm, dass ich in zwanzig Minuten auf der Wache sein würde, falls er so lange warten könne.

Das konnte er. Bang würde bei Veronica bleiben, bis wir eintrafen.

Ich trank mein Porter aus, schrieb meinen Artikel und lieferte ihn ab, rief im Rigshospital an und bekam zu hören, dass die ›Patientin‹ immer noch nicht ›aufgenommen‹ sei – und verschwand in die Nacht hinaus, in den brodelnden Wahnsinn der nächtlichen Stadt, wo die irrwitzigsten Dinge geschahen – nebeneinander und zur selben Zeit.

›We are red, we are white, we are Danish dynamite!‹, klang es immer noch.

Aber die Menschenmenge hatte sich gelichtet.

31

Dieses Mal sah Louise Rasmussen ein wenig ruhiger aus, als sie uns einließ. Das Schlimmste war trotz allem überstanden.

Glaubte *sie*.

Veronica Wool saß aufrecht in ihrem Sofa. Sie war wach und hatte ihre Augen geöffnet, schien aber gleichzeitig ganz weit weg in irgendwelchen Träumen versunken. Sie hatte diese fernen Augen, die man ansonsten nur bei Drogenabhängigen sieht – Augen, die ganz woanders hinsehen als in die Richtung, in die sie blicken, Augen, denen niemand folgen kann, da sie sich nach innen wenden.

Dr. Bang saß vornübergebeugt auf einem der Stühle. Als wir eintraten, zog er sich ohne ein Wort in den hinteren Teil des Wohnzimmers zurück und machte sich unsichtbar, wie ein Narkosespezialist, der die Szene großzügig einem Spezialisten der Chirurgie überlässt.

Die grünäugige Alice war nicht in Sicht.

»Tja, gnädige Frau«, sagte Ehlers forsch. »Ich glaube, Sie schulden uns eine Erklärung.«

Sie zog ihren schwarzen Schal enger um sich zusammen. Sie trug immer noch dasselbe bordeauxrote Kleid.

»Was gibt es denn da zu erklären?«, fragte sie. Sie sprach, als würden sich nicht nur ihre Augen, sondern auch ihre Stimme in einem anderen Universum aufhalten.

»Ihre Rolle bei der Entführung ihrer Tochter«, sagte Ehlers bissig.

»Aber … Ich verstehe nicht …«

»Barbara ist tot«, sagte Ehlers brutal.

»Das – kann – nicht – *sein*«, antwortete sie, langsam und traumwandlerisch, als hätte sie unfreiwillig die Hauptrolle in Lady Macbeths Wahnsinnsszene übernommen.

»Carlos Giacometti ist tot«, fuhr Ehlers fort, als würde er mit dem Finger die Kugeln eines Abakus abzählen. »Und seine vier Mitarbeiter sind tot – einer nach dem anderen.«

Dieses Mal antwortete sie nichts. Man hätte in Zweifel darüber verfallen können, ob sie überhaupt atmete, wenn sich ihre Brüste nicht – als einziges Lebenszeichen – in weichen Wellen bewegt hätten.

»Und darüber hinaus ist einer meiner Leute tot«, schloss Ehlers. »Finden Sie nicht, dass es langsam genug ist?«

Sie warf ihm einen unergründlichen Blick zu.

»Es war doch *Ihre* Idee, oder?«, sagte Ehlers. Er stand auf und wanderte mit auf dem Rücken zusammengelegten Händen durch den Raum. »Wenn das Kind aus dem Weg geräumt war, konnten Sie die volle Kontrolle über Victor Valentins hinterlassenes Vermögen gewinnen. Ohne das kleine Mädchen wären Sie und Ihr Geliebter Millionäre gewesen. Sie haben Geld schon immer sehr gern gemocht, nicht wahr?«

»Sie können nicht in diesem Ton mit mir reden«, sagte sie kaum hörbar – mit einer Stimme bar jeder Hoffnung, mit einem Klang, als wäre dies das Letzte, was sie jemals sagen würde.

»Das kann ich, und das werde ich auch tun«, sagte Ehlers. »Und lassen Sie uns endlich in Gang kommen.«

»Ich wusste nichts davon …«, sagte sie mit schleppender Langsamkeit, nicht ohne vokalische Affektiertheit. »Es war Carlos. Es war seine Idee.«

»Es hat überhaupt keine Bedeutung, *wessen* Idee es war«, sagte Ehlers. »Jeder, der will, kann sich gratis eine klauen. Es gibt kein Urheberrecht für Verbrechen. Reden Sie schon!«

Sie sagte nichts. Ihre Finger spielten ein wenig mit dem Schal, bis sie sich anders entschlossen und stattdessen auf dem Tisch an einer Zigarette herumzupften. Sie wurde nicht angezündet, sondern nur in Stücke zerrieben.

»Dann werde *ich* es sagen«, sagte Ehlers. »Sie und Carlos haben das hier gemeinsam geplant. Sie entführten Ihre Tochter, nicht um das Lösegeld einzustreichen, sondern um die *gesamte* Hinterlassenschaft Ihres Mannes in die Finger zu bekommen. Anschließend entführten Sie – oder, besser gesagt, einer Ihrer Helfershelfer – Bettina Graugaard, um das Ganze wie eine Serie von Kindesentführungen aussehen zu lassen. Ich weiß nicht, was sie anschließend mit *ihr* zu tun gedachten?«

Es kam keine Antwort. Vielleicht wusste sie es nicht.

»Warum mussten Aaberg und Pedersen liquidiert werden?«, fragte Ehlers hartnäckig.

Sein Tonfall zeigte deutlich, dass er bereit war, die ganze Nacht weiterzumachen.

»Sie haben es mit der Angst bekommen«, sagte sie höhnisch, als würde sie mit einem Mal nachgeben und aufhören, ihre Rolle zu spielen. »Sie wollten uns verpfeifen. Carlos entdeckte, dass Aaberg auspacken wollte, also brachte er den ›Scheißkerl‹ dazu, ihn zu erschießen. Danach konnte *Pedersen* plötzlich nicht mehr – er gab an dem Abend auf, als die Geldübergabe stattfinden sollte. Was für ein Waschlappen. Er hatte weiche Knie gekriegt. Er wollte zur Polizei gehen und alles gestehen, damit er ein milderes Urteil bekommt. Das hatte er Carlos gesagt – der Trottel!«

»Und dann hat Carlos *ihn* erschossen?«

»Das hat er jedenfalls gesagt.«

»Und die Briefe – die haben Sie geschrieben? Auf der Schreibmaschine von Ihrem Mädchen?«

»Ja. Graugaards bekommen morgen ihren zweiten. Er ist schon abgeschickt.«

Sie hob den Kopf in trotziger Resignation. Sie ließ – als wäre es eine Entscheidung mit weit reichenden Konsequenzen – die zerriebene Zigarette fallen, zündete sich eine andere an und ließ den Rauch träge zur Decke treiben.

Ich folgte ihrem Beispiel. Ich hatte mich bescheiden an das andere Ende der Räumlichkeit zu Bang zurückgezogen. Wir wagten nicht einmal zu atmen. Das hier war Ehlers Aufgabe.

»Eine Mutter, die ihr eigenes Kind ermordet!«, sagte er, als ob damit die Welt – jedenfalls seine Welt – aufhörte zu existieren, ein für alle Mal.

»Sie war nicht *mein* Kind«, sagte Veronica Wool. »Sie war seins. Gekauft und bezahlt wie quittiert. Genau wie ich.«

»*Sie* haben sie zur Welt gebracht.«

»Auf Bestellung. Und *er* tobte vor *Wut*, weil es kein Sohn war, der seine – Geschäfte hätte übernehmen können.«

»Aber er hat *ihr* eine Lebensversicherung hinterlassen, die nicht viele Kinder bekommen.«

»Ja, *ihr*.«

»Sie selbst haben doch auch Ihren Schnitt gemacht.«

»Sie verstehen gar nichts. Sie können sich überhaupt nicht vorstellen, wie es war. Haben Sie jemals das alte Lied von dem Vogel im goldenen Käfig gehört? Ganz gleich, wie vergoldet der Käfig ist, ungeachtet seiner Karatzahl, er bleibt immer ein Käfig. Ich war der Vogel, und Victor baute den Käfig, und mit seinem Testament umwickelte er ihn zusätzlich mit Stacheldraht. Er wollte *mich* zwingen, hier zu sitzen und zu verrotten, bis *seine* Tochter achtzehn Jahre alt ist! Er dachte nur an sie, nie an mich. *Ich* habe auch ein Leben, das ich leben möchte.«

»Hatte«, sagte Ehlers mit erlesen brutaler Präzision.

Sie zog sich ein wenig weiter ins Sofa zurück, als ob er sie geschlagen hätte. Er sah auch nicht so aus, als hätte er besonders viel gegen eine solche Handlung einzuwenden gehabt, wenn sich eine Chance geboten hätte und keine Zeugen zur Stelle gewesen wären.

Bang schüttelte den Kopf. Er hatte seine übliche überlegene Miene abgelegt. Er stand da wie ein Schuljunge und malte mit der Schuhspitze Figuren in den Teppich.

Die grünäugige Alice kam frisch wie eine Morgenbrise mit einer Tasse Kaffee aus der Küche hereinmarschiert und stellte ihn vor Veronica ab.

»Sie sollten unsere Patientin aber wirklich nicht über Gebühr ermüden«, ermahnte sie Ehlers mit professioneller Munterkeit. »Nach solchen Strapazen braucht man erst einmal ein bisschen Ruhe!«

Sie verschwand wieder nach draußen.

Veronica schob die Kaffeetasse verächtlich zur Seite und zündete sich eine weitere Zigarette an. »Kann ich einen Whisky haben?«, fragte sie.

Sie sah zu mir herüber.

Ich mixte ihr einen an der kleinen Anrichte. Ich stellte das Glas vor ihr ab, als wäre ich ein ausgelernter Butler. Ich gönnte mir und Bang denselben vornehmen Service.

»Und warum dann dieser Selbstmordversuch gestern Abend?«, fragte Ehlers.

Seine Sätze fielen wie Hammerschläge, kurz und klar.

»Es war keiner«, sagte sie. »Kein Selbstmordversuch, meine ich. Ich wollte einfach nur gerne – schlafen.«

»Das ist richtig«, sagte Bang aus dem Hintergrund. »Es war eine Überdosis. Aber gestorben wäre sie daran nie. Das Pillenfläschchen war höchstens noch zu einem Drittel voll.«

»Eigentlich schade«, sagte Ehlers bissig. »Wenn jetzt doch schon so viele andere tot sind.«

»Bedeuteten sie *Ihnen* etwas?«, fragte Veronica mit einem Hauch von versteckt kokettierender Ironie. »Die Toten, meine ich?«

Ehlers schien diese Frage ernst zu nehmen. Er wanderte in einem Halbkreis um den Tisch herum, bevor er antwortete.

Als er sprach, war seine Stimme gewichtiger und nachdrücklicher, als ich sie jemals zuvor vernommen hatte. Sie klang wie eine Posaune. Sie tönte wie ein Richter – vielleicht wie ein Gott.

»Die fünf Verbrecher«, sagte er, langsam und mit Nachdruck auf jeder einzelnen Silbe, »sind mir vollkommen gleichgültig. Sie waren Menschen ohne jede Moral – ansonsten wären sie hier nie dabei gewesen. Sie verkauften sich einfach an jeden und für alles, und sie haben bekommen, was sie verdienten – auch wenn ein paar von ihnen auf halber Strecke Skrupel bekommen haben. Was sie angeht, können sie von mir aus einen Preis dafür bekommen, dass sie mitgewirkt haben, Dänemark sauber zu halten.«

Er räusperte sich.

»Aber Steffen Schmidt war einer meiner Männer. Und seine Eltern in Thisted sind – im Gegensatz zu Ihnen – Eltern, die ihre Kinder lieben. Er starb einen sinnlosen Tod – aufgrund *Ihrer* Geldgier.

Aber es war trotz allem sein Job, und es hätte genauso gut morgen auf eine andere Art passieren können. Aber Barbara war ein Kind. Und wer ein Kind ermordet, stellt sich außerhalb jeder Menschlichkeit. Dafür gibt es kein Verzeihen.«

»Sie klingen wie ein Priester«, sagte Veronica spöttisch, während sie ihr Glas hob. Sie glich in diesem Augenblick einer Hexe beim Sabbat.

»Es ist so leicht, jemanden umzubringen«, sagte Ehlers schwerfällig. »Es ist nicht so leicht, neues Leben zu schaffen.«

Ich dachte an Gitte im Rigshospital. War sie schon dabei? Lag sie jetzt da und stöhnte, während ein neues Leben sein Bestes gab, um den Kopf aus ihrem Unterleib zu stecken?

Es zuckte in mir. Ich musste los. Mein Platz war nicht hier. Nicht jetzt.

Gleichwohl blieb ich stehen, wie festgenagelt auf der Bühne dieses absurden Dramas: der richtende Polizist und das gerichtete Opfer.

»Was hätten Sie getan, wenn es geklappt hätte?«, fragte Ehlers.

Sie zuckte mit den Schultern.

»Verreist«, sagte sie. »Weg.«

»Mit Giacometti?«

»Ja.«

Ehlers sah aus, als gäbe es etwas, was noch nicht ganz in sein Bild passte.

»Haben Sie *ihn* geliebt?«

»Nein«, sagte sie und lächelte nun beinahe herablassend. »Aber *er* liebte mich. Für *gewisse* Frauen ist das viel entscheidender, Herr Polizeiinspektor. Der arme Carlos hat mich immer geliebt – seit dem ersten Tag, an dem wir zusammengearbeitet haben. Er war kurz davor, sich umzubringen, als ich geheiratet habe.«

»Warum haben Sie das getan?«

»Ich hatte mein Leben als Sängerin satt. Victor hatte Geld, das hatte Carlos nicht. Mit Carlos hätte ich dasselbe Leben weitergeführt, von dem ich schon längst genug hatte – Nachtclubs und Hotels und höfliches Händeklatschen jahrein und jahraus.«

»Also wählten Sie das Geld?«, fragte Ehlers mit einer tiefen, missionarischen Verachtung in der Stimme.

»Sowohl, als auch. Ich *glaubte,* dass Victor mich liebte – auf dieselbe Art, wie es auch Carlos tat.«

»Und das tat er nicht?«

»Er war eigentlich nicht an *mir* interessiert, wenn Sie das meinen. Er war nur an jemandem interessiert, der seine Kinder zur Welt bringen konnte. Er rechnete damit, dass ich dazu in der Lage wäre, und dafür wollte er bezahlen, so wie er für alles bezahlte, was er bekam.«

Sie drückte die Zigarette mit einer entschlossenen Handbewegung aus.

»Aber jetzt«, fuhr sie fort, »ist alles vorbei. Ich gehe davon aus, dass Sie mich zur Polizeiwache mitnehmen werden. *C'est la vie.* Hätten Sie etwas dagegen einzuwenden, dass ich mich erst noch etwas frisch mache? Ich sehe furchtbar aus, und ein kleines bisschen Eitelkeit ist mir immer noch geblieben.«

»Nein«, sagte Ehlers. »Das geht in Ordnung. Aber ich warte auf Sie – direkt vor der Tür.«

»Ich werde nicht abhauen«, sagte sie und musterte ihn scharf.

Mir schien, als würde sie mir zulächeln. Mutmaßlich eine Halluzination.

Sie verließen den Salon im Gänsemarsch auf dem Weg zum Badezimmer, er einen Meter hinter ihr.

Als die Tür hinter ihnen ins Schloss fiel, sahen Bang und ich uns mit derselben unendlichen Leere in den Augen an.

Wir hörten, wie die Tür zum Badezimmer geöffnet wurde. Wir hörten entfernt aus der Küche, wie Krankenschwester Alice Louise Rasmussen von ihren Erfahrungen bei der Krankenpflege unter schwierigen Bedingungen in den Entwicklungsländern erzählte.

Und dann hörten wir den Schuss durch das große, stille Haus krachen.

32

Ehlers kam wieder herein.

»Selbstmord«, sagte er lakonisch. »Und dieses Mal hat es geklappt. Komm mit, Doktor.«

Dr. Bang folgte ihm ins Badezimmer. Ich sah ihm über die Schulter.

Ja, dieses Mal war es Veronica Wool geglückt, Selbstmord zu begehen, daran konnte kein Zweifel bestehen. Sie lag auf dem Boden eines üppig ausgestatteten Badezimmers im überdimensionierten Hollywood-Format, mit einem Loch in der Stirn und einer Pistole an ihrer Seite. Es sah aus, als wäre ein Teil ihres Haares *weggeblasen* worden.

»Sie hat aus kurzer Entfernung geschossen«, sagte Bang. »Sie wollte ganz sichergehen.«

»Schlau von ihr«, sagte Ehlers. »Verdammt schlau.«

»Was hätte sie bekommen?«, fragte Bang.

»Keine Ahnung«, antwortete Ehlers. »Man weiß nie, was passieren kann, wenn die Leute einen tüchtigen Strafverteidiger bekommen – und es sich leisten können, ihn zu bezahlen. Aber sie hätte auf jeden Fall einige Jahre in einem Käfig verbringen müssen, der kaum so vergoldet ist wie dieser.«

Die Krankenschwester und das Mädchen waren aus der Küche gekommen und standen hinter uns. Louise Rasmussen hatte Schwierigkeiten, sich auf den Beinen zu halten. Alice griff ihr ganz buchstäblich unter die Arme.

»*Ich* übernehme die Leiche. Ich glaube, Sie sollten sich eher um *sie* kümmern«, sagte Bang. »Geben Sie ihr etwas Beruhigendes.«

»Ich glaube, ich sollte sie eher mit nach Hause nehmen«, sagte die Krankenschwester vernünftig. »Es würde ihr kaum gut tun, heute Nacht alleine in diesem Haus zu sein. Möchtest du nicht mit mir kommen? Dann können wir deine Sachen an einem anderen Tag holen. Pack einfach nur eine Tasche.«

Louise nickte dankbar und ging in ihr Zimmer.

Ehlers musterte die tote Sängerin auf den Badezimmerfliesen, als ob er sie gerne so in Erinnerung behalten wollte, wie sie da lag.

»›Der Sünde Sold ist der Tod‹«, verkündigte er im Sprechgesang. »Sie fand also, dass ich wie ein Priester geredet hätte?«

»Das hast du auch getan«, antwortete ich. »Jedenfalls hat es so gewirkt. Das liegt daran, dass du Moral hast. Du hast sogar verdammt viel Moral. Du könntest den Überschuss verkaufen. Es wäre reichlich genug für drei bis vier normale Mitbürger.«

»Ich schicke die Frauen los«, sagte Bang. »Können Sie ein Taxi rufen?«

Ich telefonierte. Die Grünäugige hatte ihren Arm mütterlich um die Schulter des jungen Mädchens gelegt, als sie durch den Regen zum wartenden Wagen hinausgingen.

Zurück blieben der Arzt, der Polizeiinspektor und ich – und die jüngste Leiche in unserer expandierenden Sammlung.

»*Ich* werde *sie* dann wohl mitnehmen müssen?«, sagte Bang, so gelassen, als würde er über den Versand eines Postpakets diskutieren.

»Ja, danke«, sagte Ehlers, »aber ...«

Er sah sich ratlos im Wohnzimmer um. Es gab etwas, das er sagen wollte, aber augenscheinlich wollte es ihm nicht über die Lippen kommen.

»Ich *weiß*, was du sagen willst«, sagte ich. »Du willst auf irgendeine Weise darauf hinweisen, dass du, obwohl du niemandem Vorschriften machen kannst, auch uns nicht, großen Wert darauf legen würdest, dass niemand von uns jemals Veronica Wools Verwicklung in die Entführung erwähnt. Du möchtest es gerne dabei belassen, dass sie einfach aufgrund einer verständlichen Depression über den Tod ihrer Tochter Selbstmord beging.«

»Woher hast du das gewusst?«, fragte er.

»Weil«, antwortete ich, »es so ist, wie ich gesagt habe: Du hast so verdammt viel Moral. Du willst niemanden treten, der schon am Boden liegt – nicht einmal eine tote Kindsmörderin. Du möchtest sie lieber als eine arme, unglückliche Frau ins Grab wandern lassen, die vom Schicksal arg gebeutelt worden ist und zuerst ihren Mann, dann ihre Tochter verloren hat.«

»Vielleicht. Sind wir uns einig?«, fragte Ehlers.

Bang zuckte mit den Schultern, als ob er sagen wollte, dass das ohnehin nicht seine Baustelle sei.

»Du entscheidest«, sagte er nur. »Du gibst deine Anweisungen, und ich halte mich daran. Wie immer.«

Er fand eine Flasche Cognac auf der Anrichte und schenkte sich nach einer kritischen Begutachtung ein Glas ein.

»Ich kann Whisky nicht ausstehen«, sagte er zu mir. Das Glas, das ich ihm gegeben hatte, war immer noch voll.

Ehlers leerte es.

Ich schenkte ihm ein neues ein.

Es war nicht das erste Mal, dass wir drei uns auf diese Art gegenüberstanden. Es war nicht die erste Ermittlung, die wir gemeinsam zum Abschluss gebracht hatten. Aber es war immer noch schwer, so zu tun, als wäre gar nichts geschehen, und zum Alltag zurückzukehren – das ist es immer, wenn man sich in einem Haus mit einer Leiche aufhält. Man bekommt so ein Gefühl, dass ein Hornsignal und eine kurze Rede – ein paar wenige, wohl gesetzte Worte – angebracht wären.

»Was sagst *du?*«

Ehlers hatte sich an mich gewandt.

Ich dachte daran, was Otzen sagen würde. *Sagen?* Er würde überhaupt nichts mehr sagen können. Er würde explodieren – mit einem Knall, der das ganze hundert Jahre alte Gebäude des Bladet in Schutt und Asche legen würde.

Und er hätte seine guten Gründe dafür. Es war die ultimative Story. ›Ehemalige Schlagersängerin bringt eigene Tochter um‹. Man könnte drei, vielleicht vier Seiten damit füllen und reichlich bebildern. ›Unfassbare Tragödie im Villenviertel‹.

Wir hatten zwar genug tote Gangster – aber den Leuten ist es, wie oben bereits angedeutet, ziemlich egal, wenn Gangster sterben. Das kitzelt sie vielleicht ein bisschen, aber es berührt sie nicht gefühlsmäßig. Nicht ernsthaft.

Eine Mutter dagegen, die – wie eine verrückte indische Göttin – ihre Nachkommen verspeist – das ist etwas.

Und ich hätte die Story exklusiv für das Bladet.

Und Otzen würde mich ›mein Junge‹ nennen und mir auf die Schulter klopfen und mir eine Zigarre anbieten und einen Bonus geben, der locker für einen guten, gesunden, langen Urlaub in Südeuropa – ohne Regen – reichen würde.

Ehlers sah mich immer noch an.

Ich musste in letzter Zeit zu guten Umgang gehabt haben. Ich befand mich unter positivem Einfluss. Wenn es so weiterging, würde ich eines Tages als anständiger Mensch enden.

»O. K.«, sagte ich. »Sie hat in ihrer Verzweiflung Selbstmord begangen. Jede Mutter würde das verstehen. Unsere Leser würden über dem Morgenkaffee ein paar Tränen verlieren und vollkommen damit sympathisieren, dass die ganze Bande liquidiert ist. Sie war nur ihr letztes – indirektes – Opfer.«

»Die drei Musketiere!«, sagte Bang und hob sein Cognacglas. »Einer für alle, alle für einen! Ich glaube, ich hatte vorher schon einmal erwähnt, dass Sie von allen Journalisten, die ich jemals getroffen habe, der einzige sind, der eine Art von Herz besitzt. Das ist eine anatomische Anomalie. Ich hoffe, dass ich eines Tages die Gelegenheit haben werde, Sie zu sezieren.«

»Nicht allzu bald«, sagte Ehlers.

Das war sehr freundschaftlich ausgedrückt – für *seine* Verhältnisse.

Bang bestellte einen Krankenwagen.

»Den Totenschein bekommst du morgen«, sagte er sachlich. »Unter diesen Umständen ist es ja wohl nicht *so* verdammt eilig, oder?«

»Nein«, sagte Ehlers. »Außerdem gibt es in diesem Fall genug Totenscheine, um einen ganzen Aktenordner zu füllen.«

»Tja«, sagte Bang unbeeindruckt. »So ist das, wenn Kopenhagen – wie die Zeitungen schreiben – sich zu einem neuen Chicago entwickelt.«

»*Genau!*«, sagte Ehlers. »Wenn wir hier wirklich schon ein Chicago hätten, wäre alles ganz superprofessionell abgelaufen, und sie hätten ihren Job beherrscht wie irgendein Klempner den seinen. Sie hätten Barbaras Leiche verschwinden lassen, sie hätten eine respektable Summe aus Graugaards herausgepresst und anschließend einfach nur ruhig abgewartet und, nach Ablauf einer entsprechenden Zeit, das Mädchen mit einer langwierigen, umständlichen, juristischen Prozedur für tot oder verschwunden erklären lassen oder ihre Leiche, wenn es *ihnen* gepasst hätte, wieder auftauchen lassen, zum Beispiel in einem Wald auf Fünen. *Wir* hätten keine Chance gehabt, wenn sie ihre Karten vernünftig ausgespielt hätten.«

»Stattdessen«, fuhr er mit dieser mächtigen Zungenfertigkeit fort, die diesen ansonsten so wortkargen Mann jedes Mal zu überkommen schien, wenn ein Fall gelöst worden war, so, als ob plötzlich ein Schloss von seinem Mund gerissen würde, »stattdessen mussten diese Trottel natürlich wie eine Herde lallender Amateure ein Riesenchaos veranstalten. Gewissensbisse bekommen! Sich aus lauter Panik gegenseitig erschießen! Vollkommen idiotische und überflüssige Telefongespräche führen – untereinander! Das Kind in einem Hotel verstecken, wo sie doch das Haus hatten! Viel zu viele Briefe schreiben – auf einer Schreibmaschine, die im Haus des entführten Mädchens stand! Idiotische Treffen am Waldrand organisieren! Sie müssen geglaubt haben, dass wir Idioten sind.«

»Das waren wir auch«, sagte ich.

»Quatsch«, brummte Ehlers. »Ich hatte sowohl *sie* als auch Giacometti von Anfang an in Verdacht – ich *kann* solchen Leuten nicht glauben. Ich hatte bloß keine Beweise. Es war gewiss nicht zu ihrem *Schutz*, dass ich Tag und Nacht einen Mann in ihrem Garten postiert hatte. Es war, um sie auszuspionieren.«

»Nein«, schloss er. »Es sind die Amateure, die Menschenleben kosten. Der Teufel soll sie holen.«

»Das hat er auch getan«, sagte ich kleinlaut.

Der Krankenwagen fuhr mit überflüssig heulenden Sirenen vor.

»Ich brauche noch ein paar helfende Hände«, sagte Bang.

Wir halfen. Veronica Wool wog ganz schön schwer, als sie – endlich – aus ihrem goldenen Käfig nicht entkam, sondern entfernt wurde. Als der Regen Blut und Schminke aus ihrem Gesicht gespült hatte, war sie beinahe schön.

Der Fahrer betrachtete sie und zog die Bahre heran.

»Das ist ja ein Ding!«, sagte er. »Ist das *sie?* Meine Frau hat alle ihre Platten!«

»Meine Herren!«, sagte Dr. Bang und winkte zum Abschied mit seinem Hut, mit derselben gelassenen Eleganz wie immer.

Wir sahen dem Wagen nach, wie er aus dem Søbakkevej hinausfuhr. Wir hatten mittlerweile reichlich viele Wagen aus dem Søbakkevej fahren sehen. Im Grunde hatten wir, wenn man den Tatsachen mutig und mannhaft in die Augen sah, überhaupt reichlich viel vom Søbakkevej gesehen.

»Sollten wir nicht auch langsam los?«, fragte ich Ehlers, als wir allein in diesem Haus des Todes zurückgeblieben waren.

»Doch«, sagte er. »Je früher, desto besser.«

»Was ist mit deinem Mann im Garten?«

»Der *ist* schon zu Hause. Ich habe ihn heute Abend schon zurückgezogen – nach der Schießerei.«

»Gut, worauf warten wir noch?«

»Nichts. Nur, dass du ein Taxi bestellst.«

Das tat ich, und sie versprachen, dass es in zehn Minuten kommen würde. Dann rief ich im Rigshospital an und bekam eine Verbindung mit dem Kreißsaal. Eine *sehr* beschäftigte Krankenschwester sagte, dass es ›kurz davor‹ sei – auf Abteilung 5033 – und dass ›die Patientin‹ dauernd nach mir frage.

Ich bat sie, der Patientin zu sagen, dass ich in zwanzig Minuten da sein würde.

»Fährst du ins Krankenhaus?«, fragte Ehlers.

»Ja«, sagte ich. »Sie ist kurz davor.«

»Das ist gut«, sagte Ehlers. »*Das* ist gut.«

Und dann sagte er mit einer für diesen großen, aggressiven Mann ungewohnten Weichheit: »Morgen wirst du ein anderer Mensch sein.«

Ich hoffte, dass er Recht hatte. Ich war mit dem jetzigen nie besonders zufrieden gewesen.

Zum letzten Mal verließen wir den Salon von Søbakkevej 13 und traten in den geduldig strömenden Regen hinaus.

»Weißt du«, sagte Ehlers vertraulich, als er mich an den Arm fasste, kurz bevor das Taxi kam. »Weißt du – ich glaube fast, wenn sie sich nicht selbst erschossen hätte, dann hätte *ich* es getan.«

Einen Augenblick lang ›glaubte ich fast‹, dass er genau das getan hatte.

Es hätte sein können.

Im Wagen unterhielten wir uns nicht weiter. Nicht so sehr, weil wir nicht das eine oder andere zu bereden gehabt hätten, sondern eher, weil man ohnehin nicht sehr viel mehr dazu hätte sagen können.

33

Ein langer weißer Flur.

Ein noch längerer und – so schien es – noch weißerer Flur.

Und noch einer.

Es kam mir vor wie der Albtraum von einem Labyrinth.

Endlich fand ich – halb betäubt von einem Geruchemix aus Äther und Desinfektionsmittel – 5033.

Und Gitte.

Sie lag auf dem Rücken, schwer betäubt und aufgelöst, und stöhnte, als würde sie sterben – und gleichwohl empfindsam, vielleicht mehr als je zuvor.

Nur ein wiedererkennendes Leuchten in ihren Augen zeigte, dass sie sich überhaupt über meine Anwesenheit im Klaren war.

Im Verlauf dieses Tages hatte ich sechs Menschen

sterben sehen. Jetzt sollte ich sehen, wie einer geboren wird.

Ich sah ein, dass es richtig war, was Ehlers gesagt hatte: Es ist leicht zu töten. Das Gegenteil ist schwer.

Gitte schrie wie ein Tier. Ihr Körper verkrampfte und spannte sich, gab einen Augenblick lang zum Ausatmen nach und krampfte sich dann erneut zusammen.

»Es kann noch eine halbe oder eine ganze Stunde dauern«, sagte eine freundliche, bestimmte Krankenschwester mit einer Haltung und einem Kreuz wie ein Oberst. »Aber es gibt keine besonderen Komplikationen. Es ist einfach nur schwer.«

»Inwiefern?«, fragte ich ahnungslos.

»Das ist es immer, wenn man als Fünfunddreißigjährige sein erstes Kind bekommt«, plauderte sie aus ihrem Erfahrungsschatz. »Alle Frauen sollten ihre Kinder mit achtzehn bekommen. Das Problem ist nur, dass die meisten zehn bis fünfzehn Jahre länger brauchen, um herauszufinden, mit wem sie sie haben wollen.«

Sie schien zu wissen, wovon sie sprach.

»Gehen Sie zu ihr und küssen Sie sie«, sagte sie. »Das wird ihr helfen, sich ein wenig zu entspannen. Oder halten Sie einfach ihre Hand oder flüstern Sie ihr etwas zu. Das ist das Einzige, was Sie für sie tun können.«

Ich tat, wie mir gesagt wurde. Im Grunde genommen sind es nur Frauen, die das Geheimnis der Geburt aus erster Hand kennen. Ein anderer – *alternativer,* wie es heutzutage so schön heißt – Menschenschlag tut gut daran, sich einfach nur nach dem zu richten, was man ihm sagt.

Die Zeit stand still. Das Universum hörte auf zu existieren. Es gab nichts anderes mehr darin – abgesehen von Kriegen, Regierungskrisen, Morden und anderen Kleinigkeiten – als eine Frau, die ihren uralten biologischen Kampf kämpfte. Denselben, den auch ihre und meine Mutter einst gekämpft hatten.

Unterdessen litt sie solche Qualen, dass ich mir ernsthafte Vorwürfe machte, dass ich ihr so etwas angetan hatte. Wie kann *irgendein* Mann so etwas tun?

Um 2.00 Uhr kam ein schwarzer Kopf aus Gittes aufgerissenem Unterleib. Die Krankenschwester half ihm heraus. Gitte machte mit ihrem Körper Bewegungen, die ihm heraushalfen – nach wie vor so sehr unter Narkose, dass sie kaum wusste, was sie tat. Sie folgte nur ihrem Instinkt. Einem alten, zellulären Drehbuch.

Einen Augenblick später war das Kind da. Noch einen Augenblick später kam die Plazenta hinterher. Sie sah aus wie Blut mit Schlamm. Sie sah genauso aus wie das, wo ich gerade herkam.

»Waschen Sie Ihren Sohn!«, sagte die Krankenschwester und deutete auf ein Waschbecken, während sie die Nabelschnur durchtrennte.

Ich wusch meinen Sohn.

Gitte stieß einen langen, erleichterten Seufzer aus und verschwand – weit weg in einen tiefen, unterirdischen Schlaf.

Der Junge schaute mich an. Auf mich wirkte er etwas skeptisch. Er hatte verständlicherweise ein bisschen mehr erwartet.

Das hatten wir alle einmal, aber ich konnte es ihm ja später immer noch erzählen. Es hatte keine Eile.

»Möchten Sie hier bleiben?«, fragte die Krankenschwester professionell. »Ich nehme das Kind jetzt mit zur Untersuchung. Ich glaube nicht, dass Ihre Frau in den nächsten acht Stunden aufwachen wird. Es war ein langer Kampf.«

Kampf, ja. Die Worte klangen in meinen Ohren nach – ›ein langer Kampf‹. Genauso wie das Leben – für jeden.

Einige haben ihn überstanden – davon manche gegen ihren Willen. Andere fingen gerade erst damit an.

Als ich dem Jungen in die großen, dunklen Augen gesehen hatte, verstand ich erst richtig Ehlers' irrsinnige Wut auf Veronica Wool.

Die Krankenschwester nahm das Kind. Ich setzte mich an Gittes Seite und nahm ihre Hand. Sie lächelte im Schlaf.

Unterdessen saß ich da und ließ den Film von unserer gemeinsamen Zeit vor meinem inneren Auge vorüberziehen.

Als ich das Krankenhaus verließ, war es spät in der Nacht, aber die Zeit hatte aufgehört zu existieren. Es gab keine Zeit, oder aber es gab nur die eine Zeit, die gerade begonnen hatte – mit dem ersten Atemzug des Kindes. Die Welt war ca. eine Stunde alt.

Erst als ich den Rådhusplads erreicht hatte, mechanisch vorwärts getragen von meinen Beinen, erinnerte ich mich daran, dass ich Veronica Wools Nachruf abliefern musste. Ich konnte es gerade noch schaffen. In dieser Dimension existierte die Zeit immer noch. Man konnte einen Artikel noch im letzten Augenblick abliefern – noch einen. Mit derselben unveränderlichen Regelmäßigkeit wie die eherne Routine des Postwesens, die unerbittlich sicherstellte, dass Familie Graugaard morgen einen Brief von einer Bande vollzählig verstorbener Gangster erhalten würde. Mit derselben unveränderlichen Regelmäßigkeit, die sicherstellte, dass Louise Rasmussen eines Tages in der Schwesternschule aufgenommen und dort lernen würde, anderen Gittes dabei zu helfen, Kinder auf die Welt zu bringen, von denen auf jedes wieder ein eigenes Schicksal warten würde, ganz gleich, ob sie nun Veronicas, Barbaras oder Carlosse waren.

Die Stadt war menschenleer. Ich ging durch dieselben Straßen, durch die ich den größten Teil meines lausigen Lebens gegangen war, und ich fühlte mich, wie ich mich noch nie zuvor in ihnen gefühlt hatte. Die Häuser schienen zu sprechen, die Mauern schienen ihre Geheimnisse preiszugeben, Bilder schienen vom Himmel zu fallen.

Ich sah Kurt vor mir, wie er vor dem Stjernecafé erschossen wurde, und ich sah seine kleine, traurige, hoffnungslose Wohnung in der Absalonsgade. Ich sah Jan Pedersen vor dem Waldrand in Lyngby im Regen auf der Straße liegen. Ich sah die ebenso tote Möwe auf derselben Straße liegen.

Ich sah drei desperate Kindesentführer, die stundenlang und ohne die geringste Chance auf Erfolg aus einem kleinen, roten Haus in Ørholm auf eine Gruppe Bullen schießen. Ich sah sie sterben, einen nach dem anderen: den ›Scheißkerl‹, den ›Großen‹ und Carlos Giacometti.

Ich sah einen jungen Polizisten aus Thisted – gestorben ›in Ausübung seiner Pflicht‹. Ich sah eine Kinderleiche in einer Mülltonne. Ein kleines Tier, das um sein Leben gebettelt hat, es aber nicht behalten durfte.

Und ich sah Veronica Wool auf einem opulenten Badezimmerfußboden vor mir – von eigener Hand erschossen oder von Ehlers. Ich sah sie, wie sie aussah, als der Regen ihre Schminke abgewaschen hatte.

»Du warst niemals mein …«, klang es durch die Luft.

Während ich mich langsam vom Regen durchnässen ließ, sozusagen ein kaltes Bad nach all diesem Sterben und Gebären, ertappte ich mich dabei, wie ich vor mich hinpfiff.

… I still remember
that September
in the rain …

– Und wie ein Echo in der zweiten, längeren Strophe:

that September
that brought me pain …

Die Istedgade war wie immer voller giftiger Neonfarben und ebenso giftiger Angebote. Das Leben ging weiter. Das Fußball-Länderspiel war vergessen, es herrschte wieder die Allnacht mit ihren allnächtlichen, unbezwingbar menschlichen Begierden. Hier eine Schlägerei, dort eine Liebesszene. Eine Spritze hier, eine Flasche dort.

Aus dem Stjernecafé erklangen ein paar deutliche, leicht wiederzuerkennende Stimmen:

»Vier Sechser.«

»Fünf Fünfer.«

»Sechser.«

»Sieben davon.«

Ich ging nicht hinein. Ich hatte nichts, um das ich spielen konnte – nicht mehr. Ich hatte Gitte und ein Kind.

Fünf Pünktchen.

Volles Haus.

Und aller Vorraussicht nach einen neuen Tag – einen Freitag – vor mir.

… in the rain …

Der sechste Band der Krimi-Klassiker-Serie vom dänischen Kultautor Dan Turèll

Dan Turèll
MORD IM MÄRZ
Kopenhagen-Krimi
272 Seiten
ISBN 3-404-15286-7

Der Kunsthändler und Mäzen junger Künstler Eric Liljencrone wird in seiner mondänen Wohnung im Kopenhagener Stadtteil Frederiksberg ermordet aufgefunden. Schnell ist klar, dass ihn mehr als nur väterliche Gefühle mit seinem letzten Protegé, dem Maler Willy Fontana, verbanden. Als der plötzlich verschwindet, ohne sein immenses Erbe abzuholen, haben unser namenloser Kopenhagener Privatschnüffler und Kommissar Ehlers genügend Stoff für eine Vielzahl von Spekulationen. Ihre Ermittlungen führen sie sowohl in noble Gegenden als auch in das zwielichtige Gangstermilieu Kopenhagens. Eine ganze Reihe mysteriöser Todesfälle werden bekannt, bevor sie auf eine brauchbare Spur stoßen ...

Bastei Lübbe Taschenbuch

Wer Angst vor Mördern hat, der kennt die Medienmafia noch nicht ...

Per Helge Sørensen
INTRIGENSPIEL
Roman
Aus dem Dänischen
von Thorsten Alms
432 Seiten
ISBN 3-404-15271-9

Hermans Leben droht aus dem Ruder zu laufen: Der Job des IT-Beraters ist gefährdet, seine Beziehung in der Krise. Und er hat ein schlechtes Gewissen, weil er eine Pornoseite im Internet besucht hat. Als sich seine Firma einer großen Kampagne gegen Pornographie im Internet anschließt und nach Sündern in den eigenen Reihen fahndet, wird Herman erwischt und gebrandmarkt. PR-Agentin Rebekka hat die Kampagne losgetreten und muss nun zusehen, wie sie mehr und mehr zu einer Hexenjagd ausartet. Bei dem Versuch, das Schlimmste zu verhindern, trifft sie auf Herman. Die beiden starten einen Gegenangriff.

Bastei Lübbe Taschenbuch

»*Arnaldur hat hiermit endgültig bewiesen, dass er einer unserer besten Autoren ist.*«

MORGENBLADID

Arnaldur Inðridason
TÖDLICHE INTRIGE
Roman
288 Seiten
ISBN 3-404-15338-3

Betty beherrscht sämtliche Künste der Verführung – eine Femme fatale, die vor nichts zurückschreckt. Als ihre Liaison mit einem reichen Reeder vor dem Aus steht, weil er ihrer Seiten-sprünge überdrüssig ist, muss sie handeln. Sie muss sich seiner entledigen, so lange das Testament noch zu ihren Gunsten lautet ...

Ein Thriller vom isländischen Bestsellerautor Arnaldur Indriðason, der spannender nicht sein könnte.